KB090630

성혜정 블랙코미디 장편소설

후회를 따르는 감각

후회를 따르는 감각

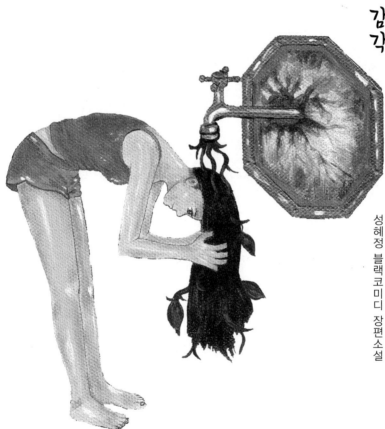

성혜정 블랙코미디 장편소설

맑은샘

차례

1장   흐노니

벌써 11월, 춥다. 나는 지금, 가을 산속에서 계곡 물소리와 새소리를 듣고 있다. 그렇다고 산에 온 것은 아니고 내 방 컴퓨터 앞에 앉아 유튜브로 자연의 소리를 듣고 있다.

우아한 느낌의 긴 캐시미어 코트를 입은 모델 사진을 보며 이 옷을 살지 말지 고민하던 게 벌써 열흘이 지났다. 쇼핑몰에 기재된 옷의 총장을 재어 보려고 쇠 줄자로 몸길이를 재다가 길게 뺀 줄을 놓쳤다. 쇳소리를 내며 빠른 속도로 줄어들던 줄자는 나의 손가락을 강타했고 인대가 늘어나 가운데 손가락에 석고 붕대를 했다. 누군가에게서 그 옷을 구매하지 말라는 경고를 받은 느낌이다. 뭐 어차피 안 사기를 잘했다. 가을은 내가 만져 보기도 전에 벌써 도망가 버렸으니 이제 롱패딩을 입을 날만 많이 남았다.

마우스를 딸깍대는 힘 빠진 오른손에서 조금 위로 시선을 올려 보니, 모니터 화면 시계는 오후 2시 57분이다. 배가 고프다. 남편은 출근했고 나는 쉬는 날이다. 평일에는 빵집에서 주 4일 일하고 휴무일에는 주로 집에서 소설을 쓴다. 오늘은 새로운 소설을 쓰기로 마음먹은 날일까. 아니, 어제였던가. 일 년 전쯤부터였던가. 글을 쓰고자 하는 마음은 마치 매일 먹는 밥처럼 습관인 듯 먹어 대고, 매일 싸는 똥처럼 빠져나간다. 언제 내 안에 머물렀었는지 그리움 받지도 못한 채 품을 떠나는 오물처럼 그렇게 자연스레 나를 떠난다. 그리고 또 햇볕처럼 자꾸만 나를 다시 찾아온다. 따듯하고 강렬하게 내리쬔다. 그 햇빛을 피해 그늘로 도망치면 실망한 듯 사라지는 해처럼 내 의욕은 또 어두워진다. 의욕을 따라 하늘도 어두워진다. 그렇게 나를 둘러싼 하늘과 마음은 어두워진다.

오늘도 여느 때처럼 게으름을 벗어던지지 못한 채 늦잠을 자다가 12시가 다 되어 갈 무렵 일어나서, 늦은 아침으로 며칠이나 지난 김치찌개를 데워 먹었다. 요리에 재미도 재능도 없는 내가 직접 만든 찌개는 맹탕이었다. 국물에 씻긴 김치 맛의 기억을 애써 조작하며, 혀를 무시한 채 대충 식사를 마친 지 불과 몇 시간이 흘렀던가. 벌써 또 배가 고프다.

두 달 전 친정집에 갔을 때 친정 엄마가 해주신 얇고 부드러운 배추전과 바삭거리는 단호박 튀김, 아버지가 끓여 주신 짠짓국의 충청도 냄새가 때때로 이곳에 떠다닌다. 그 기분 좋은 냄새의 기억들은 어디를 가든지 문득 피어오르는데 유난히 그 냄새들이 진하게 기억날 때 마음이 아린 이유는 설명하기가 어렵기도 하다.

구만리 넘어 시집온 뒤로 집안일과 맞벌이를 하려니 퇴근 후 음식하는 일이 여간 귀찮은 일이 아니더라. 그래도 집에서 직접 하는 요리가 가장 깨끗하고 건강할 거라는 생각에 요리를 공부하려고 두꺼운 공책을 샀건만, 두어 장 쓴 뒤로는 먼지만 쌓여 가고 있다. 배달 앱 속 맛있는 수많은 음식들의 유혹에 공책은 높은 책장 위로 쫓겨나기까지 했다.

어제 먹었던 버섯 크림 리조또와 마르게리타 피자, 지난주 먹었던 파스타, 햄버거, 마라탕, 소주, 와인, 커피를 달고 살다 보니 뱃살은 늘고 속 쓰림만 잦아졌다. 식탁 위에는 내과에서 처방받은 위염 약봉지가 입을 벌린 채 절규하고 있고, 책상 위에는 열 번도 더 읽은 공포 소설책이 놓여 있으며, 컴퓨터 화면에는 빈 한글 파일이 열려 있다.

나는 지금 무엇을 고파하는가. 내과에서는 나이가 들수록 위장이 약해지니 자극적인 음식을 줄이라고 했다. 배가 고프지만 정크푸드를 충동적으로 사먹는 일은 줄이고 싶다. 정갈한 집밥을 먹고 싶다. 깨끗하고 맛있고, 소화도 잘되는 반찬이 가득 있는 곳은 아주 가까운 거리에 있다. 하지만 그곳은 지인 부모님이 운영하시는 반찬 가게라 너무 자주 다녔더니 괜스레 민망하다. 갈 때마다 두세 개씩 덤으로 얹어 주시는 지인 찬스 서비스도 무척 감사하지만 불편하다.

지금 나를 편안하게 하는 것과 불안하게 하는 것들은 어떤 기준으로 분류할 수 있을까. 요리하기 싫지만, 깨끗하고 건강한 밥상을 받고 싶다. 먹고 싶은데 먹기 싫고 먹기 싫은데 먹고 싶다. 컴퓨터 파일 속 내가 쓴 소설들을 보면 더 좋은 글을 쓰고 싶지만, 새로운 글은 쓰고 싶지 않다.

간단한 해결 방안이 있어도 구태여 고민하고 빙빙 돌아가는 이유는 그저 끊임없이 흔들리는 나를 이해받고 싶고, 안전해지고 싶은 마음이라고 설명해도 되는 것일까.

지금 이 순간 내 마음은 글을 쓰고 싶고, 머나먼 친정으로 달려가 친정 부모님이 해주시는 따듯한 순두부찌개와 제육볶음을 먹으며 따듯한 냄새를 맡고 싶다. 하고 싶은 것만 하면서 먹고 싶은 음식만 실컷 먹는 하루하루를 상상해 본다. 아무런 걱정 없이 행복한 삶이란 이기적이고 사치스러운 판타지란 생각이 들면서도 반찬 투정하며 돈가스와 햄만 찾던 철없는 어린 시절의 내가 문득 그리워진다.

오늘도 새로운 소설을 한 글자도 쓰지 못한 채 배달 앱만 뒤적이는 나지만, 불편한 위장에도 미래의 나에게도 너무 미안해할 필요는 없다. 항상 부정의 기운보다 긍정의 기운에 가까이 다가가는 나를 믿으니까. 앞으로 서서히 몸도 마음도 더 건강해질 거니까. 아주 천천히 조금씩 나아질 것이다. 음식도 급하게 만들면 스스로를 까맣게 먹칠하더라.

가끔은 이렇게 뒤엉킨 생각에 불안해하고 움츠러들기도 하지만 이러한 마음은 아마 추운 날씨 탓일 거다. 냉동실에서 나와 뜨끈한 음식으로 살아나는 국처럼 나도 데워질 시간이 필요하다. 이게 정말 냉동실에 살았던 돌이 맞는가 믿을 수 없을 정도로 따뜻하게 녹아내린 국물과 밥솥에서 방금 나온 밥알들을 엄마표 파김치와 함께 먹으면, 모든 고민이 소화될 것만 같다.

문득 남편과 연애하던 시절이 생각난다. 갈비탕집에서 당면을 다 뺏어 먹던 나를, 해물파전에서 가장 바삭한 테두리만 뜯어 먹던 나를, 치킨 닭다리를 차지하던 나를 그는 얄밉게 여기지 않았다. 항상 위장이 예민한 내가 조금만 차갑거나 자극적인 음식을 먹을 때면 열 번 중 다섯 번 이상은 배탈이 나 설사쟁이가 되었기 때문에 소화가 잘되는 한식 종류를 맘 편히 실컷 먹을 수 있도록 그저 배려해 줬다.

그런 남편을 위해 나는 결혼 후에야 처음으로 계란말이를 만들었다. 나무젓가락과 뒤집개의 사이좋은 협공으로 찢어지지 않는 계란말이를 위해 최선을 다했다. 한겹 한겹 접을 때마다 나의 몸도 같이 기울었고, 온몸을 움직이는 행위 예술처럼 어려운 계란말이였다. 이렇게 소중한 첫 계란말이는 신혼의 단꿈에 젖어 아주 촉촉했고, 뿌듯함을 안겨 줬다. 그러나 남편은 몇 개밖에 집어 먹지 않았다.

사실은 소금 통의 구멍이 생각보다 컸고, 설레는 손목 스냅에 반항하던 소금 알갱이들은 나의 첫 요리 실력을 시샘하듯 달달한 계란말이를 향해 우르르 쾅쾅 쏟아져 나왔다. 태생이 바다인 듯한 계란말이는 남편의 염분이 되지 않았고, 남편이 별로 먹지 않은 것에 대해 소금 통을 탓한다면 내 기분도 꽤 괜찮아진다.

"내 탓이 아니다. 정말 괜찮다."

계란말이를 성공한 후 어느 날 소고기 뭇국에 도전했다. 평소 성격이 급한 나는, 요리할 때 늘 가장 센 불을 켜고 팬이 달궈지기 전부터 재료를 투하했다. 그래서인지 먹을 수 있는 요리보다는 예술 작품에 가까운 화산암 같은 식빵이나 악몽을 불러일으킬 듯한, 잿빛 베개 느낌의 만두를 만들어 내곤 했다.

이번에는 같은 실수를 반복하지 않으리라. 마음에 드는 조리법을 찾아 꼼꼼하게 읽으며 냄비에 기름을 두른 뒤 냄비가 뜨거워지면 핏물 뺀 소고기와 무를 볶아야지. 급하게 하지 말자, 천천히. 달궈진 후에 음식을 넣어야지. 일단 더 달구고. 급한 성격 좀 고치자. 기다리자. 충분히 달궈진 후에 천천히. 아니야, 좀 더 기다려. 이제 좀 달궈졌나? 이 정도 기다렸으면 넣어도 될까? 촉이 좋아. 키친타월로 핏물을 쭉

뺀 고기랑 정사각형으로 잘 자른 무를 달궈진 냄비 안으로 퐁당! 넣는 그 순간, 냄비는 굉음을 내질렀다. 촤~~~~~~~~~악 !

냄비가 왜 화가 났을지 궁금하고 미안했으며 원망스러웠다. 아! 재료를 너무 늦게 넣었나 보다. 그냥 성격 급한 대로 살걸. 기름이 천장까지 튀었다. 역시 요리는 예측할 수 없는 예술이다. 천장부터 바닥까지 사방으로 기름이 튄 원인 파악은 보류한 채, 요리를 완성했고 맛은 놀랍게도 훌륭했다. 주관적인 입맛과 판단이었지만 낮은 기대치에 비해 아주 맛있었다.

하지만 안타깝게도, 그날 저녁 남편은 상사와 갑자기 약속이 잡히는 바람에 저녁을 먹고 늦게 온다고 했다. 남편은 그렇게 아직 만나 보지도 못한 아내표 소고기 뭇국과 인연을 끊어 냈다. 기름 파티를 끝낸 소고기 뭇국은 나 홀로 남김없이 맛있게 다 먹었다. 정말 맛있었다.

오랜만에 친정에 왔다. 어머니는 일하러 가셨고 아버지는 근무 중 허리를 삐끗하셔서 병원에 가시고 빈집이었다. 아버지께 전화하니 치료를 마치고 몇 시쯤 집에 오실 거라고 했다. 통화를 끝내고 나니 아버지가 드실 끼니가 걱정됐다. 식사도 못 하시고 병원에 가셨을 게 뻔해서 배달 앱을 켰다. 배달 주소 설정을 신혼집에서 친정집으로 변경 후 신중하게 검색했다. 평소에 내가 자주 먹던 정크푸드를 지나쳐 얼큰한 순두부찌개와 제육볶음 세트를 주문했다.

부모님이 직접 만들어 즐겨 드시던 메뉴를 주문하였기에 가족의 풍미가 진하고 실패 없는 메뉴 선정이었다.

어릴 때 젓가락만 들고 고기를 기다리는 나와 동생 앞에서 고기를 구워 주시던 젊은 아버지 모습이 스치듯 떠오르다가 이내 현재의 아버지 모습과 잔상이 겹쳤다. 어느새 머리숱이 많이 날아가 휑한 정수리에 듬성듬성 나 있는 머리카락의 개수가 보였다. 위풍당당한 모습으로 앞장서서 좋은 음식점들을 찾아다니며 가족들을 데리고 다니던 아버지는 주사를 맞고 삐걱대는 고장 난 허수아비 같은 모습으로 딸이 주문한 배달 음식을 애타게 기다리셨다. 자식 농사를 위해 풍파와 세월을 견딘 힘겨운 허수아비 같았지만, 덕분에 우리 가족은 잘 익어 여물었고 아버지는 여전히 멋지고 단단한 모습이셔서 많이 슬프지는 않았다.

음식이 도착하자 아버지는 계란프라이가 덮인 공깃밥까지 배달이 되느냐며 신기해하셨고, 맛있게 드신 후 꾸깃꾸깃한 지폐 몇 장을 겹쳐 음식값을 기어이 내게 주셨다. 구겨진 오만 원 짜리 두 장. 혹여나 세 장일까 잘 펴봤지만 두 장이 맞았다. 무척 감사하고 죄송스러웠지만 내심 지폐 수가 네 장이기를 바랐는지도 모른다. 다음에 이 돈으로 아버지께 멋진 모자를 사드리겠노라 다짐하며 엄마를 기다렸다.

결혼 전 부모님과 같이 살았을 때 내가 다니던 직장 근처에는 콩국수 집이 있었다. 맷돌로 직접 간 콩국수 국물이 커다란 통에 담겨 있고, 주인아저씨가 신나게 저어 대던 모습이 생각난다. 2L짜리 플라스틱 통에 국물만 담아 구매할 수 있었는데, 내가 콩국수 국물을 사 올 때면 엄마는, '뭐 이런 걸 자꾸 사와.' 하시면서도 집에 구비해 두었던 면을 꺼내 삶으시고는 그 국물에 말아 드시며, 이 집 콩국수 국물이 너무 맛있다고 좋아하시던 엄마의 표정을 기억해 본다.

그 시절 엄마가 좋아하시던 콩국수 가게의 위치와 상호는 언제부턴가 기억이 잘 나지 않는다. 그래도 옛 기억 속 콩국수 향기는 영원히 상하지 않을, 신선함으로 각인되어 있다. 정말이지 행복하고 구수한 기억이다.

그때 마침 집에 들어오신 엄마는 머리 색이 콩국수처럼 희끗희끗했지만 그 빛깔은 꽤 우아했다. 모녀가 각자의 지역에서 다른 세상을 살다가 이렇게 가끔이나마 다시 만나면 옛날 일도 떠올리고, 그간에 겪었던 일들도 공유하며 수다를 떤다.

엄마는 최근에 가족 동반 회사 동료 모임에서 겪었던 일에 분개하시며, 나에게 공감과 이해를 구하셨다.

직장 회식에서 여럿이 동태탕을 드셨는데, 동료의 부인이 동태탕 속 맛있고 큰 건더기들을 모두 가져다가 본인과 본인 아이들 그릇에 담아 버리는 만행을 저질러 나머지 사람들은 국물만 먹게 되었다고 한다. 그 후 그 사람이 없는 곳에서 그분의 별명은 '동태탕'이 되었다고 한다. 나는 음식값을 각출하면 음식량도 공정히 나눠야 하는 거 아니냐며 공감했다.

또 어머니는 친구에게서 들은 이야기도 해주셨다. 엄마 친구분이 친척들끼리 모여 김장하던 날, 평소 욕심이 많고 얍삽한 추ㅇㅇ 씨가 김장 후 1/N보다 더 많은 김치를 챙겼다고 한다. 게다가 뒤풀이 음식까지 미리 빼돌렸다는 이야기에 모두 혀를 내둘렀다고 한다.

사건의 자초지종은 대강 이러했다. 추ㅇㅇ 씨와 일행들은 모두가 힘겨운 김장 노동이 끝난 뒤 뒤풀이 시간을 보냈다. 공용 돈이었기에 카드 영수증을 공유했고, 인원수보다 넉넉히 음식을 구매한 사실이 확인되었음에도 음식량은 턱없이 부족했다. 모두 마트 시식 코너에 온 듯, 맛만 본 후 흐름이 끊겨 김치만 먹는 상황이 되자 수상함을 감지한 다른 친척이 추ㅇㅇ 씨에게 물었다.

"거 영수증 얼핏 보니까 식사와 안줏거리를 넉넉히 산 거 같던데, 설마 이게 다는 아니지? 거 좀 더 내와. 다들 배고파하잖아. 부엌에 더 있겠지?"

추○○ 씨는 "하하하. 물가가 올라서 그런지 금액에 비해 양이 많지는 않네요." 하고 말했단다. 추 씨의 만행이 한두 해는 아니었기에 참다못한 집안 어르신이 한마디를 덧붙였다. "이상허네. 수육도 더 있을 테고 굴전도 더 있을 건디. 영수증 좀 다시 내와 보지 그래?"

추 씨는 "다들 확인하셔서 버렸죠. 어르신이 많이 배고프셨나 봐요." 하며 더 뻔뻔하게 대꾸했다.

모두 계속 봐야 하는 사이기에 그녀의 만행을 알면서도 모르는 척해 줬다. 그 배려를 추 씨는 전혀 눈치채지도, 양심의 가책을 느끼지도 않았고 그런 그녀는 사람들의 미움을 사고 욕심은 계속 늘고 더러운 인성과 인생은 계속 꼬여만 간다고 한다.

그녀의 만행은 그날도 어머니 친구분에게 목격되었다고 한다. 추○○ 씨가 일부러 장보기를 자처한 저의가 있었다. 김장을 시작하기도 전에 추 씨는 음식의 반 이상을 비닐에 가두어 본인 차에 감금해 놨던 것이다. 이 만행이 어머니 친구뿐만 아니라 두 명에게 추가로 목격된 뒤였지만, 너무 어이없고 추잡스러운 추○○ 씨의 태도에 질려 버려 다들 모르는 척했다고 한다. 뭐, 나머지 친척들도 추 씨의 죄를 알고도 으레 모르는 척해 줬으리라. 그 뒤로 추○○ 씨가 없는 자리에서 추잡한 배추 털이와 음식 털이를 한 그 사람의 별명은 '배추잡 씨'가 되었다고 한다.

이듬해부터 김장 모임은 이 핑계 저 핑계로 다들 약속이나 한 듯 시간이 어긋나 추억 속으로 사라졌고, 각자 집에서 소가족이 김장하며 수육과 전 등을 실컷 먹는 즐거움을 누리고 있다는, 후일담이 꽤 마음에 드는 결말이었다.

곧 엄마와 내가 김장을 한다면 넉넉한 뒤풀이 음식과 함께 동태탕을 공정히 나눠 먹으며 평화로운 일상을 누리리라. 동태탕 씨와 배추잡 씨 뒷담화도 곱씹으며 뒷담화의 짜릿함에 더 부른 배를 움켜잡고, 웃고 또 웃을 수 있겠지.

가족들과 시끌벅적하고 푸짐하게 식사할 수 있는 날이 셀 수 없이 많이 남아 있기를 기도하며, 지금의 행복을 품에 안은 채, 뭔지 모를 불안감을 다독이고 내 일터와 남편이 있는 신혼집으로 발걸음을 옮겼다.

신혼집에 오자마자 또 장거리 이동할 일이 생겼다. 남편의 할머니가 갑자기 운명하셨다는 슬픈 소식이었다. 허둥지둥 검정 옷을 찾아입고 간단한 짐을 챙겨, 슬픔에 잠긴 남편을 대신해 운전대를 잡았다.

친정에서 자느라 연락을 늦게 받았던 나와 전날 야근을 했던 남편이 꼴찌로 도착했다. 평소 할머니와 왕래가 잦은, 남편의 친척분들은 워낙 고령이셨던 할머니가 위독하시다는 전화를 받자마자 이른 새벽녘에 도착하여, 임종 직전에 할머니와 인사를 나눴다고 한다. 그분들은 마지막으로 인사할 기회를 누린 덕분인지 생각보다 덤덤한 모습으로 장례 준비를 했다. 물론 친척들도 첫날에는 실감이 나지 않아 애써 덤덤한 척했겠지만 가족 모두가 끝까지 잘 버텨주기를 기도했다.

세상에 애통하지 않은 이별이 없을 테지만 젊은 나이에 비명횡사로 떠나셨던 고모를 떠올리면, 그래도 할머니의 마지막은 행복한 편에 속하지 않을까 감히 생각해 봤다. 영정 사진 속 할머니는 얼굴 가득 주름지도록 미소를 띤 표정이셨는데 무척이나 아름다웠다. 이토록 아름다운 할머니의 미소가 얼마나 소중했는지 다들 너무나도 잘 기억하고 있다. 행복을 남기고 떠난 할머니의 마음처럼 모두의 슬픔이 차갑지만은 않기를 기대해 봤다.

100년 넘게 살게 되더라도 사람은 언젠가 죽는다는 사실을 나는 누구보다 잘 알고 있다. '죽음과 이별'이란 우리 모두 죽을 때까지 인정하고 싶지 않은, 사무치는 비통함이다. 그 사실을 알면서도 모두가 영원히 살 것처럼 꿈을 꾸고 희망하며 살아가야 한다. 이렇게 인생을 함께 슬퍼하고 기뻐한다면 우리는 끝까지 영원을 꿈꾸며, 후회로 고통받지 않는 삶을 살 수 있지 않을까.

장례식장은 첫날부터 많은 조문객으로 북적였고 누구 하나 식음을 전폐하며, 슬퍼하기만 하지 않도록 서로가 서로를 챙겼다. 입맛이라는 게 있을 수 없는 상황이지만, 고인과 조문객에 대한 예의로 쓰러지지 않도록 우리 모두 속을 든든히 채워야 했다. 일회용 접시에 담긴 흰색과 쑥색 절편, 꿀떡의 윤기는 떡을 그다지 좋아하지 않는 나도 홀린 듯 그것들을 집어먹었다. 오색 꼬치전과 동태전, 빠질 수 없는 메인 반찬인 배추김치까지 얼핏 양이 적어 보였던 반찬들이라도 뱃속에 들어가면 든든한 포만감이 들었다.

불안했던 위장도 정갈한 한식들에 굴복하며 장례를 치르는 동안은 기특하리만큼 할 일을 잘해 줬다. 물론 위장도 눈치라는게 있어서 때와 장소를 가려 설사 폭탄을 터트리는 것일지도 모른다는 의심이 들었다. 하지만 아마도 진짜 나를 소화 시켰던 건 가족 모두 의지하고 위로하며 가진 마음을 다 갈아 넣은 '마음의 힘' 때문일 거다.

장지에서 먹었던 눈물 젖은 약과의 단맛을 끝으로 집으로 돌아가는 차 안에서 운전하며 생각했다. 언제 끝날지 모르는 나의 일상, 그 일상 도로 안으로 돌아가면 며칠 동안 온몸으로 체감했던 죽음이라는 공포를 이곳에 묶어 두고, 반대편으로 질주하리라. 우리 모두 언젠가 반드시 떠난다는 사실은 까마득하게 잊은 듯이 행복에 빠져 살리라. 하루하루를 따뜻하고 편안하게 살고 도사리는 불안은 이렇게 멀리 있으니 잠시라도 애써 안심하자. 불안해하지 않는 곳으로 가서 사랑하는 사람과 안전한 행복만을 먹고 살아가리라.

며칠 동안 제대로 못 자고 무거운 감정 소모를 한 탓에 집안일도, 간단한 조리도 해낼 힘이 없을 것만 같았다. 출근은 내일부터. 오늘 저녁은 집에 가는 길, 고즈넉한 산속에 있는 한옥 한정식당에 들러 남편과 눈물 없는 만찬을 천천히 즐겨야지.

예전에 데이트할 때 한껏 치장한 모습으로 와봤던 곳인데 오늘은 장례를 치른 뒤 민낯의 퉁퉁 부은 몰골로 오게 되었다. 그래도 남편은 예쁘다고 해줬다. 내가 아니라 여기 풍경이 예쁘다며 장난을 곁들이는 여유를 보여 주는 남편 목소리에서 사무치는 슬픔이 잠시 가라앉았음을 느꼈고, 덩달아 지친 나의 기분도 잔잔하게 사그라들었다.

우리는 고급스러운 코스 요리로 천천히, 많이 먹기로 했다. 먼저 고소한 들깨 드레싱 샐러드를 천천히 먹었고 해파리냉채와 떡잡채, 말랑말랑한 탕평채도 너무 맛있었다. 보쌈 몇 조각과 녹두전은 입속에 들어간 순간 내 마음속 깊은 곳까지 따뜻하게 스며들었다. 약간 매콤한

코다리와 갈비찜이 나올 때부터 이미 배가 불렀지만, 젓가락질은 멈추지 못했다. 고소한 버섯 들깨탕과 간이 순해서 더 좋았던 떡갈비는 정말이지 매일 먹고 싶은 맛이었다. 냄새가 너무 좋은 보리굴비와 힘 나는 낙지볶음, 모락모락 김이 나는 솥밥과 보글보글 된장찌개, 그리고 적당히 따뜻한 매실차까지 마셔 주니 몸과 마음의 속이 모두 한결 더 편안해지면서 살아 있음에 감사함과 깨어 있다는 깨달음이 단전에서부터 전해졌다.

지쳐 흔들리는 몸 안에 맛있는 음식을 넣어 어깨와 눈썹을 꼿꼿이 세운 뒤에도 남편 눈에서 눈물이 몇 방울 더 흘러내렸지만 우리는 장례식장으로 돌아가지 않았다. 눈빛은 여전히 이 식당에 머물렀다. 어제의 슬픔이 열리지 않기 위해 서로의 손을 잡았다. 다음에는 꼭 부모님과 동생이랑 같이 와서 먹어야지.

식후 식당 주변을 산책하는 동안 후식으로 맑은 공기를 실컷 마셔 준 뒤 편안한 미소로 집에 돌아가 푹신한 베개에 얼굴을 파묻고 꿀잠을 잘 것이다.

2장

으스름달

나의 그리운 마음은 현생에서만 돌아다니지 않는다. 하늘나라에 간 인연들과 연락이 끊긴 사람들에게도 이 미련하게 쌓인 그리움들이 닿는다.

같은 세계에 있는 것 같으면서도 다른 세계에 사는 느낌을 뿜어내는 그런 사람들…. 자주 볼 수 없는 그 사람들에게 기어이 닿은 그리움의 끝은 행복과 슬픔으로 피어오르겠지. 나도 누군가에게 그립고 애틋한 존재로 여겨질 걸 생각하면 그리움은 슬픈 빛이 아니다. 그 애틋한 마음에 힘을 얻고 나면 나 자신을 잘 돌봐야 한다는 다짐이 차오른다.

잠이 오지 않는 밤, 내가 잠에게 가지 않는 밤. 새벽까지 뒤척이다 겨우 만난 잠이 달아나 버리고 창밖의 별을 바라보는데, 깨끗한 별 하나가 하늘 가슴팍에 꽂혀 있다.그 예쁜 별은 몇 초 만에 보랏빛으로 선명해졌다가 이내 사라진다.

내 별이 어디로 갔을까. 원래 내 것이 아니었을까. 별을 찾느라 어둠 속에서 눈동자를 굴려 댔더니 어지러웠다. 어지럼증이 줄어들 즈음 배안이 소스라치게 쑤시고, 아랫배를 움켜쥔 손바닥 안에 차가운 파란색 피가 묻어나더니, 배꼽을 찢고 별이 튀어나왔다. 별의별 모양을 상상했다. 우리가 늘 그려 왔던 삐쭉이 별인데 그 날카로움에 손이 베이며 만지다 보니 부드러워진다. 그러다 점점 작아지고 시야에서 흐릿해지더니 다시 내 안으로 들어온 느낌이 든다. 고통과 불편함은 나를 찢어 놓고 멀어지려고 하다가도, 내 손길에 이내 녹아 버리고 재흡수되었다. 이제 보이지 않아도 만질 수 있을 것 같은 별가시.

하늘에 별도 다시 제자리에서 더욱 빛나고 있고, 내 배 속에도 단단하게 자리 잡은 별. 내 안에 흔들리는 무엇을 잘 잡아 이끌어 줄 것 같은 무게감. 그리고 안정감으로 자리한 별.

감정의 변화에 별부림치며 깨어난 나는 거울을 봤고 눈동자에 별이 비쳐 보였다. 꿈속의 별은 현실까지 따라와서 눈동자 안에 자리한 것일까. 맞을 수도 있고 아닐 수도 있다. 이 방 형광등은 별 모양이다. 아주 밝은 LED 불빛의 별 모양 조명. 멋지고 유니크한 조명, 소중한 나의 별 모양 조명. 그 모양이 너무 마음에 들어서 눈이 항상 반짝반짝 빛나는 것일까.

꿈을 꾸지 않는다는 건 어떤 기분일까. 기절한 느낌일까. 살아 있지 않은 느낌일까. 나처럼 매일 꿈을 꾸는 사람들은 도대체 몇 개의 세계를 동시에 살아가고 있는 걸까. 꿈을 꾼다는 것은 시공간을 넘나드는 기억의 조각들을 순서 없이 볼 수 있는 초능력일까?

요즘 들어 신비로운 꿈을 부쩍 많이 꾼다. 특별한 방법으로 후회를 마주한 이들의 믿기 힘든 경험들을 직접 만나서 보고 듣기로 결심한 뒤로 별의별 꿈을 더 많이 꿀 수 있어 좋다.

꿈을 즐긴다. 꿈을 여행한다. 나의 꿈은 거부할 수 없는 '나'이고 나만의 기억이며, 나의 모든 전생과 현세와 내세를 보여 주는 우주인 것 같다. 꿈을 즐기는 일을 게을리하지 않고 앞으로도 열심히 해볼 생각이다. 전생의 나의 업을 용서하고 내세의 나를 구하러 가기 위해, 현세의 내가 행복하기 위해.

나를 위로할 수 있을 것 같은 그 모든 것들을 위해.

새로운 경험들을 모아 후회를 만나러 간다. 그 사람들은 모두 진실만을 말하지는 않을 것이다. 하지만 거짓말쟁이도 아닐 것이다. 발견되지 못한 세계의 경계선을 넘으려는 우주인일지도 모르고, 시간의 순서를 파괴하는 탐험가일지도 모른다.

정체를 파헤치지 않는다. 취조하지 않는다. 캐묻지 않는다.

상상과 추측만이 그들에 대한 호기심을 유지시키고 적당한 믿음과 불신만이 신비로운 서로를 긍정적으로 자극할 수 있다. 서로의 진짜 정체는 숨기고 각자 원하는 가면을 쓰고 만난다.

의심스러운 경험들. 그 경험에 담긴 거짓 기억과 진짜 기억들, 그것이 곧 우리의 정체성이다. 그 정체성이 적나라하게 드러나도 빤히 보지 않고 감은 눈으로 존재를 이해해 줄 뿐이다. 후회에 관한 신기한 경험을 가진 사람들이 모여 진실 파헤치기를 포기하고, 다정하게 믿어 주고 잔잔하게 의심한다. 웃고 울고 허구와 실재의 경계에서 상상과 현실을 반죽해 버리고 우리는 좀 더 진득하게 쫀쫀해진다. 서로를 통해서 각자 자신을 돌보는 의무도 잊지 않는다.

　과거와 미래를 섞는 우리, 거짓과 환상의 적당한 합. 후회를 안전한 통로에 아주 잘 따라 버리거나 후회를 따라가기. 혹은 전자 후자 둘 다. 아니면 버리지도 함께하지도 않기. 고통스럽게 받아들이고 뿌듯하게 기억해 내기.

　나를 위로할 수 있을 것 같은 그 모든 것을 위해.

　우리를 위로할 수 있는 그 모든 것들을 위해.

3장   # 후회를 따르는 감각

기억과 후회는 투피스 같다. 따로 또 같이 나를 따라다니고 기억은 후회가 없어도 선명하며 후회는 기억도 없이 홀로 마음에 남아 있기도 한다.

시간으로 기억을 증명하는가. 기억으로 시간을 증명하는가. 지구에서 아주 작은 내가 우주만큼 거대한 의문을 품어 대도 나는 결국 어떤 새로운 정보도 알아낼 수 없을 것 같다.

이미 지나간 일이라는 것은 과거의 내가 갇혀 있는 곳이어서 지금의 나와 소통할 수 없다고만 해석됨이 맞는지 알고 싶다. 내가 과거와 소통할 수 있는 통로를 발견하고 시간은 흐르지 않은 채, 과거·현재·미래 모든 시간이 동시에 살아 있다면, 미래의 나와도 많은 것을 주고받으며 변화시킬 수 있을까.

시간이 흐르지 않는다면 윤회가 무의미할까. 전생의 죄와 벌을 현세의 내가 받고, 현세의 공을 내세의 내가 누린다면 나를 위한 죄와 공이 맞는가. 하지만 과거의 흠을 지우고 미래의 빛을 미리 알아내어 평화로운 삶을 누린다면, 불안이 어디에서 어떤 방식으로 나를 괴롭힐지도 모른다는 생각이 드는 것은 진정 내 생각이 맞는 것일까. 누군가가 내 머릿속에 투입한 인생의 힌트일까.

다행인지 불행인지 나는 시간의 흐름으로만 세상을 이해할 수 있고, 지나간 일은 바꿀 수도 없고 후회를 막을 수도 없다.

'후회'는 엄청나게 고등한 기능이고, '상상'은 우주가 날 통제할 수 없는 유일한 자유다. 나는 어떤 생각을 발견해서 후회를 다룰 수 있을까? 내가 어떻게 잘 지내야 할지 모를 때가 이토록 많은데.

매서운 바람으로 내 머리채를 잡아 만날 수 없는 과거로 날 끌어다 놓는 후회를 미워해야 할지 사랑해야 할지 모르겠다. 함께해야 할지 헤어져야 할지 모르겠다.

후회를 깨끗하게 따라 버리는 것도, 후회가 내게 알려 주는 길을 잘 따라가는 것도 둘 다 해낼 수 있을까?

가변성이 있는 마음과 삶에 대한 태도는 후회를 만나며, 깨달음과 판단력을 키워 간다 해도 때로는 그 얼음이 고통스러워서 달아나고 싶다. 후회 없는 삶에 대한 환상.

깊은 깨달음과 지혜는 얻을 수 있는데 통증 없이 후회를 만날 수 있는 마취제 같은 판타지에 대한 열망 속에서 특별한 경험을 하게 된 사람들을 직접 만나기로 한 결심을 드디어 실행한다. 과연 어떤 사람들의 후회를 볼 수 있을지 기대된다.

그 꿈을 실현하기 위해 모집 공고문을 만들었다. 낯선 사람들을 만나는 일에 조바심이 나기도 했다. 그래도 용기를 내어 건전하고 안전한 만남을 성사시킬 테다.

이하 인터넷에 올린, 모집 공고 전문

시공간을 뒤집어 후회를 만나는 특별한 순간들을 이야기해 줄 분들을 모십니다.
후회와 관련하여 믿을 수 없는 이야기를 털어놓고 싶은 분들 있으신가요?
소수 인원으로 안전한 곳에서 정모 예정입니다.
서로의 일화를 번갈아 가며 들려주세요. 다소 믿기 힘든 이야기라도 서로 불신하지 않고 또 급하게 믿어 주길 강요하지 않고, 후회를 따라 춤추고 절규하는 우리의 순간을 유난스럽지 않게 응원해 줄 분들 환영합니다.
자세한 동호회 원칙은 천천히 추가 수정하며 같이 만들어 갔으면 해요.
후회의 쓴맛을 받아들이는 과정을 조금만 더 다채롭고 달달하게 만들어 볼 테니, 무조건 후회하지 말라고 하시는 분들의 섣부른 염려는 사양합니다.
우리들의 소중한 후회, 그 후회의 순간을 위해.

우리를 위로할 수 있을 것 같은, 그 모든 것들을 위해.

동호회 명: 후회를 따르는 감각

4장   꽃등

첫 번째 정모 날, 그날은 한 톨의 후회도 남기지 않은 산뜻한 기억이다.

적당한 긴장감과 불안하지 않은 편안함을 위한 징소를 물색하기 위해 부단히 노력했다. 새롭고 낯설지만 꿈에서 봤던 천국처럼 아늑하고 언제든 돌아가고 싶은 곳, 후회가 찾아올 수 없을 만큼 단단한 만족의 울타리로 둘러싸여 있는 꿈의 장소.

나무 바다가 이어지는 곳에 위치한 카페는 통나무 인테리어가 독특하고 편안한 분위기였다. 널찍한 테이블 간격으로 일행이 아닌 사람들의 이야기가 들려오지 않을 법한 프라이빗한 좌석이 마음에 들었다.

나는 토피넛 라떼를 마셨고 그날 모인 회원들은 레트로 커피믹스, 전통차, 쑥라떼, 흑임자 라떼를 마셨다. 아이스 아메리카노를 시킨 사람이 없는 테이블 위에는 일상에 찌들어 커피 수혈을 할 것 같은, 고단한 사람의 냄새가 없었다. 고소하고 달달한 향기들이 섞여 우리의 들뜬 마음을 덮어 줬다. 아이스 아메리카노를 선호하지 않는 공통점만으로 유대관계가 형성되어서 모두 기분이 좋았다.

디저트는 시키지 않았고 액체만이 우리의 입술을 지나 깊은 동굴로 빠져들었다. 언제든 목구멍에서 신비로운 이야기들이 올라올 수 있도록 이야기 통로에 향기를 뿌려 댔다. 섬세하고 아름다운 한 모금들. 오랜 시간이 지나도 그때 머금은 향기는 우리들의 뇌 속에 건재하리라.

감성적인 사람들의 첫 모임답게 신비주의 콘셉트를 장착했지만, 누구라고 할 것도 없이 자신의 이야기를 먼저 하고 싶었을 거라 짐작했다. 우리는 먼저 간단한 통성명을 하고 규칙을 이야기했다. 모임이 거듭되며 다듬어지는 단계를 거치기까지 우리는 서로의 눈치를 보며 기대감과 걱정을 내놓았다. 가장 걱정하는 부분은 아마도 서로에게 스트레스를 주지 않을까 하는 염려였다.

카페에서 갈증을 해소하며 편히 쉬다가 뒷문으로 나가 봤다. 이 카페는 내부도 예뻤고 야외 공간도 참 좋았다. 숲속을 지나쳐 바다가 이어진 곳에는 가루비가 내리고 꽃구름이 무지개보다 아름다웠다. 이토록 아름다운 길을 걷다 보니 모래와 자갈이 아닌 꽃물결 해변이 나왔다. 꽃멀미에 흔들거리는 내가 내뱉는 말들은 온전히 나를 위한 말이었던 것 같다. 그때 호젓이 곁에서 내 말을 들어준 사람들의 얼굴은 마치 거울처럼 나를 닮아 있었다.

잘못을 인정하고 반성하는 건 아무나 할 수 없다지만 나는, 그리고 우리는 거뜬히 해낼 수 있다고 믿는다.

우리의 궁극적인 목표
"선택에 핑계 말고 불만 말고, 나를 둘러싼 세계를 좀 더 자세히 들여다보기."

"후회를 버리고 또 따라가며 그 끝에 정면으로 마주하고 받아들이기."

우리를 위로할 수 있을 것 같은 그 모든 것들을 위해.

5장   자갈자갈

거듭되는 정모로 인해 우리 모임만의 색을 찾아가는 과정은 감춰지지 않는 설렘이다.

ㄱ 설렘을 증폭시키기 위해 어떤 날은 속세와 동떨어진 곳으로 우리를 밀어 넣는다. 한적한 곳에 있는 고샅길로 접어들어 폭이 좁은 진입로 위를 달리는 자동차는 논두렁으로 추락할 듯 위협적이었다. 그렇지만 목적지를 향한 질주는 변심하지 않았고, 가는 길과 어울리지 않게 신식 건물이 세련된 자태로 우리를 매료시켰다.

이번 모임에서도 첫입을 연 건 단연 나였다. 회원들은 겨끔내기로 내게 질문을 퍼부었다. 앞으로 함께 가야 할 방향을 아직 제대로 흡수하지 못한 태도들은 다소 불안정해 보이기도 했다. 정리되지 않은 회칙들이 중구난방으로 오고 가는 상황에도 서로를 폄하하지 않았다. 나는 모두의 의견을 수렴하여 몇 가지 정리하기 시작했다.

"서로의 이야기에 의심하지 않기. 적당히 믿어 주기.

반응은 적당히, 부담스러운 경청보다는 자연스럽게 함께 있기. 따뜻한 눈빛과 태도, 그 외 모든 분위기로 무언의 이해와 공감을 표현하기.

데면데면하지 않기. 풋인사나 나누는 사이보다 조금 더 가까이. 지나친 질문과 침묵 또한 금지.

비난하려 들쑤시지 않고 선택을 종용하거나 훈수 두기 금지. 아주 조금만 관여해 주고 조금 많이 관대한 반응을 보여 주기.

떠들썩하지 않아도 전해지는 깊은 공감. 하지만 하늘에 닿을 듯한 들뜸과 부아가 치밀어 오르는 분노는 스스로 다스려 꺼내 보이지 않도록 노력하기.

더하지도 빼지도 않는 그 적당한 거리. 그 깊은 안정감을 위해.”

회칙은 앞으로 추가, 수정이 가능한 부분임을 공표하여 회원들의 부담감을 덜어 줬다. 자연스럽게 물 흐르듯 이야기 순서가 정해졌고 우리는 '적당한 경청'을 위해 노력했다. 창문 너머 남의 집을 염탐하는 재미처럼 모임에서는 모두 제 나이를 잊고 호기심 가득한 소년 소녀가 되었다. 초인종을 누르고 집주인이 나오기 전 도망치는 콩닥거림같이 각자의 이야깃주머니를 콕 눌러 터트려 보고 싶었고 또 도망가고도 싶었다. 그러나 모두 용기를 내어 모인 사람들이니 도망가는 사람 없이 다들 용감했다.

멤버들이 전하는 이야기는 처음 본 페이크 다큐 영화 〈파라노말 액티비티〉처럼 충격적이고 신선했다. 특별한 것 없어 보여도 적당히 재미있는 이야기들. 기깔난 사건들이 더 특별해지기도 하고 무미건조해지기도 했고 지루하고 뻔한 사건들이 소름 돋게 둔갑하기도 했다.

부탁과 명령 사이에서 헤매는 듯한 말투가 매력적인 사람은 내내 이목을 끌었고, 마구잡이 무법자는 모두가 한마음 한뜻으로 모임에서 추방했다. 한 명이 추방된 이후로 모임의 색은 더 분명해졌고 나머지 회원들은 대동단결로 결속되었다. 그날을 기점으로 말자루를 쥔 사람이 불편해지지 않도록 노력하는 태도로 개선되었다.

우리들은 정말이지 서로의 일화들을 진심으로 경청했다. 미주알고 주알에 양념까지 보태어 늘린 이야기들도 재미있었고, 필요에 따라 선택적인 필터링을 거친 가식적인 이야기들도 귀엽게 봐줄 만한 수준이었다.

거칠고 투박한 이야기 사이, 섬세하고 부드러운 알맹이들을 개떡같이 주무르는 자유로운 시간이었다. 각자의 이야기에 울고 웃으며 서로를 믿었고 또 믿지 않았다. 현실과 비현실 사이에서 시공간을 넘나들며 특별한 경험을 할 줄 아는 사람들이었다. 진짜처럼 말하는 거짓인지, 거짓처럼 말하며 진짜를 숨긴 건지는 중요하지 않았다. 후회에 관한 신비로운 경험들을 나누고 몰입하던 이 시간 동안, 각자의 후회를 한데 모아 던져 놓을 수 있었다.

어떤 날은 속세에 고급스럽게 물들고 싶은 날에 만났다. 도심 속 번화가 고층 건물에 위치한 루프톱 라운지에 모여 아주 예쁜 칵테일을 마시기로 했다. 나는 과일주나 탄산수가 섞인, 화려한 꽃장식의 트로피컬 종류를 마시고 싶었다.

도화, 블루 사파이어, 블루 하와이, 미도리 사워, 섹스 온 더 비치, 옥보단, 오르가즘, 준벽, 체리 블로섬, 키스 오브 파이어, 피치 크러시, 핑크레이디, 프렌치 키스 등 칵테일 이름이 너무나 매력적이다.

마셔본 걸 주문할까 아니면 새로운 모험을 할까 고민하다가 상큼한 미도리 사워와 이름대로 해보지 못한 '섹스 온 더 비치' 두 잔을 주문했다. 어떤 회원은 백포도주로 만든 애플 마티니를, 어떤 회원은 테킬라가 들어간 라임 마가리타를 주문했다. 술 잘 마시게 생긴 잘생긴 회원은 무알코올 청포도 모히토를 주문했다.

안주로는 고르곤졸라 피자와 감바스. 같이 꿀을 찍어 먹기엔 어색했고 피자에 꿀을 다 뿌려 버리기에는 눈치가 조금 보였지만 라임 마가리타를 한잔 들이켠 회원이 피자에 꿀을 뿌려 식빵 위의 잼처럼 발라 준 순간, 나는 기쁨의 입꼬리가 치솟았고 애플 마티니를 홀짝이던 남자는 덜 달게 먹고 싶었는지 미간을 찌푸렸다. 저 남자가 내 애인이었다면 꿀을 다 빨아 먹고 내 침이 발린 피자를 먹었으리라. 상상해 보며 기대감 가득 묻힌 손들로 예쁜 잔을 부딪치며, 우리의 시간은 역행과 순행을 오가는 마법 열차에 실렸다.

탈퇴하는 회원, 잠수 타는 회원이 생기기도 했고, 또 신규 회원이 들어오며 사람들이 바뀌기도 했다. 그래도 나를 포함하여 고정 멤버들이 굳건하게 버텨주는 한, 모임의 색은 변질되지 아니하고 계속 반짝였다.

매번 경계심을 주고 회칙을 알려 줘야 하는 번거로움도 있었지만 다양한 사람들의 후회를 만날 수 있다는 건 아주 큰 장점이었다. 마치 나를 아는 척하는 주인이 있는 음식점에 재방문이 꺼려지는 심리처럼, 서로가 편해질 수 있는 시점에도 감정적으로 가까워지는 사이가 되지 않도록 조심했다. 우리는 때로는 주관적으로 때로는 객관적으로 서로의 후회를 들어줄 수 있는 수단으로 오래 남기를 원했기 때문에. 어떤 상황에서든 서로가 원하는 리스너가 되어 주기 위해.

우리를 위로할 수 있을 것 같은 그 모든 것들을 위해.

6장	입 아래 코

서로의 후회가 되지 않기 위해 서로의 시간을 따라간 시선들.

1) 명견만리

직장 생활이 만만치 않다. 수강생이 줄어들면 언제 권고사직 될지 모르는 고용 불안정 속에서, 온갖 잡일까지 도맡아 하다 보면 몸도 마음도 지친다.

어린이 스포츠클럽 안에서는 생활 체육, 방송 댄스, 수영, 골프, 풋살, 아이스하키, 퍼포먼스 미술까지 다양한 과목을 교육하고 있다. 사업체 내에서 본부장과 실장 직책인 체육전공자 두 명이 키즈클럽 수업을 전담하며 작게 운영해 왔다. 그러다가 수영 강사 1명, 생활 체육 강사 1명, 풋살 코치 1명, 퍼포먼스 미술 강사 2명을 일괄 채용하며 사업체를 급진적으로 늘렸다. 유치원이었던 공간은 수작업 내부 공사로 허술하게 손보며 미술 수업과 체육 수업 교실로 정해졌고, 여자 수영 강사는 수영 수업과 생활 체육 수업을 병행했다. 유아 골프 수업이 붐빌

때는 골프채 한번 만져 보지도 못한 미술 강사가 보조로 투입되기도 했다. 퍼포먼스 미술에 무지한 상사들의 지시 아래 미술 강사가 수업 계획안을 작성했지만, 상사들은 필요한 미술 재료의 종류와 양에 놀라며 운영비를 예상치 못하게 과다 지출했다고 혀를 내둘렀다.

그 와중에 프랜차이즈 퍼포먼스 미술 교육기관의 동화 수업에 꽂힌 상사는 준비 과정도 모른 채 일을 벌였고 뒷감당은 강사들이 해야 했다. 동화책을 같이 읽고 동화 내용 안에 직접 들어가 동화 속 주인공이 되어 본다는 취지인 동화 수업은 제작해야 하는 소품이 많다 보니 사전에 준비를 철저히 해야 한다. 동화책 속 배경으로 꾸며진 교실 안에서 아동들이 고퀄리티로 동화 내용을 체험할 수 있도록 그림과 만들기, 포토존까지 신경 써야 하기에 준비 과정에서 시간과 비용을 많이 소모한다.

수업 진행을 위해 교실 세팅에는 벽 4면 중 2면에 현수막을 붙이고, 남은 2개의 벽에 강사가 직접 그린 벽화로 공을 들였다. 제아무리 손이 빠른 경력자라 해도 혼자 드넓은 벽화를 그리고, 어린이집 단체 수업을 할 때처럼 몇십 명분의 소품과 수업을 준비하기에는 시간이 빠듯했다.

붓을 잡는 것조차 어색한 풋살 강사가 물감 채색을 돕다가 농도 조절을 어설프게 하는 바람에 스케치 위에 빨간 물감이 흐르는 핏빛 참사가 연출되기도 했다. 남자 체육 샘과 수영 샘의 시너지 없는, 교구 활용 체육 수업은 통유리 너머 감시하던 학부모의 눈에도 중구난방 난리블루스로 보였고 허술한 운영 체계는 여과 없이 들켰다. 개원 홍보로 했던 무료 체험 수업은 욕만 바가지로 먹었다.

사무실 의자에 앉아 운영비만 쥐고 있느라 수업 준비 속도를 가늠하지 못했던 사무직 상사들은 동화 수업이 한번 휩쓸고 지나간 후, 다음 달 동화 수업부터는 미술 강사 한 명을 더 채용해 줬다. 기존 미술 강사는 옛 직장 동료를 불러와 몇 년 전 같이하던 동화 수업 세팅을 재탕하며, 사골처럼 프로그램을 우려먹었다.

돈줄이던 이사장이라는 아재는 아무것도 관여하지 않고, 을들이 알아서 클럽을 잘 굴려 주길 바라는 눈치였고 질문이라도 하려고 하면, "저짝에 댕겨오느라 바빴구먼. 내가 저짝에 그 물건을 두었슈. 지저분한 거, 거시기한 거 죄다 저짝으로 치우고. 미술 선생은 말이여, 그 해바라기 하나 그려서 걸어 놔봐. 잘될 거여. 저짝에 우리 마누라가 반찬 넣어 놨으니 알아서들 꺼내어 챙겨 먹고 저짝에…" 등등 저짝만 찾아대는 저짝 이사장이었다.

도대체 왜 몇 명 안 되는 소수집단에서 이사장, 본부장, 실장, 과장이 존재하는지, 무엇을 위해 나눈 직급인지 별명인지 이해가 되지 않았지만, 뜬금없이 어디서 난 건지 명문대 후드집업을 나눠주는 본부장의 행동에 묘한 소속감이 들기도 했다. 소속감과 새 직장에 대한 애착을 가지려 폼 잡던 무렵, 짜증 나는 일이 봇물 터지듯 생겼다.

'저짝'밖에 모르던 이사장은 참빗장수라도 된 듯 물품 청구 하나하나에 다 딴지를 걸기 시작했다. 재료 아끼는 우리 샘들 입장에서는 정말 더럽고 치사했다. 열심히 일해 보려 계획안을 짜고 온갖 청소와 정리를 자진해서 도맡아 해도 돌아오는 건 '당근'이 아닌 '볼멘소리'뿐이었다.

이사장은 "미술 과목에서 이면지 많이 나올 거 같은디 말여. 이면

지를 찾아 활용하면 될 것을, 메모지를 뭐더러 사댄댜"라며 빈정대지를 않나. 정수기에서 종이컵을 사용한 후 양치 컵으로 재활용하는 건데도 "아니, 저짝에 뒤져 보믄 플라스틱 컵 굴러다닐 텐디 일회용품이라고 막 쓰믄 저기 저짝에 쓰레기가 금방 쌓일 거여."라며 스트레스를 줬다.

이사장 와이프(사모님)는 강사들 점심 식사 제공을 자처하며 생색만 낼 뿐, 소문난 잔치에 없는 먹을 것보다 더 먹을 게 없었다.

체육전공한 20대 남자 샘들 2명, 역시 체육 전공자로 수업과 운영을 병행하는 본부장과 실장도 많이 먹는 30대들이다. 그 외 여자 샘들과 과장님까지 최소 8명 이상을 위한 식사를 사모님이 준비했다. 그러나 8명이 먹기에는 식사량이 턱없이 부족했다. 직원들을 위한다면서 작디작은 솥에 찌개와 국을 끓여 오고 반찬도 소량이었으니 말이다. 시간이 지날수록 더 적어지는 반찬에 마트 시식 코너가 더 배부르겠다 싶을 정도였다. 이 정도면 그냥 알아서 끼니를 해결하라 통보하는 편이 쿨할 지경.

밴댕이 소갈딱지보다 적은, 사모의 음식을 손절 하는 직원이 늘어나고 각자 점심 식사를 개인 돈으로 사먹는 시스템이 구축될 즈음 혹시나 오늘은… 하며 사모의 찌개 냄비를 열어 본 순간, 두세 점 남짓한 돼지고기가 이짝저짝으로 버려져 참담한 찌개는 정말이지 못 볼 꼴이었다. 사람이 먹는 거에 빈정이 상하고 먹는 거에 감동하기도 하는데 사모님에게 점심을 얻어먹을 바에는 교도소에서 먹는 식사가 훨씬 소화가 잘될 것만 같았다.

본부장과 실장 또한 다정하고 열정적인 첫인상과 달리 무기력해지고 안 좋은 소문을 달고 다녔다. 무료 체험 수업은 엉망진창이라는 악평이 쏟아져 홍보가 되지 못했고, 간간이 지인의 지인으로 늘려 가던 수강생마저 코시국 이후 뚝 떨어진 상황이 됐다. 다들 수업이 없으니 수업 준비도 대충대충 했고, 농땡이를 까며 불안하게 여유로운 근무 시간을 보내던 중, '저짝 이사장'이 무슨 공돈이라도 생겼는지, 와이프랑 싸워서 집에 들어가기 싫었는지, 하여튼 무슨 회식 바람이 들어서는 '으쌰! 으쌰! 수강생을 늘리자'고 해서 근무의 연장선인 듯한 회식을 하게 되었다.

외로웠던 실장의 알코올 흡수는 빠른 속도로 진행되어, 직원들의 심기가 불편해졌다. 한 병이 두 병이 되고, 세 병이 될 즈음 핀트가 나간 목소리와 눈빛으로 진화하더니 소주잔을 입에 제대로 맞추지도 못할 지경이 되었고, 알코올에 젖이든 느끼한 눈살은 어리고 예쁜 수영 강사를 향해 소름 끼치는 추파를 던져 댔다. 침을 질질 흘리는 꼴이 마치 젖 달라고 막무가내로 자지러지게 우는 아기 같기도 했고, 예쁜 젖을 문대고 싶어 입술을 앞으로 흐물흐물 삐죽대는 변태 같기도 했다.

그 와중에도 이사장은 "저짝에 있는 것 좀 먹어 볼까. 이짝에서 택시 타고 늙은이는 빠져 줄 거여."라며 본인 전용 짝인 와이프를 제외한 온갖 짝만 찾아 댔다. 이대로 귀가하시면 농짝에 걸린 옷을 갈아입고 관짝으로 직행하셔서 영원히 출근하지 않으면 어쩌나 하는 걱정이 들었다. 물론 저짝 이사장을 걱정하는 마음은 아니고, 이대로 돌아가시면 내일이 나의 월급날이라 행여 월급을 못 받을까 봐 걱정이 되긴 했다.

여하튼 실장 이야기로 돌아오자면 그 후 한참 동안을 온갖 추잡스러운 헛소리를 뱉어 대다 사라졌다고 한다.

다음 날 사모가 들고 오는 쓰레기 같은 잔반 처리에 제대로 대꾸하지 않고 인사만 했다. 그리고 여자 샘들끼리 갹출한 돈으로 근처 분식집에서 든든한 점심을 사먹은 뒤 가장 넓은 교실로 다시 모였다. 우리는 후식으로 쫀디기와 남자들을 씹어 댔다.

"수영 샘한테 들이대다가 까이고 회식 2차 때 사무실 과장 언니한테 모텔에 가자고 물어봤었대. 진짜 저질이지 않니?"

"미술 샘이 수유실에서 작업복 갈아입는데 커튼 사이로 왔다 갔다하는 게 보이더래. 소름 끼쳐. 진짜 진상이다."

"애들 가르친다는 인간이 저렇게 음탕해서야. 학부모들이 알아야하는 건데."

"이렇게 작은 규모에서 일하면서 직책 갖다 붙이는 것도 진짜 웃기지 않니? 이사장, 본부장, 과장, 실장. 아주 웃겨. 무슨 대기업인 줄."

"근데 풋살 샘 겨드랑이 냄새 너무 심하지 않니? 아, 진짜 죽을 것같아."

"맞아. 나 한여름에 에어컨 고장 났을 때 같이 벽화 작업하느라 옆에 있었는데 바늘 천 개로 콧속을 찌르는 듯한 통증이 밀려오더라고. 곧바로 알겠더라. 악마의 겨드랑이로 사람을 죽일 수도 있다는 것을. 도저히 숨을 쉴 수 없는 냄새였어. 아, 진짜 고약하더라."

"근데 여자친구 있다던데. 2년 넘게 사귀었다지? 이 계절을 처음겪는 것도 아니라면 도대체 여자친구는 어떻게 참는 걸까."

"축농증이 심한 게 아닐까. 아니면 후각이 이미 마비되었을까? 혹시 코가 없나? 모형인가?"

"가족들은 왜 말을 안 해주는 거지? 그 정도 냄새면 수술을 해야 하는데."

갖은 억측이 오고 가는데 수영 샘은 무언가 알고 있다는 듯이 말했다.

"이 냄새를 견딜 만큼 어마어마한 장점이 있는 게 아닐까? 내가 본 게 있거든."

다른 샘들이 더 궁금해져서 물었다.

"뭔데? 그 어떤 장점도 이 역한 냄새를 견딜 수 없을 텐데"

한참 영어를 배우던 수영 강사는 샘들에게 영어로 말했다.

"I saw his eggs (아이 쏘우 히스 에그즈), I saw his two eggs (아이 쏘우 히스 투 에그즈), His eggs look heavy enough too rip of his gray pants. (히스 에그즈 룩 헤비 이너프 투 립 오브 히스 그레이 팬츠), Unbelievable(언빌리버블), Amazing(어메이징)."

나머지 샘들은 자지러졌다. 20대도 30대도, 핫플 냄새를 맡고 어느새 합류한 40대 여 과장도 그녀의 콩글리시 저질 유머에 까르르하고 여고생들처럼 웃어 댔다.

역시 친해지는 데 야한 얘기만큼 빠른 게 없는 걸까. 의외로 여자들은 이런 걸로 대통합이 가능하다. 그 후로도 여자 샘들은 남자들 험담을 신나게 이어 갔다.

본부장과 이사장이 CCTV를 보고는 여자들의 잡담 시간이 길다며, 수업이 없어도 홍보나 프로그램 연구를 하라고 지랄해 댔다. 아주 크게 '옘병'하는 꼴이 아마도 우리가 지껄이는 말을 조금이나마 들은 것 같기도 해서 가슴이 철렁했다. 도대체 CCTV는 왜 자꾸 보는 건지, 옷 갈아입는 공간에도 몰래카메라를 달아 놓은 건 아닌지 또 소름이었다.

체육 수업이 끝난 뒤 땀에 쩐 남자들이 수유실에서 옷을 갈아입는 샘들을 기다렸다가 커튼을 냅다 휘갈기며, 수유를 받고 싶다고 우리들의 무릎에 누워 버리면 얼마나 소름 끼칠지가 상상되어 기분이 나빴다.

이곳에서의 근무는 소름 끼침과 스트레스의 연속이었다. 명절 전날에는 어이가 없어 눈물이 나기도 했다.

이사장은 명절맞이 선물이랍시고 똑같은 스팸 세트 몇 개를 사무실에 쌓아 두었다며 한 사람당 한 개씩 가져가라 단체톡을 했고, 내 것을 챙기며 같이 퇴근할 친한 샘 몫도 갖고 나왔는데 그게 화근이었다. 모두 문자를 받고 감사를 표했는데 굳이굳이 개별로 사무실에 찾아가 증정식을 통과해야 되는 규칙이 있는 줄은 몰랐다.

이사장은 두 개를 챙겨 나간 나를 불러 불같이 화내며 혼냈다. 한 개만 들고 나간 줄 알았더니 개수를 세어 보니 내가 나간 뒤로 두 개가 없어졌다며 역정을 냈다. 어떻게 한 개와 두 개를 잘못 볼 수 있는지, 들고 나갈 때 지적하지 않고 일부러 다시 불러내 화를 내는 꼴이 어지간한 화가 아닌, 대형 천불이었다. 본인이 보는 앞에서 직접 선물을 받아 가는 과정을 못 볼까 봐 단단히 화가 났나 보다.

뭔가 이해를 하려 하면서도 또 이상하게 억울했다. 내가 너무 싸가지 없게 생각한 걸까. 세대 차이일까. 잘 모르겠다. 그냥 친절히 알려 줬으면 더 좋았을 것 같다. 그럴 거면 단톡방에 공지를 띄웠어야 하는 것 아닌가.

'한 명이 다른 사람 것 챙겨주지 마시오. 나에게 직접 인사를 하고 가져가는 것을 보여 주시오. 내가 생색내는 장면을 목격해 주시오.'라고 공지해 줬더라면 다 같이 몰려가 은행 창구처럼 번호표 뽑고 줄 서서,

"딩동, 생색받이 1번입니다. 선물 받으러 왔으니 거, 주슈."

"생색내는걸 받아 줘야 줄 거유."

"저짝에 있슈. 한 개씩만 가져가슈."

"딩동, 생색받이 2번입니다. 거참, 드럽게 고맙슈."

"내가 널 위해 이짝저짝 요짝그짝 스팸을 사댔슈."

"딩동, 생색받이 3번입니다. 저짝 이사장님의 대단한 스팸이 있다는 소식에 달려왔슈. 거 참 무쟈게 고맙슈."

"내가 말이여. 계속 적자인디 말여. 그 와중에도 직원들을 애끼니까는 둘이 먹다 하나가 죽어도 모를 스팸을 사준 거여."

"그것 참 감동이구먼유. 근디 메모지랑 양치 컵 세트도 좀 사주지 그랬슈."

이런 대화가 오고 갔을까. 여하튼 피곤하다. 그냥 다 피곤한 상상들이고 현실이다. 하고 싶은 말은 많지만 참고, 약간의 변명을 곁들여 죄송하다는 태도를 보여 줘야 한다. 토를 달았다가는 담금질로 진을 빼놓으니, 열받아도 '나는 갑이 아닌 을이다.'라는 것을 잊지 않아야 한다.

회식은 으쌰으쌰가 되지 못했고 수강생은 더 줄어만 들고, 인원 감축으로 권고사직 명단에 오를까 노심초사 상태라 상사에게 대들며 객기 부릴 여유는 없다. 지난번 남자들 씹은 것을 들킨 것 같은 눈치였던 그날 이후로 누구 하나 먼지 털리고 쫓겨날 것 같은 분위기를 감지했다. 과연 여자들의 촉은 어마어마하게 잘 들어맞았다.

누가 고삿고기가 될지 눈치싸움을 하던 중 여자들의 얄은 우정은 바사삭 부스러졌고, 미술 샘 한 명은 벌써 여우같이 이사, 본부장, 실장 등 남자들한테 환심을 사기 위해 커피도 사고 여우짓을 하며 줄서기를 해댔다. 나는 성격상 가식적으로 친해지고 정붙여서 해고당하지 않으려 안간힘 쓰는 짓거리는 못 하고 그저 불만을 혼자 감내할 수밖에 없는데, 이러다 내쫓기면 후회할 것만 같았고 자발적으로 퇴사해도 후회할 것 같았다.

모든 게 후회로 남을 것 같은 불안감이 밀려들던 날, 여름방학으로 몇 없는 모든 수업을 휴강하고 휴가를 받았다. 그리고 인생에서 잊을 수 없는, 신기한 경험을 바로 그 휴가 때 겪게 되었다.

왜 그랬을까. 왜 나에게 이런 경험이 찾아왔을까. 어쩌면 직장에서 후회하진 않는 선택을 위해 그 영상을 보게 되었는지도 모를 일이다. 만약 흔들리는 마음을 다잡지 않고 자진 퇴사했다면 밀려드는 카드값에 짓눌려 한 달도 마음 편히 쉬지 못하고, 이직 자리를 찾아 헤매며 퇴사를 후회했을 것만 같다. 내가 온갖 스트레스에도 해고당하지 않고 스스로 관두지 않고 버틸 수 있도록 만든 힘은 분명히 그 영상 때문일 거다.

휴가 기간 내내 혼자 돌아다니기로 결심했다. 생각할 거리도 많고 나 자신에게 질문할 것도 많아서 정해진 일정에 따라 누군가와 함께하는 여행은 부담감으로 느껴지는 시기였다.

문득 내가 다녔던 대학교에 가보고 싶었다. 그리고 그 근처 풍경들도 다시 보고 싶었다. 그곳에 가면 철없고 싱싱했던 내가 지금의 나를 만나 독사과를 건넬지도 모른다는 상상을 했다. 과거의 나에게 받은 독사과를 베어 물고 독을 삼키려는 순간, 미래의 내가 독을 빼내어 아무것도 없는 공간으로 멀리 던져 줄 것만 같았다. 게다가 아주 잘 던져서 홈런을 칠 것만 같은, 상쾌하고 짜릿한 기분까지 들었다.

괴이하고 희망적인 상상 끝에 학교에 다다랐고, 추억에 젖어 캠퍼스 안을 산책했다. 교양 과목 건물을 지나칠 땐 같은 강의를 들었던, 다른 과 잘생긴 남학생을 흠모했던 일이 떠올랐다. 조만간 그에게 고백할 거라고 친구들에게 허세를 부리며, 용기 있는 척 번호를 따서 전화했지만 단 한 번도 받지 않았다. 까였다는 창피함에 시험을 망쳤었지. 또 강의실 벽에 '김영복 바람둥이'라고 낙서한 사람이 나라고 오해받는 바람에 학과별로 여친을 만드는, 그 바람둥이 새끼랑 싸운 일도 있었다. 억울하게도 그 낙서는 정말로 내가 한 것이 아니었다.

나이트에서 번호 딴 남자가 건축학과여서 건축과에 놀러 가 썸 타려다 '흘리고 다닌 년'으로 오해받고 욕을 먹기도 했다. 축제 때 도서관 뒤편에서 과 동기랑 소주를 마시다가 지나가는 교수님한테 취기 어린 말투로 "사랑해요. 보고 싶었어요."라고 했는데 교수님이 불편해하셔서 뻘쭘했던 일도 생각난다.

축제 때 일일 포차에서 다양한 남자를 구경하고 친해지겠다는 부푼 꿈을 안고 머리도 안 묶은 채 파전을 부치다 머리카락이 프라이팬에 떨어졌었다. 그걸 빼내려다 허둥대며 프라이팬을 떨구고 발등에 화상을 입었는데, 뜨겁다고 촐싹대던 모습만 공개되어 꼴사나운 광경이 연출되기도 했다.

나의 친구에게 고백하려는 과 선배에게 '내 친구 내가 절대 지켜!' 표정으로 방어했는데, 어느새 둘이 사귀어서 눈치 없는 오지랖녀가 되어 버린 일 등 대학 생활의 추억들이 새록새록 떠오르는 걸 가만 보니, 추잡스럽게 남자들만 쫓아다니고 공부는 안 한 것 같은 기억들이다.

아무튼 지금은 나름 잘 컸고, 그때와 많이 달라진 가치관은 분명 더 발전된 모습이라고 확신한다. 그 확신이 후회들을 위로할 거라고 애써 안도하며, 밀려오는 허기를 해결할 곳을 물색하기 시작했다. 학생 때 학교 앞에 즐비하던 식당은 거의 사라졌고, 시내 쪽으로 좀 더 가야만 먹을 만한 식당이 있을 것 같았다.

너무 오랜만에 온 탓일까. 학교에서 기차역까지 30분 정도 걸으면 큰 건물들이 많이 나오는데 이제는 기차역 가는 길이 가물가물하다. 하교 후 친구들과 실컷 수다를 떨며 30분을 3분처럼 걸어갔던 길인데, 시간이 흐르고 머릿속에 많은 갈림길이 생기며 익숙하던 길은 너무 낯설어졌다.

지하철이나 버스, 택시를 타고 이동해도 되는데 굳이굳이 걷고 싶은 이 마음의 끝은 결국 길을 잃었다. 이쯤이면 더 큰길이 나와야 한다고 확신했는데 더 좁은 길이 여러 갈래로 나뉘어 꼭 과거의 내가 왜 쫓아왔냐며 난 아직 철이 없는데 널 볼 자신이 없는데 그만 휘젓고 돌아가라며 미로 안에 나를 가둔 느낌이 들었다. 굽이진 골목길을 지나다 보니 어느 순간 조금 넓은 샛길이 나왔고, 놀랍게도 들어가 보고 싶을 만한 외관의 식당이 모습을 보였다

맛깔스러운 감자전과 갈비탕을 허겁지겁 먹고 계산하려는데 사장님이 어떤 영상이 있는데 보겠느냐 제안하셨다.

갑자기 무슨 영상이요? 설마 사장님 자위 영상은 아니죠? 최면에 걸리는 영상인가요? 저주 영상인가요? 묻고 싶은 질문들이 천백 개도 넘게 떠올랐지만, 사장님 표정을 본 순간 더는 의심하고 싶지 않았다. 가게 문은 열려 있었고 사장님은 나를 낚아챌 만큼 힘이 있어 보이지

도 않았으며, 내가 힘이 더 셀 것 같았다. 게다가 나를 납치하려는 공범들이 숨어 있다가 튀어나올 만한 공간도 없어 보였다.

뭐에 홀린 듯이, 정체 모를 영상이 궁금해졌다. 의심 많은 내가 약간의 망설임 끝에 제안을 허락한 건 지금까지도 의문이다. 안전하다는 강한 느낌과 호기심이 사장님을 향한 일말의 의심까지 걷어 버렸다.

테이블을 치워 주신 뒤 아이패드를 들고 오신 사장님은 20분 정도의 단편영화 같은 영상을 틀어 주셨다. 본인이나 가족이 영상 제작하시나. 독립영화를 만드신 건가. 홍보용으로 손님들에게 보여 주고 의견을 들으시려는 걸까.

영상은 재생되었고 영화인 줄 알았던 인트로 영상은 몇 초 지나지 않아 다큐멘터리라는 느낌을 줬다.

어? 근데 이 사람들? 왜 촬영했는지가 중요한 게 아니었다. 아니, 그것도 중요하겠지만 지금 그게 궁금한 점이 아니다. 영상 속 출연 인물들이 내가 아는 사람들이다.

그 사람들은 바로 어제까지 스트레스를 주던 이사장과 사모님이었다. 그런데 좀 더 젊은 느낌, 아니 좀 많이 젊은 느낌이다.

이 사람들의 몇 년 전 브이로그 같은 건가? 내가 왜 이 영상을 만나게 되었지? 궁금한 게 많았으나 사장님은 어느새 뒤편으로 자리를 비켜 주셨다. 아마도 질문받기 싫으셔서 도망간 분위기다. 전문가가 촬영한 브이로그 같기도 하고 CCTV 녹화 같기도 해서 혼란스러웠지만 어느새 내용이 궁금해졌다.

그리 길지 않은 영상에 꽤 집중해서 빠져들었고 재생이 끝나고 나서는 그들에 대한 스트레스가 완화된 느낌이었다. 그렇다고 해서 서운한 사건과 감정이 기억 상실증에 걸린 듯이 사라지는 건 아니었지만, 머리가 깨질 듯한 편두통을 앓다가 두통약을 먹고 빠르게 진통 완화 효과를 느끼며, 그 두통의 통증이 얼마큼이었는지 기억하고 싶지도 않은 그런 느낌이랄까. 사실과 감정은 그대로인데 사실과 감정에 대한 나의 태도를 바꾸고 싶은 마음이다. 내가 변해서 불편한 대상이 편안함으로 변한, 그 이상의 감정이어서 신기했다.

영상의 내용은 이러했다. 젊은 저짝 이사장은 지금처럼 소규모 단체가 아닌 많은 사람 속에서 일하고 있었다. 지금은 들은 적 없는, 자주 쓰는 말도 있었다. 사람들에게 끊임없이 조언하고 진심으로 그 사람들을 돕고 싶은 마음이 보였다.

다만 조언을 하기 전 '기분 나쁘게 듣지 말고 들어. 내가 안타까워서 그랴. 내가 볼 때 자네의 문제는 말이여…' 하는 식이었다.

이사장이 조언하면 진심으로 경청하는 사람, 듣기 싫은데 억지로 듣는 사람, 속을 알 수 없는 표정으로 영혼 없는 감사의 말을 기계처럼 읊어 대는 사람, 그를 맹신하고 의지하는 표정으로 질문하고 끝없이 조언을 구하는 사람 등 반응은 다양했다. 그 사람들의 반응들 끝에 이사장의 표정은 뿌듯함과 인자함으로 대화를 마무리하는 식이었다. 그런데 마지막으로 조언을 들은 사람의 반응은 앙칼졌다.

먼저 이사장의 레퍼토리가 시작되었다.

"기분 나쁘게 듣지 말고 들어. 내가 안타까워서 그랴. 내가 볼 때 자네의 문제는 말이여…."라며 말을 이어가려는데 이사장의 말을 똑 자르고서는, "'기분 나쁘게 듣지 말고'라뇨? 제가 듣기에 기분이 좋을지 나쁠지는 제가 느끼는 저의 감정인데 왜 제 감정을 미리 정해 주세요? 왜 제 감정을 통제하시죠? 왜 본인이 하는 말을 상대방에게 기분 좋게 들어 달라 통보하시죠? 그것 자체가 기분이 나쁩니다."

"그리고 어떤 주제로 말씀하실지 짐작이 갑니다. 저는 이사장님께 조언을 구할 생각이 없습니다. 저의 멘토는 따로 있거든요. 이번엔 제가 말씀드릴 테니 기분 나쁘게 듣지 마시고 들어보세요. 본인이 항상 조언자의 역할을 차지하려는, 그 알량한 생각을 깨트리셨으면 합니다."

당차고 싸가지 없고 솔직한 부하 직원의 직언에 충격을 받은 듯한 이사장의 얼굴이 클로즈업되며 화면이 전환되었다.

이사장은 바쁘게 일하고 있었다. 이사장에게 대든 부하 직원은 이직 준비 중이었고 이사장과 한판 후 바로 퇴사했다고 한다. 사람들은 이사장에게 놀랐느냐며, 어린 직원이 버릇이 없었다며 위로하는 듯하면서도 자기들끼리 통쾌해했다. 너 나 할 것 없이 지나친 간섭과 조언, 질의하는 시대가 끝난 것처럼 해방된 표정들이었다. 그 표정들이 이사장 눈동자에 그대로 담겨 있었다.

이사장은 작은 일도 상의하고 조언하며 함께 하고픈 상사의 모습을 조금씩 잃고, 개인적인 작업에 더 몰두하는 사람으로 편집되어 있었다.

1부 〈끝〉이라는 자막 뒤 검은 화면이 잠깐 나왔다가 2부가 시작되었다. 갑작스레 아는 사람의 과거를 염탐하게 된 사실이 신기하고 어이없었지만 2부가 너무 궁금했다.

2부에는 사모가 등장했다. 지금보다 훨씬 야윈 데다가 머리도 길고 어려 보이는 사모였다. 사모는 영상에서도 요리를 하고 있었다. 사람들을 집에 초대하여 요리를 대접하는, 인심 좋은 모습이었다. 인원보다 넉넉해 보이는 음식량과 고퀄리티로 보이는 비주얼까지, 내가 알고 겪은 사모의 모습과 달랐다. 작은 솥을 들고 다니던 밴댕이 사모의 얍삽한 표정을 영상에서는 볼 수 없었다. 행복해 보였다.

지인들과의 모임부터 단체에 봉사를 다니는 모습까지 사모의 음식 나눠 주기 장면이 이어졌다.

화면이 바뀌고 사모는 이사장과 장례식장에서 상복을 입고 있었다. 사모의 어머니가 돌아가신 날인가 보다. 사모의 형제들은 사모를 비난했다. 넉넉한 형편인 사모를 질투해서 꼬투리를 잡는 것으로 비쳤지만 이 짧은 영상만으로 가족사를 다 꿰뚫어 볼 수는 없는 게 아쉬웠다.

아흔이 넘은 연세에 오랜 투병 생활로 가족들도 이별의 순간을 덤덤히 받아들일 준비가 되어 있었는지도 모르겠다. 그런 태도를 형제들은 무심함과 이기심으로 몰고 갔다. 형제들은 사모에게 친정엄마는 죽도 못 드시고 하루하루 링거로 버티셨는데, 너는 남들 배 터지게 먹일 음식 하느라 돈지랄 한다는 둥 여유로운 생활을 한다는 둥 하면서 어쩌고저쩌고 지껄댔다. 날 선 비난들이 오랫동안 쌓여 다른 오해들이 있는 모양이었다.

사모는 변명하지 않았고 그저 눈물만 흘려 댔다. 조문객들은 눈치 없이 사모에게 '저번에 그 음식도 진짜 배 터지게 잘 먹었어. 고마워.' 하고 인사를 해댔다. 도박으로 빚에 허덕이는 사모의 언니는 '자기 엄마랑 언니가 배곯아도 자기가 생색낼 수 있는 사람들이랑만 배터지게 먹는 년'이라고 거친 말을 해대면서 휴대폰을 켜 고스톱 게임을 했다.

시간이 흐른 듯한 화면과 납골당을 찾은 사모. 그리고 사모의 독대.

보시하면 그 덕이 가족들에게 올 거라 믿었어. 그래서 더 주변 사람들에게 베풀고 싶었어. 언니는 도박을 못 끊고, 그런 언니를 감싸는 형제들에게 나도 좋은 건 베풀고 싶었는데 현실적인 말을 하면 돈 좀 있다고 유세 떤다, 언니를 가르치려 든다, 돈 빌려주기 싫어서 잔소리한다며 욕을 들었어. 언니에게 비싼 음식 해주고 싶고 사주고 싶어도 만나면 돈 얘기만 하고 나에게 시간과 마음을 나눠 주려 하지 않았던 것 같아. 그래도 내가 좀 더 다가갔어야 하는데. 나도 힘들었어, 엄마. 형제들과 다시 잘 지낼 수 있게, 형제들이 옳지 않은 길로 가지 않게, 나를 이해해 줄 수 있게 엄마가 도와줘.

화면이 전환되고 사모는 또 장례식에 있었다. 도박 빚에 허덕이던 언니는 식음을 전폐하고 술만 마시다 강물에 빠져 익사했다. 그 후 사모는 많은 음식을 만들어도 언니 몫을 빼놓고 사람들에게 나눠 주기 시작했다. 음식량이 줄어든 사연이 이해되지 않기도 하고, 이해할 수 있을 것 같기도 하고 애매하긴 한데 하여튼 슬프긴 했다. 근데 언니가 대식가였나? 도대체 얼마나 많은 양을 빼기 시작한 거지? 영상을 보고 나서 사장님을 찾았지만, 사장님은 음식값을 받지 않겠으니 질문하지 말고 그냥 가라는 말만 남긴 채 부엌 깊이 들어가 버리셨다. 그 순간 나는 몇 초 고민했다. '이 아이패드를 훔쳐 갈까.' 소심한 나는 훔치지 못하고 그냥 나왔다. 그리고 다시 길을 걸었다. 다시는 이곳을 찾아오지 못할 것 같은 느낌을 지우기 싫어서 뒤돌아보지 않고 걸어 나왔다. 그러다 아는 길을 발견했고 시내로 나왔다. 아는 길을 걷고 또 걸으며 생각했다.

소통하고 싶어 노력했지만 솔직한 감정 표현에 화들짝 놀라는 상대에게 상처받은 이사장의 영상. 중요한 업무 상의는 안 해주고 양치 컵이며 메모지며 한마디씩 하던 현재의 모습들이 영상을 보고 난 뒤에는, 한발 멀찍하게 떨어져서 자신이 상처받지 않도록 방어하면서도 일에 관여하려 하는 태도는 그가 보여 주고 싶은, 소심한 소통 방식이 아니었을까. 자꾸만 저짝을 찾는 것도 자세히 말하는 게 부담스러워할 사람들에게 좀 더 편안하게 다가갈 수 있도록 순박한 모습으로 비치길 바라는 게 아닐까. 에이, 너무 미화한 주관적 해석인가. 사모의 음식은 정말 엄마와 언니를 향한 미안함에 줄어드는 걸까? 제사 비용으로 아껴 두는 걸까? 정말 언니가 대식가가 맞았을까?

어떤 사람의 과거를 봤다고 해서 미래의 그 사람의 미운 짓이 다 용서되는 건 아니지 않은가? 상처받은 마음들이 자기 보호로 남았지만 그게 타인에 대한 경계심이 되었을지, 배려가 되었을지 헷갈린다. 분명히 알게 된 것은 그 사람들과 뭔가 정서적으로 가까워진 느낌이 든다는 것이다. 내가 그 사람들에게 상처를 받느냐 안 받느냐는 나의 선택이고 나의 태도라는 것도 알게 됐다. 직장에서 억울하고 짜증이 반복되던 일도 후회스러워진다. 영상을 본 것 자체가 후회스럽기도 하다.

아니다. 그 영상을 봤든 안 봤든 휴가를 보내고 난 뒤 다시 만나면 상사들에 대한 스트레스가 줄었을 것 같기도 하다. 여행으로 스트레스를 풀고 내 마음에 여유를 쌓고 오면 타인들에게 관대해지는 나의 모습을 난 알고 있다.

후회는 잠깐씩, 그리고 반복되는 기능인데, 그래도 영상을 안 봤다면 더 후회했을 것 같다. 달라진 마음과 태도보단 궁금증이 나를 더 미치게 할 테니까.

사모의 요리는 항상 가족들에 대한 상처가 들어 있다고 생각하니 적은 양이라도 더 소중히 먹을 수 있을 것 같다. 그런데 정말 사모의 언니는 푸드 파이터였을까?

여하튼 과거에 그럴듯한 서사가 있다고 해서 미래의 싸가지가 정당화되어서는 안 되지만 그 사람들에 대한 내 시각이 달라졌으니 이사장과 사모는 그렇게 못되고 인색한 사람들이 아닐 거다.

그래. 사람들을 더 좋게 보도록 내 마음을 단단히 잡도리해야겠어. 영상을 보지 않았어도 나중에는 깨달았을 것 같아. 그 사람들은 나쁜 사람들이 아니라는 것을. 그런데 영상을 보여 준 음식점 사장님은 도대체 누굴까? 그분에게 영상을 전송한 사람은 누구일까? 사장님이 이사장 부부의 지인이고 본인들의 이미지 세탁을 위해 영상을 제작했다고 하면 너무 감성 없는 소설이겠지? 혹여나 이 가실이 사실이라면 내가 갑자기 출신 대학교를 방문한 것도, 지하철이나 버스를 타지 않은 것도, 길을 잃은 것도 너무나 즉흥적이고 우연히 결정된 일들로 말이 안 된다.

우연히 만난 사람이 보여 준, 부정적인 감정의 절제와 이유. 앞으로의 오해를 차단할 만한 설명이 되는 장면들. 이해하고 신뢰할 수 있는 힘.

영상은 과거에 촬영된 게 맞는 걸까? 존재하지 않는 영상일까? 환상을 본 걸까? 낯선 음식점에 있던 그 사람은 누구였을까? 정말 음식점 사장이 맞는 걸까? 그 사람의 정체를 추측해본다. 후회를 가져갈 사람. 후회의 궤도를 수정하는 사람. 경험으로 배우는, 뒤늦은 깨달음의 수고를 대신해 줄 구원자. 미래로 여행 온 과거의 이사장이 미래의 본인 이미지를 세탁하기 위해 보낸, 음식점 사장을 가장한 세탁소 사장. 미래의 사모가 아직도 자신을 미워해서, 자신을 죽이러 온 나를 살인자 타이틀에서 구해 주기 위해 과거로 보낸 교도관.

정답은 모르겠다. 그 사람이 누군지. 존재하지 않는 음식점과 존재하지 않는 사장님일까? 그렇다면 내가 최면에 걸린 걸까? 외계인이나 귀신에 홀린 걸까? 갑자기 지금 걷는 이 공간이 낯설게 느껴지면서 한낮에 그림자가 드리운다. 그리고 매캐한 냄새가 난다. 과거 여행자와 미래 시간 여행자가 정보 교환을 하기 위해 매캐한 냄새를 풍기는 건가? 아니다. 이 냄새는 점점 가까워진다. 시체 썩는 냄새도 이보다는 약할 거다. 근데 익숙한 이 냄새의 정체는 과연….

"안녕하세요. 이 근처 볼일 있으신가 봐요. 휴가 잘 보내시고 다음 주 봬요."

"아, 네. 우연히 만나니까 반갑네요. 샘도 휴가 잘 보내시고 다음 주 봬요."

민소매를 입은 풋살 샘의 암내였다. 다시 진지하게 영상을 보여 준 사장님의 정체를 생각해 보자. 누굴까. 아, 진짜 냄새 너무 독하다. 감성 확 깼다. 이사장 사모 부부 지인일지도 모르고 홍보용 영상일지도 모른다.

자욱하게 둘러싸인, 풋살 샘의 암내를 벗어나 향기로운 냄새를 찾아 향수 가게로 향했다.

2) 여우볕

눈 깜짝할 사이에 세 아이의 엄마가 되고, 그 아이들이 독립할 나이가 다 되어 간다. 나도 누군가의 귀여운 딸이었고 사랑스러운 손녀였는데, 어느덧 중년이 되고 노년이 되어 간다. 세상이 변하고 무수한 시간이 흘러도 과거는 여전히 그곳에 존재하고 어린 나를 내 안에 보존시킨다.

잘 마시지도 못하는 술을 마시고 싶은 날, 삶의 무게가 고단하여 무릇 과거에 나를 보호해 주던 존재들의 기억을 끄집어내어 기대고 싶은 날, 이해하지 못했던 사람을 이해해 주고 싶은 날, 무지하고 철없는 과거의 나를 위로하고 싶은 날, 실타래처럼 꼬여 있는 감정의 소용돌이들이 면면히 흐르는 와중에 생각나는 사람들이 있다.

술을 좋아하셨던 우리 엄마. 그리고 엄마에게 구박받던 나의 사랑 외할머니. 엄마의 술병을 싫어하던 나. 힘없이 초라했던 외할머니를 구해 주지 못한 나. 엄마에게도 할머니에게도 힘이 되어 주지 못한, 힘없고 작고 여렸던 나. 어른들 싸움의 실체를 이해하지 못했어도 오고 가는 감정만큼은 어른보다 더 생생히 담아 내고 아파했던, 가여운 어린이였던 나.

할머니를 향한 가시 돋친 날 선 말들은 격양된 목소리 안에서 더 날카로워지고, 변명 같은 대답으로 고개를 저으며 한숨 쉬던 나의 외할머니. 애처롭게 좌우로 흔들리며 연거푸 뿜어 대는 한숨은 얼음장같이 온몸이 얼어붙는 추위에 불필요한 찬바람을 내뿜는 가을 부채처럼 쓸데없이 지나치게 초라했다.

그때의 내 눈에는 할머니의 슬픔만 보였었는데, 지금 마음 안에 저장된 과거를 꺼내 보면 엄마의 힘듦이 더 크게 느껴진다. 무엇이 엄마를 그토록 화나게 했을까. 어떤 분노와 설움이 할머니를 향한 부정적인 감정 표출로 쏟아진 걸까. 아무리 힘들었어도 조금만 더 다정하게 대해 줄 수는 없었을까. 아니, 얼마나 깊은 우울감과 절망감에 빠졌었으면 의지할 곳이 술밖에 없었을까.

어쩌면 할머니에 대한 엄마의 포효는 분노가 아닌, 도움과 위로를 요구하는 울부짖음이었는지도 모른다. 어떠한 연유로 그 시절에 흔하지 않게 장모를 모시고 사는 상황이었는지 내가 알 턱이 없지만, 장모를 모시고 사는 남편의 눈치에 엄마는 구박받는 부인이었을지도 모른다. 그게 아니라면 사위가 혹여나 싫은 티를 낼까 싶어 미리 선수를 쳐서 본인이 구박한 것일지도 모른다. 여하튼 내 기억에 아빠는 할머니를 향한 엄마의 폭언을 말리거나 동요하는 등의 그 어떤 태도도 취했던 기억은 없다. 그저 외할머니에게 의지할 곳은 아무것도 해주지 않고 화만 내도, 존재 자체로 사랑스러운 딸과 분노하는 엄마 아래 한없이 무기력했던 나, 손녀딸뿐이었을지도 모른다. 엄마를 조금 더 이해해 줄걸. 할머니를 조금 더 보듬어 줄걸. 둘의 관계 개선을 위해 내가 머리를 조금 더 써볼걸 등의 후회와 아쉬움이 밀려드는 날에는 극심한 편두통과 매스꺼움으로 밤잠을 설치곤 한다. 얼마 전 꾸었던 신기한 꿈들은 나의 후회와 두통을 한 움큼 가져갔고, 한결 편안해진 나를 위한 위로가 되어 줬다.

그 신기한 꿈 이야기들을 해볼까 한다.

첫 번째 꿈

설레는 기분으로 외출 준비가 한창이다. 귀찮아서 오랫동안 그리지 않았던 아이라인도 그려 봤다. 앞머리에 헤어롤을 끼워 멋을 내고 편안하면서도 멋스러운 앵클부츠와 니트 플리츠 롱스커트도 꺼내 입었다. 지갑 안에 신용카드 두 장과 오만 원권 지폐를 넉넉히 줄 세워 넣고 집을 나섰다. 집 앞 버스정류장에서 엄마와 할머니를 만났다.

'어? 젊은 엄마와 할머니다. 근데 돌아가셨는데 어떻게 된 거지? 꿈인 건가?'

자각몽의 느낌도 잠시 머물다 공기 중으로 흩어졌고, 금세 현실인 듯 꿈을 즐길 수 있었다. 나는 현실의 나이 그대로인데 엄마와 할머니도 지금의 내 나이와 비슷한 것 같아 신기했다. 말이 안 된다고 생각하면서도 한편으로는 친구같이 친근하고 좋았다. 과거에서 버스를 타고 미래의 나를 만나러 왔다는 그들은 세상이 너무 좋아졌다며 소녀처럼 미소 지었다.

여기 세상에는 예쁜 것도 편리한 것도 맛있는 것도 많다며 자랑했고, 오늘은 함께 즐길 수 있다며 어리광 부리는 어린아이같이 조잘조잘 귀엽게 떠들어 댔다. 근사한 한정식집에 가서 건강하고 푸짐한 식사도 대접하고 한옥 카페에서 향기 좋은 차와 파운드 케이크도 먹으며 즐겁게 보냈다. 예쁜 공원과 수목원도 같이 가고 싶었고 동물원도 함께 가고 싶었지만 하루 종일 비가 와서 주로 실내에서 시간을 보냈다. 휴대폰으로 사진을 찍는 것도 놀라워하시는 모습이 너무 귀여웠고 함께 촬영한 사진들이 너무나 소중했다.

순간 또 자각몽의 불안이 엄습해 왔고 꿈에서 깨면 이 사진들이 사라질까 싶어 복사해서 다른 파일에 저장하고, 클라우드에도 업로드도 하고 지인들에게 카톡으로도 전송해서 다음에 다운로드할 수 있도록 조치를 취했다. 이 사진이 사라지지 않기를 바랐으니까. 이 순간이 좀 더 선명히 남기를 바라니까. 우리는 언젠가 또 헤어져야 한다는 사실을 알고 있으니까.

극장에 가서 함께 재미있고 감동적인 영화도 관람하고 캐러멜 팝콘과 사이다도 사먹으며 낄낄대고, 또 서로를 보며 웃었다. 대형 스크린에 비친 웃음에 같이 웃었고 슬픔에 눈물을 훔치며 함께 울었다. 영화가 끝나고 밖으로 나오니 그새 비가 그쳤는지 햇빛이 쏟아졌다. 그런데 햇빛이 핑크빛과 연보랏빛 그리고 연한 초록빛도 섞여 있는 것이 아닌가. 햇빛은 줄기마다 표정이 그려져 있고 갖고 싶은 스티커처럼 툭 떼어 몸에 붙이고 싶을 만큼 매력적이었다. 넋 놓고 감상만 하다가는 저 햇빛이 잠시 후 사라져 버릴 것만 같았고, 이 햇빛을 엄마와 할머니에게 꼭 나눠 주고 싶었다. 가장 예쁜 표정이 붙어 있는 햇빛 줄기 두 개를 따다가 엄마와 할머니 손에 안전하게 잘 담아 드렸다.

영화의 슬픈 장면 탓에 남아 있던, 눈 밑의 눈물 자국이 마르고 우리의 입꼬리는 올라갔다. 궁금했던 질문들이 떠올랐지만 구태여 묻지 않았다. 그저 지금 미소 짓고 있는 우리 셋의 손에는 가장 밝은 표정의 따뜻한 햇볕이 들어 있었다.

꿈에서 깨어나 손바닥을 펴봤다. 따뜻한 햇볕의 온기가 남아 있었다. 조금 전까지 함께 했던 엄마와 할머니는 사라진 게 아니다. 내가 보고 온 꿈속에서 여전히 따뜻한 햇빛을 쥐고 웃고 계시리라. 혹시나 하는 마음에 휴대폰 갤러리를 뒤졌다. 역시나 사진은 없었다. 하지만 그 사진이 저장된 곳은 분명 다시 만날 수 있을 거라 믿는다.

연일 폭염을 갱신하는 무더위 속에 지난밤 간절했던 꿈속의 따뜻함은 잊혀 갔다. 다시 현실 속에서 바쁘게 일하고 가족들을 챙기고 집안

일을 한다. 오늘은 또 무슨 반찬을 해서 어린양들을 먹여 살릴까. 매일 식구들 반찬이 고민인, 평범한 주부로서의 삶이 다시 익숙해질 즈음. 그날도 여느 때와 같이 동네 슈퍼에서 간단히 장을 보고 집으로 가던 중이었다. 갑작스레 잊고 있던 내가, 딸과 손녀였던 어린 내가 떠오르는 날이었다.

살이 타는 듯한 햇빛을 가리기 위해 양산을 쓰고 걸어가고 있었는데, 문득 할머니가 옆에 계신 것만 같았다. 양산을 조금 옆으로 기울여 옆자리를 비우듯이 걸었다. 서로 다른 시공간 속에 존재하지만, 마음에서 마음으로 연결된 우리는 잠시나마 함께 걷는 기분이었다. 지난밤 꿈을 생각하며 천천히 안전하게 여유로운 마음으로 걸었다. 나처럼 할머니도 많이 더우시다면 이 오래된 양산이 이렇게 멀리서나마 아주 잠깐이라도 우리의 시간이 스쳐서 할머니에게 그늘이 되어 주고 싶었나.

할머니와 함께 걷는 이 순간에, 주변의 시간이 멈추고 고요해졌다. 마음이 차분히 가라앉고 모든 고민이 잠시나마 흐려졌다.

두 번째 꿈

내가 진짜 어렸을 때 부모님과 할머니와 함께 살던 시골집에 있다.

마을 사람들 모두가 대문을 걸어 잠그지 않고 마루에 종이 통장이 나뒹굴어도 아무도 훔쳐 가지 않을 만큼 도둑 없고 정겹던 시절. 어린 내가 소를 끌고 다니며 소 밥 주던 시절. 집 근처 바닷가에서 이웃 해녀 아주머니가 잡아 온 싱싱한 문어를 나눠 먹던 시절. 마을 이장님이 읍내 은행에 볼일이 있어 가실 때 주민들이 은행 볼일을 부탁하며 통장과 신분증, 도장까지 걸어 맡기던 그때 그 시절.

모든 것이 평화롭기만 할 것 같은 그 시간에도 힘겨운 하루하루를 보내느라 활짝 웃지 않았던 부모님과 할머니 얼굴이 코앞을 스쳐 지나간다.

오늘도 할머니는 아픈 허리를 제대로 펴지도 못한 채 물걸레를 들고, 온 집안을 기어 다니신다. 꿈속의 나는 어린 마음에 할머니의 등에 올라타 잠시 신이 나본다.

어른이 된 내가 지금 이곳으로 달려와 할머니 등 위의 나를 낚아채어 바닥으로 밀치고 싶으면서도, 그저 아직 어른들의 세상을 보지 못하는 아이잖니?라며 어린 나를 감싼다.

할머니가 집 안 청소를 다 끝낼 때까지도 엄마는 부엌 바닥에 앉아 소주를 들이켜신다. 청소를 왜 그렇게 열심히 하느냐며 대충하라고 할머니에게 소리치는 엄마를 취하게 만든 건 무엇이었을까? 무엇이 엄마를 취하게 하는가? 무엇이 엄마를 취하고 싶게 만드는가?

할머니는 마당으로 나가시고 야외 계단을 올라 볕이 잘 드는 곳에 빨래를 말리신다. 할머니는 무엇을 말리시는 걸까? 엄마의 촉촉한 술병과 눈가 그리고 파도처럼 차오르는 분노를 말리고 싶은 것일까?

꿈이라는 것은 정말 신기하다. 장소도 사람들도, 나도 모두 과거인데 나의 사고는 현실이다. 꿈은 온전히 과거일 수 없다. 그래도 슬프다. 온전히 과거일 수 없다. 그래서 다행이다. 슬퍼서 다행이다. 현실의 소중함을 일깨워 주기 위한 반쪽짜리 과거 여행 같은 꿈은 항상 슬프다. 슬프지만 아름답다.

엄마와 할머니는 슬프다. 엄마와 할머니는 아름답다. 엄마와 할머니는 슬프지만 아름답다. 무척이나 그립고 눈물 나게 소중하다.

엄마의 술은 할머니의 인생처럼 쓰디쓰다. 할머니의 빨래는 엄마의 두 눈처럼 물이 뚝뚝 흐른다. 꿈속의 시간도 멈추지 않고 흐른다. 빨래는 어느새 바싹 마르고 엄마는 술병을 잠시 잊는다. 매일매일이 엄마의 분노와 할머니의 한숨으로 지속되지는 않았다. 이렇게 볕이 뜨겁고 할 일을 빨리 끝내 놓은 날에는 할머니도 동네 어르신들을 만나 수다도 떨고 맛있는 음식도 나눠 드시며, 한가로운 오후를 맞이하는 날도 있다. 술병을 꺼내지 않고 아빠와도 사이가 좋은 날에는, 엄마도 할머니에게 화를 내지 않고 쉬는 날을 선사해 준다. 이토록 소중하고 평화로운 날, 엄마는 나를 꼭 안아 준다. 할머니한테 왜 화냈느냐고 묻고 싶었지만, 하지 않았다. 나를 안아 주던 엄마의 표정을 보면 어렸던 나도 차마 물을 수 없었더라. 그저 우리 엄마가 많이 힘들구나 하는 생각이 들었다. 내가 어리고 힘이 없어서 엄마를 기쁘게 해줄 방법을 일지 못했지만, 그저 그 눈빛을 맞춰 주고 불편한 말을 꺼내지 않고, 스스로 잘 먹고 잘 자며 곁에 있어 줬다.

이제 나는 알 것 같다. 내가 엄마에게 많은 위로가 되었구나. 어린 나는 엄마에게 참 많은 것을 해주었구나. 엄마가 슬프지 않은 날이 늘어났으면 좋겠다. 화내지 않는 날이 늘어났으면 좋겠다. 엄마의 술병이 엄마를 병들게 하지 않았으면 좋겠다.

엄마 품에서 한참을 사랑받다가 엄마는 다시 아빠와 시간을 보내러 방에 들어가셨다. 나는 할머니가 마을 친구분들과 헤어지고 집으로 올 것 같은 길로 마중 나갔다. 나는 양산을 쓰고 걷고 있다. 어릴 때 내 양산이 있었던가? 이건 현실의 내 양산이다. 아, 이거 또 꿈이구나. 그래도 할머니를 만나고 나서 이 꿈에서 깨어나고 싶다.

저기 골목 끝에 할머니가 보인다. 할머니는 마중 나온 나를 발견하시고는 눈가에 주름이 가득 지게 웃어 보이셨다. 빨리 할머니를 가까이서 보고 싶은 마음에 달려가는데, 내 몸이 점점 작아지고 할머니는 가까이 다가올수록 몸이 커졌다. 마치 나는 엄지공주처럼 작아지고 할머니는 거인처럼 커졌다. 할머니의 얼굴과 목에 땀이 보였다. 아주 큰 대형 물방울들이었다. 한 방울이 떨어지며 톡 하고 터졌고 양산을 쓰고 있는데도 온몸이 젖었다.

나는 갑자기 날아오를 수 있게 되었고, 사뿐히 날아가 할머니 머리 위에 앉았다. 할머니는 정말 더우신가 보다. 정수리 가운데 우물이 생길 만큼 땀이 가득했다. 손에 든 양산을 있는 힘껏 치켜올렸지만 할머니의 땀을 식히기에는 역부족했다. 그 순간 나의 양산은 조금씩 커지고 할머니에게 솔개그늘을 만들어 줬다. 햇빛에 반짝여 안 보이던 할머니의 커다란 눈망울을 봤다. 할머니의 깊은 눈동자는 전신거울처럼 작은 나를 그대로 보여 줬다. 할머니의 눈에 너무나 예쁜 모습으로 비친 나였다. 눈이 마주친 순간 할머니는 커다란 미소를 지어 주셨고 그 미소에 내 입꼬리도 잔뜩 올라가며 잠에서 깼다.

어린 시절, 그런 날이 있었다. 할머니와 길을 걸으며 많은 대화를 나눴던 날. 어떤 대화를 했었는지 도통 기억이 나지 않는다. 살면서 무수히 많은 정보가 입력되는데, 좋고 나쁜 기억들이 머릿속에 저장되는 위치가 시간의 흐름에 따른 것일까. 아니면 얼마나 마음속 깊은 곳까지 닿은 감정과 사건들이었는지에 따른 순서일까. 내 마음에 가장 깊이 담긴 기억은 무엇일까. 기억의 우선순위에 대해 혼란스러움이 많지만, 분명한 건 나이가 들어 갈수록 잊혀 가는 기억이 늘어남을 느끼고 있다는 안타까운 사실이다. 그럼에도 불구하고 그 기억들을 되찾고 싶은 감성들은 더 예민해지고 애틋해진다.

인생도 나의 저장 공간도 아이러니하지만, 꿈을 통해 나의 과거를 찾는 것은 단순한 잠재의식의 기능을 넘어서 시공간을 꿰뚫는 마법이며 선물 같다.

세 번째 꿈

나의 어린 시절이 보인다. 어른이 된 나는 과거 영상을 시청하듯 어린 시절의 나를 지켜보는 듯한 꿈이다. 까맣게, 정말 새까맣게 잊고 있었던 어린 시절이 생각났다. 잠재의식은 나의 오래전 과거도 녹화해 두었다가 꿈을 통해 재생시켜 준다.

할머니가 어린 나에게 했던 말이 기억난다.

너희 엄마를 미워하지 마라. 너도 언젠가 엄마의 무겁고 축축한 술병을 이해할 수 있는 나이가 올 거야. 그런 미래의 너를 아직 못 만났겠지만, 이 할미는 어른이 된 너를 만난 적이 있단다. 어디서 어떻게 만나게 된 건지 모르겠구나. 하지만 한눈에 너임을 알아볼 수 있었단다. 넌 지금도, 미래에도 나에게 아주 큰 위로가 되어 줬어.

미래의 너와 지금의 내가 만난 순간은 아주 짧았지만, 장마 같은 나날들 속 여우볕 같았던 너의 그 따뜻한 온기는 영원히 사라지지 않고, 우리의 내세까지 닿을 게다. 지금은 무슨 말을 하는지 잘 모를 테지만 기억해 주렴. 이해가 되지 않아도 서로 마음으로 느낄 수 있다면 우리는 서로의 시간을 갖는 거야. 기억해 주자. 지금, 이 순간을. 기억이 사라지지 않는 한 우리의 이 마음은 사라지지 않아.

우리의 재회는 절대 취소되지 않을 거야. 언젠가는 우리가 헤어지고 또 재회하기까지의 시간이 길게 느껴질 수도 있는 고단한 날들이 와도, 이날을 기억해 주렴. 우리는 늘 함께인 거야. 그렇게 우리의 시간이 맞닿은 순간으로 서로의 후회를 없애 주자.

미래의 너와 함께했던 행복한 시간으로 지금의 모든 힘듦과 아픔을 이해받는 느낌을 아주 충분히 미리 선물 받았으니 혹여나 어른이 되어 후회의 순간이 떠오르더라도 미안해할 필요 없다. 넌 이미 나와 네 엄마에게 좋은 세상을 보여 줬어. 고맙다, 고마워.

이것은 너의 꿈이 아니다. 미래의 네가 떠올린 너의 과거고 나의 현재야. 우린 이렇게 함께잖니. 우리는 서로의 후회가 되지 않았고, 서로의 위로가 되었단다. 항상 이곳에 존재하는 거야. 사랑한다, 우리 손녀딸.

어느새 곁으로 다가온 엄마도 내게 사랑한다고 말해 주며, 우리 세 사람의 포옹을 끝으로 깊은 잠에서 깨었다. 비몽사몽, 꿈과 현실의 경계에서 도마 소리를 들었다. 엄마와 할머니가 나를 위해 요리하는 느낌이었다.

오늘은 나의 생일. 아들딸들이 선물을 미리 주었지만 나도 나를 귀여워해 주던 사람들에게 축하받고 싶다. 노년이 되어 가도 어린 나는, 아직도 내 안의 눈을 반짝인다.

한참 도마 소리를 듣고 깨니 후회는 사라지고 없었다. 서로 다른 시공간에서 오해를 푼 느낌이다. 그들을 현세에서 다시 만날 수 없다는 아쉬움은 남지만, 감사하게도 아직 살아 계신 아버지한테 전화를 드려야겠다.

시간이 지나야만 선명해지는 것들을 잊지 말고 꼭 움켜쥐어야지. 언젠가는 또 만날 수 있다고 생각한다. 그래서 만날 수 있다. 반드시. 머릿속에 떠오르는 생각은 나 자체이며 나의 능력이고 나의 세계 안으로 자유롭다. 그대로 기억하는 것, 기억을 바꾸려 하지 않는 것, 기억을 조금 다듬어 새 기억으로 업데이트하는 것. 무엇이 더 자유로운 건지 중요하지 않다.

도마 소리는 환청이었을까. 다른 시공간에서 여전히 살아가고 있을 그들을 내게 보여 주기 위한 희망적인 환상일까. 사랑의 힘은 시공간을 관통하여 서로의 후회를 치유한다. 나를 위한 위로들이 가득 있는 세계. 그곳은 꿈이 아니다.

꿈을 통해 그들을 다시 만나고 과거의 잃어버린 대화를 되찾음을 절대 잊지 않아야겠다. 또 고단한 삶 속에 지난밤 꿈들이 흐릿해지며, 내 기억에서 멀어지려 한다 해도 다시는 놓치지 않아야겠다.

우리의 위로가 되는 그 모든 것들을 위해.

3) 죄안

오늘따라 지하철이 더 혼잡스럽다. 40분은 넘게 타야 하니 자리에 앉고 싶기는 한데 빈자리가 애매하다. 한겨울에 모두가 두꺼운 패딩을 입고 앉아 있다. 3명이 앉을 수 있는 좌석에 2명이 앉아 있다. 가운데 자리를 비워 두고 앉아 있는 2명의 패딩이 맞닿은 빈자리는 길거리에 지나가면 누구나 뒤돌아서 쳐다볼 듯한 극심한 말라깽이가 패딩을 입지 않고 끼여 앉아야 겨우 쏙 맞춰지는 퍼즐처럼 까다롭다.

그런데 왜 저 좁은 좌석에서 눈을 떼지 못하는 거지. 롱패딩을 벗어 던져도, 내 큰 몸뚱이를 욱여넣었다가는 양쪽 사람들이 용수철처럼 튀어 오를지도 모르는데 말이다.

마침 둘 중 왼쪽에 있던 총각이 종각역에서 내렸고 잽싸게 몸뚱이를 던져 앉았다. 오늘은 메이크업이 참 잘되었는데. 월급 받은 날이 며칠 지나지 않아서 통장 잔액도 넉넉하고, 아직 이렇게 젊은 이팔청춘인데. 내년이면 서른이지만 그래도 아직 이십 대인데, 불타는 금요일에 갈 곳이 집밖에 없다니 참 쓸쓸하다.

장거리 장기 연애 중인 남친은 자주 볼 수도 없고, 일이 바빠서 연락도 잘 안된다. 서울은 사람이 너무 많고 지하철도 복잡하다며, 데이트할 수 있는 주말에는 청주로 내려오라는 이기적인 새끼. 기차로 갈 수도 없고, 버스를 타면 멀미 나고, 마음은 멀어지는 것 같고 그와의 거리가 구만리처럼 느껴진다.

남친이 주말 근무가 없을 때는 내가 일이 많고, 내가 이렇게 일이 빨리 끝나고 예쁜 날에는 남친이 일이 많다. 이럴 때 동성 친구들끼리 모여서 놀며 행복한 사진들을 보내면, 남친은 '내가 없어도 여자친구가 아주 잘 지내는구나, 행복하구나.'라고 생각할 텐데. '너만을 기다리는 바보가 아니야.'라고 말해 주듯 도도하고 잘 지내는 모습을 보여 주고 싶다. 하지만 내가 약간 예민하고 성격이 모난 탓인지 친구들은 다 멀어지고 왕따가 되었다. 혼자 쇼핑몰이라도 돌아다니다가 집에 갈까 아니면 근사한 카페라도 가서 커피 한잔 마시고 집에 갈까 고민하던 중,

지하철 안에 물품을 판매하는 아저씨가 등장했다.

아저씨는 앉아 있는 사람들의 무릎 위에 껌을 올려놓으며 한 바퀴 돈 후 껌을 사주는 사람에게는 현금을 받고, 모르는 척하는 사람들의 무릎 위에 있는 껌은 조심스레 회수해 갔다. 이제 옆 칸으로 가시려나 했는데 커다란 여행 가방에서 카메라처럼 보이는 기계를 꺼내셨다. 껌을 판매할 때의 무미건조한 표정은 싹 지워지고, 의미심장한 눈빛과 말투로 돌변하더니 상품 설명이 시작됐다. 아저씨는 세상과 동떨어진 듯한 외로움과 무료함을 느끼던 나에게 흥미로운 사람으로 다가왔다.

"여러분 안녕하십니까? 저는 지금까지 세상에 공개되지 않은 신기한 물건을 가져왔습니다. 이것은 단순한 카메라가 아닙니다. 우리들의 행복한 순간을 이 기계가 스스로 담아내고 신기히게 반복 재생합니다. 제가 이 기계에 대한 신비주의를 지키기 위해서 설명을 제대로 못 드리지만, 에헴, 이것은, 콜록콜록. 지가 스스로 녹화할 수 없는 것을 녹화해 내며 볼 수 없는 것을 보여 줍니다. 이 기계가 보여 줄 수 있는 신기한 것은 바로…."

[이번 정류장은 ○○ 역입니다. 내리실 문은 왼쪽입니다…]

아저씨의 상품 설명이 클라이맥스를 달리는 순간 안내 방송이 나오고, 많은 사람이 내리고 많은 사람이 탔다.

아저씨는 한숨을 내쉬며,

"어, 여러분 안녕하십니까? 제가 설명해 드리고 있는 와중에 승객 분들이 많이 교체됨에 따라 다시 처음부터 설명해 드리겠습니다. 이것 은 그냥 카메라가 아닙니다. 우리들의 행복한 순간을 콜록콜록…."

아저씨의 기침은 사레들린 듯 계속되었고 우리가 탄 지하철은 어 느새 다음 역에 정차했으며 또 많은 사람들이 교체되었다. 이러다가는 저 아저씨가 저 기계 안으로 빨려 들어갈지도 모른다는 생각이 들면서 서둘러 아저씨를 구해 내야겠다고 생각했다.

"아저씨, 제가 곧 내려야 해서요. 저는 아까부터 다 들었거든요. 그 래서 그 기계가 보여 주는 게 뭐죠? 정확히 뭐라고 말씀하려고 하셨 죠? 제가 너무 궁금해서요."

아저씨는 귀담아듣는 사람 없는 외로운 독백 속에서, 경청해 주는 이를 발견하여 감동하신 듯했다. 혹여나 눈물을 흘리시면 어쩌지. 주 머니 속 휴지라도 꺼내 드려야 하나 고민했다. 아 참, 아까 콧물 닦았 는데. 투명 콧물 말고 노란색. 휴지는 드릴 수가 없겠다. 계속 기침하 시던데. 물이라도 드릴까 고민했다. 아 참, 아까 한 모금 마셨었지. 통 입구에 뻘건 립스틱이 묻어 있는, 먹던 물밖에 없었다. 물도 드릴 수가 없겠다. 그저 따뜻한 한마디라도 해드려야지. 아니면, 정말 비싸지 않 다면 그냥 하나 살까. 너무 비싸면 어쩌지. 좀 깎아 주시려나. 아저씨 의 대답을 듣기 전, 짧은 순간 많은 고민과 걱정이 스치고 아저씨는 대 답해 주셨다.

"아가씨, 이 물건의 가장 큰 기능이 뭐냐면. 음, 현금 좀 있나? 정

궁금하면 오천 원."

하, 경청해 주는 승객에 대한 감동은 오해였구나, 진짜. 모르는 사람, 신원 불분명한 사람은 함부로 동정해서도 믿어서도 안 된다. 나도 만만하지 않다. 호구가 아니라는 것을 보여 줘야지. 난 비장하게 센 척하기로 마음먹고 아저씨에게 말했다.

"궁금하면 원래 오백 원 아닌가요?"

아저씨는 흠칫 놀란 표정이었다. 이 아가씨가 만만하지 않겠구나 싶으셨나 보다.

이제 그냥 대답해 주시려나. 아니면 오백 원이라도 달라고 하면 어쩌지? 뺑뜯기는 건가? 걱정하던 찰나에 대답해 주셨다.

"거, 확실히 살 거유?"

이 아저씨가 예기치 않은 타이밍에 밀당하는 것만 같았다.

"아저씨. 여기, 많은 승객 앞에서 설명해 주시려던 거 아니었어요? 어차피 말씀하려고 하셨던 거니까 듣고 싶어 하지 않는 사람들 말고 궁금해하는 사람한테만 먼저 대답해 주셔도 되지 않을까요?"

"엥? 난 사람들한테 다 말해 줄 생각은 없었어. 모두가 안 듣는 척하지만 아가씨처럼 다 듣고 있었을 거라고. 다들 내심 궁금했을 거야. 그때 내가 '궁금하면 오천 원씩들 주쇼.' 하면 거, 몇 명은 줬을 텐디 말여. 거, 아가씨 때문에 김샜구먼. 나 이만 내릴 텨."

"아니, 아저씨. 초 쳐서 죄송하긴 한데요. 아니, 제가 죄송한 건지는 잘 모르겠고요."

[이번 정류장은 ○○ 역입니다. 내리실 문은 오른쪽입니다.]

"일단 나 내릴 테니 담에 만나게 되면 알려 줄게 아가씨."

어? 뭔가 갑자기 잘못한 게 없는데 잘못한 느낌이 들며, 아저씨한테 말린 느낌이 들었다. 정말 이상하게 흘러가는 약속 없는 금요일 저녁, 결국 아저씨를 따라 내리게 되었다.

"아—니, 이 아가씨가 왜 쫓아오는 거여."

"제가 뭔가를 기분 나쁘게 해드렸다면 죄송한데요. 그 물건에 관심이 생겨서요. 제가 돈은 많이 없지만요. 음, 너무 비싸지 않으면 사겠습니다."

"흠."

아저씨는 갑자기 갑 오브 갑이 된 태도로 돌변하더니, "그럼 저 짝 가서 이야기 햐."

아저씨와 나는 승강장 대기실에 앉아 대화를 이어 갔다.

"직장인이여? 젊은 사람들 '불금 불금' 해쌌턴디. 애인도 없는가? 날 뭘 믿고 따라댕기고 말여."

"장거리 연애라서요. 자주 못 만나요. 장기연애다 보니까 자주 못 봐도 뭐, 미지근해요. 직장은 그냥 뭐, 좋은 직장은 아니구요. 작은 회사 다니고 있어요."

"작은 회사라고 뭐 좋은 직장이 아니여? 직원이 좋다고 느끼면 좋은 거제. 허기야. 일단은 복지가 탄탄하고 돈 많이 벌어야 좋은 직장이라 생각하려나? 너무 욕심부리지 말어."

"욕심부리지 않아요. 회사 비전이나 급여보다 더 중요한 건 같이 일하는 사람들이라 생각해요. 저는 그게 좋은 직장의 기준이라 생각하거든요. 근데 다들 저를 싫어하는 것 같아요. 아마도 저 왕따인 거겠죠?"

"그려? 낯선 사람한테 말 거는 태도 보니께 그렇게 기본 인성이 나쁘지는 않은 것 같은데 같이 일하기 답답한 스타일인가 보네. 아니면 일을 오지게 못하거나 지각을 많이 하거나. 뭐 하나라도 얄미운 구석이 있겠지."

"지각을 자주 하긴 하는데. 글쎄 그것 때문이려나? 잘 모르겠어요. 그래도 사람들이 저를 크게 괴롭히거나 그러지는 않고요. 그냥 무관심 속에서 일하고 있어요. 적응이 돼서 크게 나쁘지는 않은데 선뜻 좋은 직장에 다닌다는 말은 안 나오네요."

"힘내. 그래도 또박또박 월급 타는 게 좋은 거여. 나 봐봐. 사람들한테 무시받고 많이 팔지도 못햐. 그냥 하루하루 입에 풀칠 하는 겨. 오랜만에 젊은 사람이랑 오래 대화하는 거라 딴소리가 길었구먼. 그려. 직장 생활, 오래된 남친 다 질될 서여. 힘내고. 뭐, 내 물건 팔아 줄 거 같아서 하는 소리는 아니여가 아니고 맞어. 사줄 거지?"

"얼마 정도예요?"

"얼마인지 궁금하면 일단 저 오천 원만 줘봐."

"아저씨!!!!"

"에구! 농이여 농. 가격은 싸게 해줄 테니 걱정 말고 일단 사. 이게 말이여. 내가 발견한 기능인디. 잘 때 말이여. 머리맡에 두고 녹화를 눌러 놓고 자면 말이여. 다시 보고 싶은 꿈을 녹화해 주는 기계여 이 게. 악몽은 녹화 안 되니께 걱정 말고. 네가 진짜 행복해하는 꿈이 무 엇인지를 얘가 판단해 주는 겨. 신기하제?"

"아니, 이 아저씨가. 아저씨 사기꾼이죠?"

"이 싸람이! 잠깐이나마 사적인 대화하고 마음 나눴으면 그것도 정이여. 나를 뭘로 보고. 그려. 믿기 힘들겠지만. 일단 사봐. 지금 이게 특별히 딱 한 개밖에 없어."

"한 개밖에 없는데 지하철에서 여러 개 팔려고 하셨던 거예요?"

"집에 몇 개 더 있긴 한디. 이 기계가 제일 똑똑하고 신비혀. 그리고 사겠다는 사람이 여럿이었으면 선착순으로다가 주문받아서 택배로 보내 주려 했지."

"배송 업무도 하세요? 아저씨 부자죠?"

"아니여. 째까 주문 많은 날만 배송 쪼까 해 보는 겨. 그런 거 잘 못혀. 입에 풀칠만 겨우 한다고 했자녀."

"입에 소고기 기름으로 풀칠하시는 거 아닌가요?"

"아저씨, 그 신발 짭 아니죠. 찐이죠? 지하철에서 홍보성 영업하시는 거죠? 지하철에서 현금만 받으시고 그거 불법 아닌가요?"

"이 아가씨가 진짜 불쌍한 노인네 흠잡아서 뭐 얻을 게 있다고 이러는 겨! 안 팔어! 나 갈텨!"

"무례하게 굴었다면 죄송한데요. 사람들 속이고 현금만 받으시면 안 돼요."

"아, 앞뒤 사정도 모르면서 그런 얘기만 하지 말어!"

"아무튼 그럼, 저도 들고 가기 무거우니까 택배로 보내 주세요."

"이 아가씨가! 잠깐이나마 사적인 대화하고 마음 나눴으면 그것도 정이여. 나를 뭘로 보고."

"아저씨, 그거 아까 한 대사 재탕인데요. 저도 택배 보내 주세요."

"택배비 만오천 원."

"이 지역인데 무슨 택배비를 만오천 원이나 받아요! 이 아저씨가 진짜!"

"이 아가씨가 가만 보니 성깔이 직장에서 왕따 당할 만하구먼!"

"뭐라고요? 저 그냥 안 살래요! 포기할게요."

"아가씨가 밀당 선수구먼, 선수여. 그러니께 연애를 진득허니 오래 하지. 알고 보면 성격 좋구먼!"

"지금 아가씨가 들고 가면 삼만 오천 원."

"지갑에 삼만 오천 원 있나 볼게요. 화내서 죄송해요. 고장 난건 아니겠죠? 혹시 AS 받아야 할 수도 있으니까 아저씨 전화번호 주세요."

"이 아가씨가! 이래 봬도 나 유부남이여. 전화번호는 무슨 전화번호여!"

"이 아저씨가 진짜!"

"내가 프라이버시가 있어서 전화번호는 못 주고, 앞으로 금요일 저녁때 아가씨 타는 지하철에 자주 보일 거여. 그렇게 고가도 아닌데 일단 그냥 속는 셈 치고 사가면 안 될까?"

"카드도 안 되니까 삼만 원에 해주세요."

"에라이. 그려. 내가 힘들게 사는 청춘을 위해 밑지고 장사한다. 나한테 고마워할 거여."

"어쨌든 잘 쓸게요. 안녕히 가세요."

"조심히 가세요, 고객님. 고마워~."

아저씨는 시야에서 사라졌고 나는 다시 지하철을 타고 집 근처 역에서 내려 집으로 향했다. 옛날 라디오처럼 무겁고 포장도 안 되는 기계를 삼만 원이나 주고 사다니.

내가 잠시 미쳤었나. 처음 본 아저씨랑 무슨 대화를 한 거지. 술 한 잔 안 마시고 술에 취했다가 깬 것 같은 기분. 정말이지, 그날은 그런 날이었다.

마치 이 기계가 내 품에 오기 위해 짜인 각본을 읊어 대는 운명처럼, 난 낯선 아저씨와 거래했고 브랜드도 없고 위험할지도 모르는 물건을 샀다. 엄마는 갑자기 왜 이상한 카메라를 샀냐며 추궁해 댔고 이사 예정인 친구가 안 쓰는 물건을 정리하며 줬다고 둘러댔다.

돈을 주고 샀다고 말하면, 그것도 '지하철에서 껌 파는 아저씨한테 샀는데 꿈을 녹화할 수 있다더라' 하고 말한다면, 등에 손바닥 자국이 나도록 맞을 것만 같아서 사실대로 말하기 싫었다. 다행히 무료로 얻었다는 말에는 별 관심 없이 지나갔다.

그날 밤, 자기 전 녹화 버튼을 누르고 잠이 들었고, 가족끼리 다투고 화내는 악몽을 꿨다. 아침에 일어나 혹시나 하는 마음에 화면 재생을 눌러 봤지만 저장된 파일은 없었다. 악몽을 꿨기 때문에 녹화된 파일이 없는 거겠지. 아니지. 행복한 꿈을 꿨다고 해서 꿈이 녹화된다는 게 말이 되나. 내 꿈이 무슨 영화나 드라마도 아니고. 아, 속은 게 분명해. 진짜. 평범한 카메라 기능이나 써야겠다. 그러나 렌즈가 정상적으로 보이는 것 같은데도 사진이나 영상을 인위적으로 촬영하려 하면 작동되지 않았다. 아니, 이 아저씨가. 고장 난 카메라에 헛소리를 씌워 팔았구면. 아, 짜증 나. 내일 지하철에서 마주치기만 해봐라. 껌이고 뭐고 못 팔게 내가 망신을 줄 테다.

다음 날, 그다음 주에도 행복한 꿈도, 녹화 파일도 없었다. 지하철에서 아저씨도 볼 수 없었다. 그 아저씨는 어디로 간 걸까?

기계를 구입하고 보름이 더 지나서야 남친을 만났다. 남친은 급한 일이 지나갔다며 서울로 올라왔고 우리는 오랜만에 데이트를 했다. 가보고 싶었던 아이스크림 가게도 가고 구경하고 싶었던 편집숍도 같이 갔다. 보고 싶었던 영화도 같이 보고 먹고 싶었던 음식도 먹고 새로 생긴 와인바도 갔고 가성비 좋은 무인 모텔에서 잠도 잤다. 퇴실 후 브런치도 먹고 센트럴시티에서 쇼핑하다가 강남터미널에서 버스를 타고 청주로 가는 남친을 배웅하고 집으로 돌아왔다. 연애 초 1년 반 정도가 지나서 너무 편해진 후로는 항상 차갑지도 뜨겁지도 않은, 10년 산 부부처럼 평온하고 안정적이고, 또 지루하고 무료한 그런 데이트였다.

부모님께는 어젯밤 야근을 하고 직장 근처에 사는 여고 동창생 미진이네서 자고 왔다고 말했다. 부모님은 남친이 있다는 것도, 장거리 연애라는 것도 아신다. 이마 어젯밤 남친과 같이 자고 온 거도 다 알고 계실 거 같다. 그냥 서로 말을 안 할 뿐이다. 하지만 친구 미진이와는 오래전 연락이 끊겼고, 나를 편하게 재워 줄 만한 동성 친구가 현재 없다는 사실은 부모님이 몰랐으면 한다.

그날 밤 꿈을 꾸었다. 나에게는 오래전부터 연속극처럼 이어지는 꿈이 있다. 매일 규칙적이지는 않지만 잊을 만하면 그 애가 나오는 꿈을 꾼다. 꿈에서 우리는 서로 말을 하지 않는다. 그저 미묘한 긴장감이 흐르고 서로를 바라보지 않지만, 서로를 매우 의식하고 있다. 서로 다른 사람과 이야기하고 있지만 우리는 서로를 원한다. 그와 데이트하고 싶다. 하지만 나에게는 결혼을 진지하게 생각하는 오래된 남친이 있는데.

그에게 잘 보이려 예쁘게 웃는다. 그가 잠깐 자리를 비웠을 때 얼른 립스틱을 다시 칠한다. 음료수를 조심스럽게 마시는데도 자꾸만 립스틱이 지워진다. 다시 진하게 바른다. 그가 나를 쳐다보는 거 같다. 나는 그를 쳐다보지 않고 예쁜 옆모습을 보여 주려 얼굴 각도를 튼다. 그리고 예쁘게 웃는다.

아침이다. 꿈을 꿨구나. 꿈에서도 남친의 존재를 자각하면서도 그 애에게 설렘을 느꼈다. 그 설렘이 너무 좋았다. 현실에서 너무 오래전 느껴봤던 감정이다.

아. 오늘은 설마. 혹시나 하고 촬영도 안 되는, 카메라같이 생긴 그 기계를 켰다.

파일 1개 [001.MP4]

동영상이 하나 저장되어 있었다. 와. 아저씨 말이 정말이었나.

떨리는 손가락으로 재생을 눌렀다. 심장이 방문 밖으로 튀어나올 뻔했다. 지난밤 꿈이 녹화되어 있었다.

나는 설레는 표정으로 친구들과 웃고 떠들며 음료를 마신다. 대각선 테이블에는 그 애가 그 애의 친구들과 이야기하는 중간중간, 나를 수시로 훔쳐본다. 우리는 서로 말이 없다.

신기하면서도 가족들이 볼까 창피했다. 내 꿈을 다른 사람들이 본다면, 특히 추잡한 설렘이 들킬까 아찔했다. 너무 놀라서 파일을 삭제했다. 그리고 후회했다. 몇 번 더 볼걸. 이동 기억장치나 핸드폰에 파일을 복사해 놓을 걸 후회했다.

기계의 정체를 확인한 마음이 채 정리되지 않아 멍때리고 있는데, 남친한테서 전화가 왔다. 일상적인 대화가 오고 가고 통화 중간에 남친은 용트림했고 난 똥 방귀를 꿨다. 기계에 대해 말하지는 않았지만 말하고 싶어 입이 근질근질했다. 하고 싶은 말을 참고 참아 한 가지만 물어봤다.

"오빠. 오빠는 자기가 꾼 꿈을 다른 사람들이 본다면 어떨 것 같아?"

"내 꿈을 다른 사람들이 본다고? 꿈 내용에 따라 달라지겠지?"

"음, 예를 들면 내 연인이 아닌 다른 사람과의 설레는 썸이라든지 뭐, 남들에게 들키고 싶지 않은 꿈 같은 거."

"쪽팔리겠지?"

그게 끝이었다. 그는 항상 더 캐묻지 않았다. 너는 어떨 것 같은데? 라고 묻지 않았으며 왜 그런 질문을 하는 건지 묻지 않았다. 그런 꿈을 꾼 적이 있느냐고 묻지 않았으며, 나 말고 다른 남자와 설레고 싶은 거냐며 혼내지 않았다. 그저 내가 던지는 질문에 최대한 성실하게 대답하지만, 센스 없고 재미없고 호기심도 없었다. 그냥 언제나 전적으로 나를 믿는 사람 같다.

며칠 후 또 꿈을 꾸었다.

그 애는 나와 외국에 있었다. 이번에도 단둘이 있지는 않았다. 여럿이 함께 있었고 사람들 안에서 서로를 가장 의식했다. 바다도 보이고 예쁜 칵테일도 보였고 우리들의 화려하고 시원한 여름 옷차림도 보였다. 식당인지 숙소인지 모를 건물의 인테리어도 인상 깊다. 수작업 무늬의 목제 가구와 먼지가 쌓였지만, 클래식하고 느낌 있는 조명, 벤치형 의자와 원목 테이블, 편안한 슬리퍼, 신이 난 우리와 다른 사람들. 한두 마디 정도 이야기를 나눴는데 대화 내용은 기억이 나지 않는다.

잠에서 깼다. 기계를 켰다.

파일 1개 [002.MP4]

역시나 이번에도 녹화되어 있었다. 지난번보다 화질도 더 좋은 것 같다. 마치 내가 영화배우가 된 듯한 느낌이 들었다. 내 꿈은 영화 같았다. 할리우드 청춘 로맨스 영화의 한 장면처럼 환상적인 미장센이었다. 사람들 소리와 파도 소리까지 더해져 대화 소리는 들리지 않았다. 하지만 시작하는 연인들의 싱그러운 대화임을 알 수 있었다.

내가 입고 있는 옷은 굉장히 낯익었다. 기억을 더듬어 보니 여름휴가 때 바닷가에서 사진 찍을 생각에 설레는 마음으로 고심 끝에 샀던 원피스였다. 그 무렵만 해도 입을 만했는데, 해가 지날수록 점점 살이 쪄 도저히 옷 속에 들어갈 수 없겠다 싶어 몇 년 전 그 옷을 버렸다. 나의 꿈속에서 저 옷은 아직 내 곁에 있었다. 뱃살도 없었고 낡지 않은 옷은 나와 내 몸에서 반짝반짝 빛이 났다.

그런데 왜 파일명이 002일까. 지난번 파일을 지웠는데. 뭐 그게 중요한가. 행복한 꿈을 볼 수 있다는 게 중요하지. 두 번째 꿈을 꾼 뒤 두 주 동안은 꿈을 꾸지 않았다. 잠금장치가 달린 서랍 깊숙이 기계를 넣어 놓고 자물쇠로 단단히 잠가 두었으니 가족들이 볼 수 없을 테다. 그 애 꿈을 꾸지 않는 기간에도 나는 [002 파일] 꿈을 자주 봤다. 이럴 거면 [001 파일]도 지우지 말 걸 후회스럽다.

남친이 청주에 새로운 맛집이 생겼다며 놀러 오라고 했다. 하지만 청주는 아직도 낯설고 멀게만 느껴진다. 서로의 지역으로 오고 가는 게 힘겨울 때쯤 우리는 예쁜 펜션으로 여행을 가기로 했다. 서울도, 청주도 아닌 제천으로 떠났다.

근처 마트에서 장을 보고 입실 시간인 3시에 맞춰 풀 빌라 펜션에 도착하여 짐을 풀었다. 펜션은 너무 예뻤고 풀 빌라 온수 풀은 따뜻했다. 저녁 7시에 숯불 바비큐 예약을 하고 헐렁한 래시가드로 갈아입었다. 섹시한 비키니를 입고 싶었지만, 도저히 용기가 나지 않아 포기했다. 내년에는 다이어트에 꼭 성공해서 늙기 전에 비키니를 입어 보리라. 바디 프로필도 찍어 보고 싶다. 다이어트는 도대체 언제 시작할 수 있는 걸까. 일단 펜션에 왔으니 고기와 소시지, 버섯을 실컷 구워 먹고 맥주도 한잔해야 한다. 남친한테 오빠 나 살쪘지?라고 물어보면 항상 '아니야. 좀 쪄도 돼. 예뻐.'라고 말해 준다. 친구 남편은 비록 장난일지라도 살 좀 빼라고 놀린다던데. 내 남친은 절대 외모로 기분 나쁘게 말하지 않는다. 내가 100kg이 넘어도 예쁘다고 해줄 것 같다. 그 점은 항상 고맙게 생각한다.

남친은 펜션 소파에 들러붙어 티브이 리모콘을 돌려 댔고 나는 새로 산 래시가드 착용 샷 셀카를 찍었다. 그리고 간식으로 사온 도미 빵을 먹었다. 내가 좋아하는 슈크림 맛은 내가 다 먹고 남친은 팥 맛만 먹었다. 남친은 슈크림 맛도 좋아하고 나는 팥 맛을 싫어한다. 도미 빵이 소화될 즈음 온수 풀에 들어갔다. 펜션에서 크고 예쁜 튜브를 빌려

주어 튜브와 셀카도 찍었다. 사진 소품으로 제 할 일을 끝낸 튜브는 구석에 올려놓고 자유형을 했다. 나는 이쪽에서 저쪽으로 자유형을 했고 남친은 저쪽에서 이쪽으로 배영을 했다. 다시 저쪽에서 이쪽으로 물장구를 치며 이동했고 남친은 이쪽에서 저쪽으로 잠수했다.

갑자기 추워진 나는, 남친에게 먼저 나가서 씻고 있을 테니 혼자 물놀이를 좀 더 하고 있으라고 통보한 뒤 간단히 30분 동안 샤워했다. 뜨거운 물에 수압도 좋았고 넓은 화장실도 마음에 들었다. 따듯한 트레이닝복으로 갈아입은 뒤 머리를 말리고 풀장으로 가보니, 남친도 이제 추워진 모양이었다. 온수 풀에서 나와 화장실로 달려간 남친은 3분 28초 만에 샤워를 마치고 나왔다.

도미 빵을 세 개씩 먹었지만, 물놀이는 체력 소모가 크다. 갑자기 배가 고파졌다. 하지만 아직 사장님이 숯불을 가지고 오시려면 40분이나 남았다. 남친은 머리를 말린 뒤 소파에 붙어 티브이 리모컨을 돌려댔고, 나는 아까 찍은 사진들을 골라 앱으로 보정하기 시작했다. 사진 편집까지 마무리했는데도 숯불이 오려면 10분 정도 남았다.

상추와 깻잎을 씻고 버섯도 씻었다. 버섯을 자르다가 이상해진 버섯 모양을 감지한 남친이 달려와 칼을 뺏어 들었다. 남친은 버섯을 예쁘게 잘라 그릇에 담아 두었다. 드디어 기다리던 사장님이 오셨고 숯불 기구 사용법을 알려주시고 가셨다. 남친은 테라스에서 고기를 구웠고 나는 벌레가 들어올까 봐 모기장을 닫았다. 모기장 너머로 고생 중인 남친에게 한마디씩 걸어 주며 틈틈이 객실로 돌아와 쌈장에 깻잎을 찍어 먹고 과자도 꺼내 먹었으며 콜라도 한 잔 마셨다. 너무 배가 고팠다.

드디어 남친이 고기를 다 구워서 들어왔고, 우리는 말없이 고기를 먹었다. 나는 주로 삼겹살을, 남친은 주로 목살을 먹었다. 나는 쌈장과 배추김치를 깻잎에 싸서 먹었으며 남친은 고추장과 파무침을 상추에 싸서 먹었다. 나는 구운 버섯을 많이 집어 먹었고 남친은 구운 마늘을 많이 집어 먹었다. 소시지까지 구워 먹고, 남은 김치도 구워 먹었다. 나는 소주를 곁들여 마시고 남친은 소맥을 말아 마셨다. 후식으로 컵라면과 과자 세 봉지를 먹고, 캔맥주를 한 캔씩 들이켜며 영화를 봤다.

식사가 끝난 뒤, 내가 설거지와 뒷정리를 했고 남친은 핸드폰으로 게임을 시작했다. 정리를 끝낸 나는 SNS에 편집된 사진을 올리고, 친구들에게 새로운 펜션에 와봤다며 자랑할 사진을 전송했다.

우리는 따로 놀았지만 함께 있었고, 함께 있었지만 각자 하고 싶은 것에 몰두했다. 너무나 편안하고 익숙한 우리의 여행이있다. 물론 이번에도 우리 집에는 미진이네 집에서 술 한잔하고 자고 온다고 말했고, 부모님은 별 관심이 없으셨다.

물놀이에 지친 남친은 술에 쉽게 취해 나를 찾지 않은 채 잠이 들었고 나도 어차피 위아래 속옷을 세트로 맞춰 입고 오지도 않았다. 이것저것 은근히 많이 먹은 탓에 배는 방귀로 가득 찼고 복층 구조로 침대가 2개였던 방에서 남친은 1층, 나는 2층에서 잤다.

그날 밤, 나는 또다시 그 애 꿈을 꾸었다. 우리는 데이트를 했다. 그 애는 여전히 잘생겼고, 나는 20대 초반의 나처럼 예뻤다. 손가락과 손가락이 닿는 것만으로도 너무 떨리고 행복했다. 손만 잡아도 빤쓰가 다 젖을 것만 같았다. 그 정도로 좋았다. 우리는 많은 이야기를 나눴다. 그 와중에도 생각했다. 내 남친한테 뭐라고 말하고 이 남자한테로 올까. 이 남자가 내 인생의 마지막 남자라는 확신이 들었다. 현실에서는 내 남친이 마지막 남자라고 생각하는데 꿈에서의 내 생각은 달랐다. 너를 만났어야 했는데, 나의 선택이 너무 후회된다고. 이런 말을 하는 것 같았다.

행복하고 건전한 데이트가 계속 이어지다가 꿈에서 깼다. 손끝만 만져도 떨리던 손은 온데간데없고 담배 냄새가 쩔어 있는 두툼하고 거친 손이 나를 흔들어 깨웠다. 조금 있으면 퇴실 시간이야. 일어나 씻어. 퇴실 전까지 씻을 시간이 부족할 것 같아서 그냥 안 씻고 모자나 쓰고 가야겠다고 결정한 뒤, 남은 과자를 찾아 헤맸다.

집에 돌아오니 부모님은 외출하시고 없었다. 엄마가 끓여 놓은 된장찌개에 밥을 말아 먹으며 해장을 한 뒤 소파 위에 누워 뒹굴뒹굴하다가 문득 기계가 생각났다. 아, 어제 기계가 곁에 있었다면 녹화가 됐을 텐데. 기계와 멀리 떨어진 곳에서 잤기 때문에 녹화가 안 됐겠지. 혹시나 하는 마음에 기계를 켰다.

파일 2개 [002.MP4][003.MP4]

와! 이게 멀리 있어도 녹화가 되는구나.

어젯밤에 남친과 함께 있는데도 그 애 꿈을 꾼 일로 짜릿한 쾌감이 두 배였다. 그 기쁨을 다시 느낄 생각에 다시 설레며 파일을 재생했다.

우리의 대화는 진지했다. 그 애와 나는 서로 미래를 그리고 있었다. 눈을 마주치지도 못했던 우리는 손끝이 스치고 수줍은 미소를 주고받는다. 내 빤스가 형광으로 젖어 번지는 것이 보였다. 소름 돋게 창피하고 민망했다. 딱 한 번만 더 보고 삭제해야겠다.

남친한테 전화가 왔고, 일단 펜션 비용과 장을 본 값을 자기가 혼자 다 냈으니 반을 입금해 달라고 했다. 여친한테 쓰는 여행비가 아까운 걸까. 이번에는 자기 혼자 다 내도 좋았을 텐데 하는 것이 진짜 속마음이었지만, '뭐, 당연히 매번 각출해야지.'라고 생각하려 애썼다. 남친이 웃긴 이야기랍시고 해주는 이야기는 하나도 웃기지 않았고, 남친과 통화 중에도 나는 파일명 003의 형광 빤스 부분을 돌려보며 웃고 있다. 남친은 본인의 이야기에 키득키득 웃어 주는 여친에 신난 듯했다. 재밌지? 진짜 웃기지 않냐? 하나도 재밌지 않은 이야기에 본인이 웃어댔다. 그리고 형광 빤스 부분을 확대하며 웃는 내 웃음소리와 함께 우리의 웃음소리는 꽤 화음이 잘 맞는 것처럼 들리긴 했다.

딱 다섯 번 더 본 뒤 파일들을 삭제했다. 한동안 그 애는 꿈에 나오지 않았다.

사실 그 애는 꿈속에서만 설레고 좋아하고 사랑한다. 현실에서 그 애는 중학교 동창인데 우리는 약간의 썸 말고는 아무것도 없었다. 10대의 미성숙한 감정은 사랑이 아니었고 호기심과 얕은 관심 딱 그 정도였다. 오히려 얄미울 때도 있었다. 그 애는 수업 시간이 끝나는 종이 친 뒤에도 선생님을 붙들고 질문을 해대는 모범생이었다. 공부쟁이답게 명문 대학에 갔고 법학과를 졸업했다는 소식이 건너 건너 들려와 주워 듣기는 했다.

그 후 전공을 살렸는지 안 살렸는지 모르는 채 소식이 끊겼다.

사실 졸업 후 서로 전화번호를 주고받은 것도 아니고, SNS를 팔로

우하지도 않아 친구 파도 타기를 통해 아주 가끔 염탐하는 정도였고 서로 팔로우도 아니었다. 염탐한 지가 정말 오래된, 그의 SNS가 다시금 궁금해졌다. 생각난 김에 폭풍 검색하여 다시 그 애의 인스타를 찾아냈고, 음식 사진들만 가득한 피드 중 간간이 그 애의 사진을 볼 수 있었다.

꿈속에서보다 조금 더 나이 든 얼굴. 하지만 여전히 큰 쌍꺼풀과 작은 코와 입, 콧등의 점과 뽀얀 피부, 곱슬머리와 부티나는 옷들, 큰 키와 날씬한 몸매까지 여전히 멋지게 잘 지내고 있었다.

꿈에 자꾸 나오는 사람은 내가 그리워하거나 상대방이 나를 그리워해서라는 말을 어디선가 들은 것 같다. 그 애가 나를 많이 좋아했었나. 그랬던 것 같기도 하다. 어린 마음에 나는 그 애에게 관심 없는 척하면서도 은근히 끼를 부렸던 것 같다. 쉬는 시간에 은근히 말을 걸기도 했고, 글씨체를 비교해 보자며 나란히 옆에 앉아 같이 글씨를 쓰며 손등을 스치기도 했다. 그 애와 손등이 닿은 순간 나는 멈칫했고, 그 애는 손등을 떼지 않았던 기억이 난다.

남친 집에서 결혼 이야기가 나오고 우리는 서로의 집을 오가며 양가 부모님께 인사를 드렸다. 급하게 결혼하고 싶은 건 아니었지만, 언젠가 당연히 같이 산다는 마음으로 지내왔기에 거부할 수 없는 순간들에 떠밀리다 보니 어느덧 결혼 날짜까지 잡게 되었다.

이 사람이 정말 내 마지막 남자가 맞는 건가. 갑자기 다른 사람이 좋아지면 어떻게 하지. 신혼집은 서울과 청주 중간이어야 하는지. 예물 예단에 얼마나 돈을 써야 하는지. 무리해서 집을 사야 하는지, 무리한다고 살 수는 있는지, 당장 전세가 나은지, 부모님께 얼마나 도움을 받을 수 있을지 등 온갖 현실적인 고민과 비현실적인 상상에 메리지 블루라도 찾아온 걸까. 모든 것이 힘겹게 느껴질 즈음 오랜만에 그 애 꿈을 꾸었다.

우리는 어느 깊은 곳에 있는 산에 올랐다. 오르는 과정은 나오지 않았다. 아쉽다. 산 정상에 올라 풍경을 바라봤다. 우리는 헐떡이며 가쁜 숨을 내쉬었고 물병 하나를 번갈아 가며 마셨는데 둘 다 입을 대고 마시는 장면에서 더 가까워진 사이를 증명해 보였다. 그 애의 눈가에는 다크서클이 내려앉았지만 상쾌해 보였고 나의 치마에는 빨간 꽃이 피어 있었다. 그 애는 잠시 등을 돌려 산 정상 풍경을 감상했고, 나는 반들거리는 얼굴로 그의 등을 껴안았다.

우리는 짧은 순간에 하늘만큼 높은 곳에서 함께 사계절을 감상했다. 치마에 핀 벚꽃을 함께 만져 봤고 초록빛 나뭇잎과 매미를 잡아 보며 웃어댔다. 갑자기 생긴 버너와 프라이팬에 바스락거리는 낙엽들을 넣어 낙엽전을 만들어 먹다가 취사 불가능 지역인데 왜 요리해 먹느냐며 쫓아오는 레인저를 향해 권총을 쏴서 죽이기도 했다. 갑자기 내리는 함박눈에 레인저의 시체를 묻기도 했고, 내려앉은 구름에 올라타 고소 공포 같은 스릴을 느껴 보기도 했다.

다시 봄이 찾아오고 구름에서 내린 우리는 이 꿈의 처음처럼 산 정상에 있었다.

갑자기 그 애는 사실 결혼한 적이 있다며 조만간 이혼할 거고 남은 인생은 나와 보내고 싶다고 했다. 그 말이 참 고맙고 감동적으로 느껴지면서도 마음 가득 불편했다. 나도 결혼을 준비 중인 남친이 있는데 파혼하고 너에게 가고 싶다고 말하고 싶었다. 하지만 차마 입 밖으로 그 말을 꺼내지는 못했다.

마침내 우리는 산 정상에서 떨어졌고, 그 애는 보이지 않았다. 그 애와 그렇게 의문스럽게 헤어진 뒤 나의 결혼식 당일이 되었다. 나는 결혼식장 신부 대기실에 앉아 있었고 부모님께 울면서 말했다. 그 애와 결혼해야 했다고. 도저히 이 결혼을 할 수 없다며 울부짖었다. 통곡하는 나를 바라보며 애처롭게 서 있는 남친의 눈 쪽을 가려보려 허공에 손가락을 휘저었다. 손가락으로 가려지는 남친의 얼굴을 흐린 눈으로 바라보며, 이 손을 바닥으로 내릴지 남친의 우는 눈빛을 움켜쥘지 고민하다가 잠에서 깨어나 기계를 봤다.

파일 1개 [003.MP4]

재생을 누르기 전에 망설여졌다. 혼란스러웠다. 현실의 나는 문제가 없는데 꿈속의 나는 힘들어한다. 그 애가 미치도록 그리운 것도 아니고 열렬히 사랑한 기억도 없다. 남친과의 결혼에 걱정이 많긴 하지만, 하고 싶어서 하는 결혼이 맞다.

이 파일을 여러 번 보다 보면 내 마음이 바뀔지도 모른다는 불안감에 생각이 많아진다. 영상을 다시 보며 느끼는 감정이 진짜 나의 감정이 맞는 것일까.

그 애 꿈만 기다리다가 현실의 미래를 기다리지 않는 내가 될 것 같아 후회된다. 꿈이 더 좋다는 건 아니다. 그건 확실하다. 하지만 그 설렘이 너무 좋았는데. 맹세코 꿈속에서 느끼는 걸로 만족하는데. 그 느낌을 현실로까지 가져오고 싶은 건 아니었는데. 기계를 괜히 산 걸까. 내가 남친을 정말 사랑하는 것이 맞을까? 언젠가 지금 남친과 헤어지게 될까? 나는 이 결혼을 정말 후회하게 될까? 그 애 꿈을 마무리 짓고 결혼 준비에 몰두해야만 하는데, 순서가 뒤엉킨 느낌. 정말 싫다.

어떻게 하면 그 애 꿈을 멈출 수 있을까. 아니, 그 애 꿈을 멈추고 싶은 게 나의 진심이 맞는가. 꿈은 꿈에서만 보고 느꼈어야 한다. 현실은 현실에서만 보고 느꼈어야 한다. 꿈과 현실의 경계는 잠이 듦과 깨어남, 그것보다 더 멀고 복잡한 그곳에 있을 것이다. 다른 세계가 촬영되고 또 다른 세계로 유출되며 자아 스키마는 분열된다.

이곳에서 내가 생각하는 그 애는 과거 얕은 설렘을 느꼈을 뿐인, 연락 끊긴 동창 중 하나일 뿐이다. 꿈속에서, 그리고 내가 가지고 있는 이 영상 속에서 존재하는 또 다른 나는 그 애를 원하고 그 애와의 사랑을 위해 현실 남친을 버리려고 한다.

그렇다면 어떤 게 진짜 나의 마음인가. 정답은 정해져 있다. 내가 정하는 것이다. 내 생각은 나의 것이다. 꿈속에서의 내 생각은 꿈속의 내 것이며, 현실에서의 내 생각은 현실에서의 나, 즉 '지금 생각하고 존재하는 나'의 것.

나는 영상을 지울 것이다.

영상 목록-전체 삭제-[파일 없음]

혹시 모를 의구심까지 긁어모아 없애기 위해 용기 내어 그 애에게 연락하고자 한다. 그 애의 SNS 계정을 팔로우했다. 맞팔을 원한다는 메시지를 전송하자 그 애는 바로 수락했다. 날 기다리고 있었던 건가. 그 애도 나의 SNS를 염탐하고 있었던 건가. 뜬금없이 연락했지만 기다렸다는 듯이 팔로우를 받아 준 그.

역시 나를 계속 지켜보고 마음에 두고 있었던 걸까. 조만간 나에게 고백하기 위한 타이밍을 찾고 있었던 걸까. 그의 간절한 짝사랑이 내 마음에 닿아 예지몽을 꾼 것일까. 나의 어떤 면이 그의 심장에 그토록 깊이 파고들어 나의 꿈속까지 닿은 것일까.

진지하게 메시지를 보내 보기로 했다. 음, 뭐라고 적어야 할까. 잘 지냈는지, 결혼은 했는지. 너도 내 꿈을 꿔왔는지…. 쉽사리 정리되지 않아 몇 번을 지웠다가 다시 쓰기를 반복. 전송 전 다시 한번 검토해 본다.

[경서야 안녕? 나 알지? 성연이야, 이성연. 친구 SNS 팔로우 목록을 구경하다가 우연히 널 찾았어. 참 신기하지? 나 기억하니? 우리 중학교 1학년 때 같은 반이었잖아. 그때 수연이하고도 친했고 너는 수연이랑 짝꿍이었지. 오랜만에 널 찾게 되었는데 제대로 인사도 안 하고 대뜸 팔로우부터 걸어서 어떻게 생각할지 모르겠다. 근데 너도 바로 맞팔 해줘서 깜짝 놀랐어. 난 네가 나를 기억하지 못할 수도 있다고 생각했거든.

그냥 궁금해서 묻는 건데 혹시 너, 나 좋아했었니? 우리 약간 썸 아니었었나? 난 얼핏 그런 관계로 기억나. 물론 나는 너를 좋게 생각했지만 내게 남친은 따로 있었지.

사실은 네가 꿈에 많이 나왔거든. 연락도 안 하고 지내는데 왜 자꾸

네 꿈을 꾸는지 신기하고 너무 궁금해. 당사자한테 한 번쯤 말해 보고 싶었어.

어느 날 문득 옛날 친구들이 그리울 때가 있잖아. 다른 친구들한테도 오랜만에 연락해 보는 김에 너도 생각나서 한번 연락해 본다. 잘 지내지? ^^] - [메시지를 전송하였습니다.]

일단 생각나는 대로 하고 싶은 말을 주절주절 써서 보내긴 했는데 걱정이다. 혹시 만나자고 하면 어떡하지. 친구끼리 만날 수도 있지 뭐. 그래도 혹여나 부푼 기대감을 안고 날 만나러 나오면 어쩌지. 남친한테 말하고 나가야 하나. 그냥 말 안 하고 나가야 하나. 근데 뭘 입고 나가지. 너무 꾸며도 이상하고, 너무 안 꾸며도 이상할 텐데. 진지하게 사귀고 싶다고 하면 어떡하지. 거절해야 하나. 남친과 파혼해야 하나.

숱한 고민과 걱정이 끝나기도 전에 답장이 왔다.

[누구? 잘못 보내신 거 아니에요?
광고·네트워크·마케팅·다단계·로맨스 피싱 사절, 모두 사절! 모르는 사람 차단 박습니다.]

순간 내 머릿속에 정체 모를 후회와 창피함에 정적이 흐르고, 그 정적을 따라 버리기 위해 어떤 행동을 해야 할지 고민하다가 팔로우 취소를 해야겠다고 빠르게 결심했다.

나를 알아보지 못했다는 당황스러움. 혼자 상상했던 그 모든 것에 대한 모멸감. 기분 나쁜 칼 차단. 그 애를 팔로우 취소했다. 그러나 그 애가 이미 나를 언팔한 뒤였다.

그 후 그 아이는 꿈에 나타나지 않았다. 기계는 중고로 팔아 버릴 계획이며 꿈속의 내 모습을 직시하지 않을 거다. 꿈은 꿈일 뿐. 내가 아니며 내가 맞기도 하다.

다만 현실의 나를 더 믿고 의지해야겠다.

설렘이 없어도 재미가 없어도 편안하고 안정적인 내 남친이 갑자기 소중해졌다. 남친에게 전화를 걸었고 고속버스터미널로 향했다. 오늘은 내가 직접 남친이 있는 청주로 달려가리라.

꿈속의 나와 현실의 나를 위로할 수 있는 모든 것들을 위해.

7장 　　　　　　　　　찬바람머리

미래의 자신이 저지른 잘못을 미리 알았음에도 불구하고 잘못을 피하지 못했던 남자와 그 남자의 후회를 따라 버린 여자의 아름찬 사랑.

1) 미래의 거울

요즘 들어 부쩍 이직하고 싶어졌다. 회사에 말이 안 통하는 진상 상사도 진절머리 나고 몇 년째 적자인 탓에 복지는 점점 바닷물만큼 짜진다. 추가 근무 수당도 없이 하는 반강제적인 야근도 지긋지긋하고 무더위 끝에 코끝을 간질거리는 환절기 비염이 만들어 낸 분무기 같은 재채기도 짜증 난다.

같은 업무를 담당하는 후임 놈이 바뀐 것만 몇 차례. 요즘 어린 것들은 끈기도 없고 무책임하게 잘도 관둔다. 공석인 후임 자리 덕분에 잦은 장거리 출장은 독차지 신세다.

담배를 피우고 커피를 마시며 근무 시간을 30분 이상씩 비우는 저 새끼도 꼴 보기 싫고, 다이어트 한다면서 밥만 조금 퍼담을 뿐 고칼로

리 반찬을 식판에 산더미처럼 탑을 쌓아 먹어 대는 여직원 미나씨도 꼴 보기 싫다. 쌀밥을 줄였으니 다이어트라고 우겨 대면서 살은 안 빠지는 그녀를 구내식당에서 마주치는 것은 더 짜증난다.

종이컵, A4 용지, 커피믹스, 볼펜, 휴지 등 회사 비품을 훔치다가 동료들한테 들키니, 되려 자랑스럽게 '내가 하는 일이 많잖아. 월급을 더 챙기는 거지, 뭐.' 하며, 오히려 도둑질을 자랑스러워하는 저 미친 놈도 꼴 보기 싫다.

부모님께 일을 관두고 싶다, 다른 곳으로 이직하고 싶다고 하면 안 힘든 일, 안 힘든 직장이 어디 있느냐며, '그래도 정규직인데 꾹 참고 버텨 봐라. '라떼'는 힘들다고 관둘 생각도 안 했다. 네가 아직 처자식이 없으니 철없는 소리를 한다. 얼른 장가가고 철들어라.'라고만 하신다.

늘 순서대로 반복되는 잔소리 폭격에 무기력함은 더 깊은 곳으로 움츠러들고 뇌도 지쳐 간다. 내일 근무는 또 어떻게 버티지. 내일모레는, 그다음 주는, 다음 달은, 내년은…. 언제까지 내가 이 회사에서 기계처럼 일을 버텨야 하는가. 내가 정말 하고 싶은 일이 뭐였던가. 사람이 안 뽑히면 근무 조건을 더 좋게 수정해서 모집하든가. 언제까지 내가 2인분을 억지 소화해야 한단 말인가. 매일매일 탈이 날 지경이다.

이렇게 찬바람이 불어오기 시작할 때 직원들의 욕심은 생각보다 소박하다. 난 그저 푹신한 극세사 방석. 혹은 눈치 없이 쓸 수 있는 월차 혹은 반차라도 선물 받고 싶을 뿐. 등산이 뭔 날벼락이람. 야유회를 한단다. 짜증 지대로다. 이불에 싸여 나가고 싶었지만, 벌써 패딩을 입는 것은 오버쟁이 같아서 약간 도톰한 맨투맨 티에 가벼운 바람막이를 걸쳐 입었다. 등산에 축구까지. 그나마 당일치기여서 다행이다. 1박이었으면 너무 싫어 죽을 뻔했다.

　야유회 다음 날 물에 젖은 청바지보다 무거운 다리들을 일으켜 세워 겨우 출근했다. 여기저기 알밴 사람들 투성이였다. 우리 부서만 해도 누구 하나 등산을 자주 하는 사람이 없었다. 억지 산행에 평소 쓰지 않는 근육을 죄 끌어다 써서 모두 좀비처럼 삐걱거렸다. 얼굴도 팔다리도 좀비 꼴로 근무를 마치고 나니 오히려 곧바로 집에 들어가기가 싫었다. 몹시 피곤하고 지친 상태였는데도 집에 들어가 침대에 눕는 건 쉬는 게 아닐 것 같은 느낌이었다.

　그러니 평소에 운동 좀 하지 그랬냐. 사람들하고 친하게 지냈으면 야유회도 힘든 것보다 재밌게 느껴지는 게 더 크지 않았겠냐. 타 부서 사람들하고 어울리며 좋은 아가씨는 없는지 찾아보지 그랬냐는 등, 퇴근하는 아들을 향한 인사말과도 같은 엄마의 기본적인 잔소리들마저도 오늘은 도저히 견뎌내지 못할 것 같은 몸과 마음이었다.

　급하게 핸드폰 전화번호부를 뒤적거리지만 불러낼 놈이 마땅치 않다. 불알친구란 새끼는 일찍 결혼 후 얼마 전 아빠가 되고 나서 24시간 근무하는 느낌이라며 가끔 통화로 죽는소리를 해댈 뿐 얼굴은 좀처럼 보여 주지 않았다. 통화가 마무리되면 아들놈의 사진과 동영상을 열몇 개씩이나 보내는데, 너무 귀엽다고 답장해 주는 것도 한두 번이지 아무리 친한 친구의 자식이라도 영상 하나하나 자세히 볼 정도로 아이를 귀여워해 주는 일은 힘들다.

　결혼 안 한 놈 중 가까이 사는 새끼한테 전화해서 불러내려다가 얼마 전 기깔난 외제 차를 샀다며 자랑하던 놈의 문자를 떠올리니, 왠지 모를 거리감에 만나기 싫어졌다. 나는 국산 경차 할부금도 1년이나 넘게 남았는데, 외제 차라니. 배알이 꼴려 그 새끼와 내가 나란히 같은 주차장에 주차하고 술집에 놀러 가는 것조차 상상하기 싫어졌다.

이래서 제외하고 저래서 제외하니 불러낼 놈도 없고 여친도 없다. 그 흔하다는 여사친도 없고 사적으로 시간을 보내고 싶은 직장 동료도 없다. 오늘따라 더 외롭고 초라한 것 같다. 언젠가 나의 가능성을 알아봐 주고, 가치를 높게 평가해 주는, 나의 자존감을 높여 줄 배우자를 만날 수 있겠지.

예쁜 여자 접대부가 나오는 술집은 너무 비싸겠지. 얼마 전 인터넷에서 봤던 그 셔츠룸도 가보고 싶긴 한데 혼자 가면 진상이겠지. 엄청 고가겠지. 결혼하면 못 갈 테니 미혼일 때 언젠가 꼭 가봐야지. 예쁜 여자가 내 무릎 위에 앉아 옷을 벗고 엉덩이와 젖을 흔들어 대며 셔츠로 갈아입는다, 이거지. 그렇게 좋은 곳을 왜 나는 못 가봤을까. 근데 술값이 얼마나 비싸려나. 여자들에게 팁도 따로 줘야 하는 거겠지. 그런 유흥가도 발을 한번 잘못 들이면 중독되겠지. 그런 돈 아껴서 외제차 사는 게 더 간지나겠지. 이런저런 생각을 하며 동네 호프집에 들어갔다.

골뱅이 소면과 어묵탕, 소주 1병, 생맥주 500cc를 시켰다. 역시 술은 혼술이다. 딱히 예쁜 여자 손님들도 없고 알바생들도 남자다. 남자끼리 온 손님이 유난히 많이 보인다. 정말 재미없는 술집이다. 그래도 탱글탱글한 골뱅이와 불어 터지지 않은 소면, 뜨끈한 어묵탕이 끝내준다. 정말 맛집이다.

옛날 기름떡볶이와 소주를 추가로 시켰다. 콜라도 시켜서 한 잔씩 들이켜며 혼술을 즐겼다. 깜빡깜빡 졸기도 하고 핸드폰으로 게임도 하고, 친구 놈 SNS에 아들이 너무 귀엽다는 댓글도 달아 주었다.

엄마한테서 오늘 야근하느냐는 문자가 와서 야근이 늦게 끝날 것 같고, 동료랑 술 한잔할 것 같다고 답장했다. 그리고 생맥주 500cc 한 잔을 더 시켰다. 다음 날 출근인데 술이 과하다. 그런데 멈출 수가 없다. 더 달리고 싶다.

세상 끝날 것처럼 함께 술을 즐겨 대던 우리 셋 중 한 놈은 지금 현실 육아와 마누라 잔소리에 허덕이며 술집을 그리워하고 있고, 다른 한 놈은 외제 차 운전석에 앉아 조수석에 태운 예쁘고 어린 여자의 허벅지를 더듬고 있을 것이며, 나머지 한 놈은 이렇게 혼자 술을 처마시고 있다.

너무 빨리 마셨나. 화장실에 또 가고 싶다. 평소에는 술이 엄청 셌는데, 야유회 여파로 몸이 안 좋아서 술이 약해진 걸까. 화장실 변기 한 개가 움직인다. 좌우로 정렬 좌우로 정렬 일, 이, 삼, 사…. 천장도 움직인다. 위아래 위위 위아래 아래 아래…. 어, 창문이 저절로 열리는 것 같다. 아닌가? 원래 열려 있었나. 일단 쉬부터 하고.

폭포수같이 물을 빼내고 난 뒤 다시 한번 화장실 풍경을 둘러본다. 변기가 '이옹이옹' 움직이고 천장이 '위잉위잉' 움직인다. 창문이 '쩌억쩌억' 벌어지더니 엄청나게 커졌다. 화장실에 들어온 입구만큼 커졌다. 어, 안주머니에 지갑 그대로 잘 있고. 왼쪽 양복 주머니에 핸드폰 그대로 잘 있고. 저기로 나가도 아무도 모르지 않을까. 술값을 안 내고 저 창문으로 나가 버릴까 하는 생각이 들었다.

나 말고 다른 손님이 화장실에 들어오기 전에, 저 큰 창문 너머 풍경을 확인해야 할 것 같은 초조함이 밀려오면서 더 이상 고민할 틈도 없이 창문틀을 만지려다가 발을 헛디뎌 아래로 떨어졌다. 그곳엔 트램 펄린같이 푹신한 받침이 있었고 튕겨져 오르면서 큰 창문이 있던 화장실과 떨어졌던 밑바닥 사이 층으로 몸이 들어갔다.

술집은 1층이었고 지하 1층은 주차장인데, 지하 1층과 1층 사이의 세계에 들어오게 된 건가. 내가 술에 많이 취했구나. 이 건물의 어느 다른 층에 왔겠거니 싶어서 계단이나 엘리베이터를 찾아 헤맸다. 하지만 진한 어지러움과 술까지 적셔진 알밴 팔다리는 내 맘대로 움직여지지도 않고 엘리베이터와 계단, 사람들은 어디에도 보이지 않았다. 마치 내가 가야 할 길 위에 내던져진 기분으로 직진했다.

저쪽 끝에서 어릴 때 학교에서 썼던 나무 책걸상이 보였다. 얼마 만에 가까이에서 보는 학창 시절의 추억 아이템인가. 술도 깨고 정신도 차릴 겸 의자에 앉아 책상을 만져 봤다. 누군가 칼로 책상 위에 이름을 파놓았다. 내 이름이었다. 책상 밑쪽에 달린 서랍에는 공책이 세 권 들어 있었다.

1권 『물초』, 2권 『불초』, 3권 『해빙』 이게 뭐지? 읽어봐도 되는 건가?

일단 1권만 펼쳐 봤다. 누군가의 손글씨로 적힌 일기였다. 본격적인 일기 내용에 앞서 책 표지 안쪽의 내 이름과 함께 적힌 설명을 보고 알 수 있었다.

이건 내 미래의 아내 일기구나. 난 아직 미혼인데. 웃겼다. 정말 웃기고 꺼림칙하면서 무서운 소설 같았다. 어떤 유튜버가 나를 위한 몰래카메라를 촬영 중인 것만 같은 상황이었다. 믿지 않았다. 미래는 정해진 게 없다고 믿는다. 그래도 일부 믿고 싶었다. 나도 결혼하긴 하는

구나. 내 인생에 아내가 있긴 있군요!.

2) 『물초』 1권

물초의 내용은 처참했다. 아직 만나보지도 못한 사람의 고통을 본 것을 후회한다. 결단코 이 미래를 만들지 않을 거다. 이 고통은 현실이 아니다. 이 여자가 정말 미래의 내 아내가 맞는다면 이토록 뼈아픈 일기를 지워 주고 평화롭고 안전한 내 사랑을 다시 새겨 줄 테다.

이하 1권 전문

지옥 같은 7월. 살면서 이렇게까지 힘든 적이 있던가. 누군가 내게 지금 행복하냐고 묻는다면 차마 거짓말이 입 밖을 통과하지 못할 것이다.

언제부터인가 결혼 생활은 외로움과 비참함을 외면해야 하는 하루하루였다.

결혼 전 우리도 뜨겁게 불타던 연인이었는데, 여느 부부나 다를 바 없는 평범한 부부 싸움과 화해가 지나가며 서로 더 알아가고 맞춰 가고 성장해 가는 과정이라 여겼거늘. 작은 다툼과 서운함, 사과와 감동의 과정이 지나가며 난 남편을 더욱 의지하고 사랑했는데, 남편은 나를 찾지 않기 시작했다.

우리는 친구처럼 일상을 시시콜콜 이야기하고 오래된 가족처럼 편안했다. 하지만 같이 잠을 자지 않았다. 장난스레, 또는 진지하게 외로움과 불안함을 골백번 말했지만, 알았다는 두루뭉술한 답변과 안일한 태도로 무시하고 외면했다.

내가 결혼 전보다 살이 찌고 늙어 못생겨져서 그럴까. 내가 이제 더이상 여자로서 매력이 없는 걸까. 다른 여자와 해결하는 것일까.

온갖 자존심이 뭉개지는 짐작의 끝에 퇴근길 일탈을 상상한다. 퇴근 후 집에 가지 않고 길거리를 방황하다 어느 허름한 유부남과 눈이 맞아 근처 편의점에서 술을 사고 함께 모텔로 향해 필로폰을 투여한 뒤, 뒤늦게 합류한 잘생긴 남자들과 문란한 환각에 젖어 극강의 오르가슴을 느끼는 상상.

하지만 나는 하루 종일 근무지에서도 남편을 그리워하고 남편을 보고 싶어 하며, 낯선 사람과 만남을 꺼리는 의심 부자에 낯가림이 심하며 소심하고 겁도 많다. 절대 저따위 지저분한 상상을 현실에서 실행할 수 없는 사람이란 말이다.

내가 할 수 있는 거라곤 온갖 너저분한 상상과 남편을 향한 분노와 갈증, 그리고 딜도에게 사랑을 구걸할 뿐. 이토록 사무치는 외로움을 딛고, 회사 생활과 집안일을 해내며 완벽한 아내가 되어 주고 싶다. 우리도 아이를 가져야 하지 않을까 하는 말을 꺼내도 그래, 그래야겠지 하는 말뿐. 행동은 내 손도 잡아 주지 않는다.

난 따뜻한, 그의 손에 파묻히고 싶다. 그래서 전자피아노를 샀다. 어릴 때 피아노학원에 다니긴 했는데 손이 굳은 지 오래다. 그래도 악보를 보며 예전의 기억을 더듬어 쉬운 곡부터 연습하고 있다. 그리고 새로운 요리도 연구해 보며 일상을 바쁘게 굴린다. 외로움이 보이지 않게. 외로운 여자의 냄새가 풍길까 싶어 맛있는 음식의 냄새로 덮어 보기도 하고, 외로운 여자의 치명적인 신음이 들릴까 싶어 예쁘고 건전한 피아노 소리를 직접 만들어 듣는다. 내 안에 터져 나오는 외로움을 막기 위해 필사적으로 바빠지고 많은 걸 만들어 내려 한다.

그런 나에게 악몽이 시작된 것은 6월 말. 남편과 술 한잔 진하게 걸치고 집에 들어와 씻었다. 과음한 남편은 씻지도 않은 채 잠이 들었고, 나는 수건으로 젖은 머리를 털어 내며 거실에 앉았다.

남편은 왜 핸드폰을 거실에 두고 방에 들어가 곯아떨어진 걸까. 평소 남편은 내가 핸드폰을 보려는 걸 극도로 혐오했다. 무수히 많은, 의심스러운 느낌에 늘 남편 핸드폰을 보고 싶었지만 보지 않았다. 부부 지간에도 나름의 프라이버시를 존중해 주고 싶었고, 싸한 느낌을 애써 모른 척하고 싶었는지도 모른다.

오늘은 왜 남편이 핸드폰을 잠가 놓지 않은 걸까. 왜 메시지 상태를 비공개로 설정해 놓지 않은 걸까. 그것은 내 인생에서 절대 사라져 주지 않을 상처 자국이 될, 비극의 시작이었다

모르는 이름의 여자에게 와이프가 출장 가는 주말이면 자신과 만나자는 문자가 왔다. 딱히 이상할 건 없다고 믿고 싶은 정도였다. 그냥 여사친이나 직장동료겠거니 대수롭지 않게 여기고 폰을 덮고 싶었지만, 더듬이가 이상 신호를 감지했다.

떨리는 손가락으로 심장을 쓸어내리고, 여전히 떨리는 손가락으로 채팅방을 내리고 또 쓸어내려서 예전 대화 기록까지 읽고야 말았다.

글만 읽어서는 남편의 진심이 아닐 수도 있겠지만, 어쨌든 다른 여자와 나눈 대화에 굳이 이런 내용들이 있어야 하는 건지 무서웠다. 순간적으로 피가 거꾸로 솟는다는 느낌이 이런 거였구나 깨달았다. 1초만에 내 안팎에 달려든 모든 분노를 깨닫게 되며 온몸에 소름이 돋고, 모든 세포에 불이 붙어 화염 속으로 덮쳐지는 기분이었다.

남편은 나와의 결혼 생활이 행복하지 않으며 결혼 후에도 끊임없이 새로운 여자를 만나고 싶어 했다. 그렇게 만난 여자에게 이것저것 사 줬고, 그 여자도 유부녀에 아들까지 있었다. 또 어린 여자와도 여러 번 잠자리를 했고, 새로운 여자를 찾고자 불륜들의 모임터인 '기혼 채팅방'을 탐방하고 다닌다는 사실까지 알아 버렸다.

좀 전까지 같이 기분 좋게 술 마시고 세상에서 가장 의지하던 사람이 이런 사람이었다니. 세상 모든 남자들이 바람피워도 내 남편만큼은 절대 그럴 리가 없다는, 뻔한 그 클리셰가 내 가슴에 불덩이가 되어 깨어지고 나니 분노와 눈물이 뒤섞여 어떻게 해야 할지 모르는 몸과 마음이 애처롭게 떨렸다.

이 더러운 대화 내용을 모르는 척할까 아는 척할까 30분쯤 고민했다. 자는 남편의 따귀를 후려쳤다. 그리고 이혼하자고 말하며 울었다. 남편은 화를 내며 그 문자들은 그냥 꾸며낸 이야기다, 허세였다, 실제로 그 유부녀를 만난 건 단체 모임에서 두 번뿐, 그리고 어린 여자와는 만나지도 않았다, 허구의 인물이다, 맹세코 결혼 후 다른 여자와 잔 적이 없다며 아무도 믿지 못할 변명을 지껄여 댔다.

나는 왜 안 찾기 시작한 거냐는 질문에 내가 본인을 무시한다고 느꼈단다. 세상 누구보다 남편을 의지하고 존중했는데 왜 내 진심이 무시로 변질되어 버려진 걸까. 의아하고 원통했다. 쓰레기 같은 년들하고 대화하고 놀다 보니, 뭐 눈에는 뭐로만 보이나 본데, 네 판단력이 잘못된 거라며 남편에게 비난과 악담을 퍼부었다. 억울하고 짜증 나고 비참하고 온갖 불행의 감정은 다 느껴져서 마음이 펄쩍 뛰고 미칠 노릇이다.

악마들의 오픈 채팅방에 나도 들어가 봤다. 지역과 나이 등을 넣어 프로필을 바꿔야 하고 서로 안 겹치는 색깔로 프로필 사진을 설정해야 하고 더럽게 까다롭고 다들 싸가지가 없었다. 얼공(얼굴 공개)을 하라 며 닦달했고, 공개하기 싫다고 하니 강제 추방하기도 했다. 기혼자임 을 밝히고 당당히 잠자리 상대를 구하는, 채팅방을 드나드는 이 쓰레 기 소굴에 내 남편이 활동했다니. 억장이 무너지고 너무 재수가 없어 서 식칼로 심장을 쑤셔 죽여 버리고 싶었다.

얼공을 하지 않아도 대화를 할 수 있는 대화방을 찾았고 오늘 처음 들어와 봤다고 말하며 남편이 이 방법으로 바람을 피우다가 들켰는데 잠은 안 잤다더라. 어쩌고저쩌고 얘기하니 그 방에 있던 몇십 명이 너 나 할 것 없이 같은 대답들을 내놓았다.

그걸 믿니? 소설 쓴대? 모두가 믿지 못할 변명을 믿고 싶은, 바보 같은 나였다.

나도 그런 시절이 있었다. 불과 최근까지 말이다. 한 번 바람피우 는 사람은 없다고. 한 번 핀 새끼는 몇 번이고 핀다고. 내가 들은 변명 같은 이야기는 어떤 여자라도 못 믿을 거짓이라고 단정 지으며, 남 얘 기하듯 '바람피운 새끼하고는 무조건 이혼해야지. 왜 그냥 살지?' 하고 생각하던 나였지만, 정말 이건 다르다. 내 얘기가 되면 다르단 말이다. 남 얘기할 때와 사상 체계가 뒤집힌 느낌이란 말이다.

분노가 치밀어 올랐다. 이혼하자고 울부짖고 물건들을 집어 던졌 다. 커플 사진을 찢어 버리고 결혼 액자도 깨버렸다. 배도 고프지 않았 고 어지럽고 살고 싶지 않았다.

남편은 변명을 계속하며 믿어 달라고 애원하다가도 나의 거친 분노가 거듭되면 못 참고 같이 화를 냈다. 벌써 지치고 못 받아 주면서 왜 이혼을 안 해주느냐.

나는 양가에 터트리자. 이혼하자. 제발 헤어져 달라고 소리 질렀지만 속으로는 걱정했다. 진짜 이혼하면 난 어떡하지. 결혼 전 사귀었던 예전 남자친구들이 생각나며 그중 누구든 골라 결혼했어도 너보단 나았을 거라고. 너와 결혼한 일은 천추의 한이고 인생의 큰 실수라고. 그 남자랑 결혼했었다면 지금쯤 행복했을 텐데. 너 같은 새끼를 만나서 내가 이렇게 불행하다고. 내 결혼 생활은 한 번도 행복한 적이 없었다고 악다구니를 쓰며, 상처 주고 싶은 뜨겁고 따가운 말만 내뿜어대는 용처럼 내 눈은 이글이글 타들어 갔다.

밥맛이 없어 샐러드나 시리얼만 먹어 대고 그릇 하나 설거지하는 게 왜 이리 귀찮은지. 남편을 마주치기만 하면 의심에 의심을 부어 분노를 쏘아 댔다. 또 다른 여자 만난 거 아니냐. 또 다른 여자랑 연락한 게 아니냐. 정말 더럽고 추잡스럽다. 제 마누라는 외로워도 내팽개치더니 미친 창녀 같은 유부녀한테 돈을 쓰고, 그것도 모자라 어린년하고 모텔에나 가고. 뭐 대단한 년이랑 바람피웠으면 이렇게까지 속이 문드러지지 않을 텐데. 어디 바람피울 상대가 없어서 남의 남자한테 돈 뜯어 대는 정신 나간 애 엄마 유부녀, 또 철없는 어린년을 만나. 기가 막혀서. 한 명도 아니고 들킨 거만 두 명이면 솔직히 몇 명이랑 놀아난 건지 내가 알 게 뭐람. 내가 알게 되면 속상해할 일이 존재한다면, 제발 내가 죽을 때까지 모르게 해달라며 의심해 댈 때마다 그런 일은 절대 없다던 사람.

분노의 분노를 받아 주기만 하지 못하고 결국에는 같이 화를 내는 남편. 분노의 끝은 항상 눈물바다로 끝났다. 화를 내고 화를 받고 눈이 붓고 심장이 부어 숨이 안 쉬어질 때까지 울고, 눈물바다에 침대가 젖어 홍수가 날 때까지 울고 또 울었다.

아침에 일어나기가 너무 힘들고 지치고 어지럽고 밥 먹기는 귀찮고. 간단한 조리를 하는 일조차 귀찮아지고 힘에 겹다.

일을 당장 관두고 싶지만, 진급한 지 얼마 지나지 않아서 책임감이 막중한데 회사까지 가는 길이 천리만리다. 수요일인가 했는데 화요일이고, 금요일인가 했는데 목요일이다. 시간이 아득해지고 출근 직전까지 소파에 누워 가만히 있다가 억지로 몸을 일으켜 출근하면, 일은 엉망진창 실수투성이로 욕먹기 다반사. 일하지 않는 주말은 더 지옥이다. 차라리 회사에 가서 실수투성이로 일하더라도 일 생각에 남편을 잠시나마 잊고 싶다. 좀비처럼 출퇴근만 할 뿐, 머리는 제대로 돌아가지 않는다. 나의 뇌는 멈춰 버렸다. 내가 정말 미쳐 가나 보다.

일상이 완전히 지하 세계로 쏟아진 기분. 난 바보가 된 것 같다. 다시 돌아갈 수 있을까. 남편은 큰 죄를 짓고도 자꾸만 화를 낸다. 화를 내고 또 미안하다고 말하긴 하지만 분노하느라 의심하느라, 남편의 참고 참다 터진 화를 또 받아 내느라, 통곡하느라 산발이 된 나의 머리를 남편은 귀 뒤로 쓸어 넘겨 주며 미안하다고 말하긴 한다. 정말 더럽게 재수 없고 짜증 난다.

분노는 멈췄다가 다시 입 밖으로 터져 나오고 또 눈물이 흐르고, 나의 온 마음은 죽어간다. 또 의심과 분노. 이혼하네 마네 난리를 피우고 매일매일 싸움이다. 침대까지 올라갈 힘도 없이 방바닥에 퍼져 눈물을 다 쏟았다. 방 천장에 있는 스프링클러에 시선이 묶인다. 스프링클러는 사람의 눈알처럼 보이기 시작한다. 그리고 그 눈알이 움직인다. 나를 향해 깜빡거린다. 그만 고통스러워하고 다른 세계로 넘어가라는 신호처럼 느껴진다. 난 정말 죽고 싶다.

없는 살림에 첫째 딸 시집보낸다고 집안 기둥뿌리 뽑아 혼수에 보태 주시던 부모님께, 차마 남편의 외도와 이혼 고민을 말할 수가 없다. 난 어디에도 말할 곳이 없다. 누가 날 위로해 줄까.

잠시 떨어져 있는 게 어떻겠느냐고, 내가 호텔에 가 있든지 남편이 집과 가까운 시댁에 가서 지내든지 하자고 제안해 봤지만, 남편은 분노와 눈물과 싸움이 반복되어도 내 곁에 붙어 있는 게 나을 것 같다며 곁을 지켰다. 갑자기 내가 죽을까 봐, 그것이 불안했던 것일까.

일하지 않는 날이라고 씻지도 않으면 너무 우울할 것 같다. 눈물이 끝없이 생성되어 모든 수분이 날아갈 것 같다. 심각한 불가물 속에 갇혀 수분을 잃고 쪼글쪼글해진 몰골로 죽어 갈 것 같다. 가루비가 바늘처럼 내 몸에 내리꽂듯이 온몸의 신경이 통증으로 반응해 난 죽어 가고 있다. 억지로 씻고 옷을 갈아입으려고 옷걸이 앞을 서성거린다. 철제 옷걸이에 걸린 벨트가 보여. 벨트 안에 붙은 쇠가 옷걸이에 부딪히는 소리. 쨍. 쨍. 소리가 아닌가. 땡. 땡. 차가운 소리가 들려. 그 소리에 내 인생의 종이 친 듯 죽어야 할 것 같은 느낌이 든다. 벨트는 흉기로 변해 내 목숨을 쥐고 날 점점 조여 줄 것 같아. 줄어드는 허리둘레가 벨트의 악행을 증명해. 저 벨트가 날 쪼여 죽일 수도 있을 것 같은 기분. 내가 아닌 내가 날 죽일 것 같은 기분. 난 지금 강한 자살 충동을 느낀다.

모든 게 귀찮아지고 입맛이 없고 배부르지 않고 생각이 많아지니 새벽까지 잠이 오지 않다가 겨우 잠이 들고 꿈을 꾸었다.

바다가 보이는 건물 테라스에 서 있는 나. 난간에 기대어 바다를 바라보는데 바다가 조금 이상해. 픽셀이 깨지는 게 보이는 그래픽이야. 가짜 바다구나. 아, 이거 꿈이구나. 바다에 뛰어들까. 꿈이니까 가짜니까 뛰어들어도 무섭지 않겠지. 뛰어들까 말까 고민하다가 난간에 더 기울이며 바다로 뛰어들려는 순간 잠에서 깼는데. 베란다 난간 앞에서 기대고 있는 나. 헉. 미쳤다. 몽유병인가. 바다 앞, 테라스인 줄 알았는데, 아파트 베란다 난간에 기대어 있다가 떨어질 뻔했다.

너무 놀라서 심장이 두근두근하며 또 잠에서 깼다. 꿈속의 꿈이라니. 요즘 정신적 스트레스가 상당히 싶은가 보다. 꿈에서 깨어나 보니 또 꿈이었고 또 깨어났다. 그렇다면 지금 여기 현실이라고 믿는 이곳도 다른 세계의 나에게는 꿈일 수도 있을까? 여기서 죽으면 난 또 다른 곳에서 깨어나 아, 꿈이었구나 하고 살아갈 수 있을까.

가까운 호수로 달려가 몸을 던질까. 익사의 고통은 잠시일 뿐, 다른 세계에서 또 다른 나로 깨어나면 까맣게 잊힐 익사의 고통. 견딜 수 있을 것 같기도 한데 난 왜 망설여지는 걸까. 지난밤 꿈은 무슨 의미일까. 지독한 마음의 찢김을 탈피하고, 용기 내서 죽으라는 신의 계시일지도 모른다. 아닌가, 죽지 말라고 깨닫는 과정인가. 헷갈린다. 나는 죽고 싶다. 나는 죽음을 생각한다.

핸드폰 사진첩에서 남편 사진을 골라 지우다가 지쳐 그만두었다. 그 많은 사진을 다 지워 버릴 만큼 이곳에서 벗어날 결심이 서지 않았다. 난 바보다. 책장에서 사진첩을 꺼내 연애 시절 사진들을 몇 장 또 찢어 버렸지만 다 꺼내 보진 못했다. 난 멍청하다. 지겨울 만큼 분노를 쏟아 내고 같이 화를 내면 너무 속상하다. 내 거칠고 힘겨운 분노에 남편이 정말 질려 버릴까 봐, 내 마음이 버려질까 겁이 난다. 또 울다 지쳐 잠이 들었다. 또다시 꿈을 꾸었다.

힘들게 밥을 했다. 맛있는 반찬도 많이 만들었다. 정갈하고 푸짐한 밥상 위, 무거운 숟가락을 아주 오랜 시간을 들여 들어 올렸다. 이제 좀 먹으려는데 감투밥을 먹는 귀신들이 나타났다. 소스라치게 놀라고 무섭다. 귀신들은 내 밥을 다 먹어 치운다. 난 귀신들에게 기가 눌려 더욱 힘이 없다. 히죽히죽 웃으며 볼이 터지게 먹어 대는 귀신들과 눈을 마주치고 싶지 않아서 시선을 피하며 안간힘을 쓰다 깨어났지만, 몸은 굳고 귀신들은 여기까지 쫓아왔다. "너는 곧 죽을 거야."라며 내 어깨를 짓누르고 얼굴을 짓누른다. 간담이 서늘한 가위눌림이 끝나자마자 거실로 달려 나가 남편 옆에 누웠다. 남편은 겁에 질려 쿵쾅대는 내 등을 안쓰럽게 쓸어 줬다. 그 품을 파고드는 내 모습이 너무 처량하고 불쌍했다. 귀신에 쫓겨 오갈 데 없는 가여운 내가 의지할 수 있는 유일한 사람은 내게 큰 충격과 상처를 준 사람이다.

귀신은 너무 싫다. 뜬눈으로 남은 새벽을 기다리다가 맞이한 날에도 나는 제대로 먹지 못했다. 지난밤 귀신들이 다 뺏어 먹은 빈 그릇을 보니 속이 울렁거리고 천장이 움직이며 또 어지러운 하루를 보냈다.

나도 맞바람을 피우고 싶다. 일과 집안일에 매여 마지막으로 술집을 가본 지가 언제였는지 흐릿하다. 뱃살을 짓누르는 초미니스커트와 불편한 하이힐, 진한 색조 화장으로 다른 남자들을 유혹하고 싶다.

얼마 전 남친에게 대차게 차인 친구와 함께 요즘 인기 있는 술집을 검색해서 가봤다. 손님인 줄 알았던 사람들은 직원이었고 우리가 그날의 첫 손님이었다. 고심 끝에 고른 안주인 로제 떡볶이는 비쌌다. 텅 빈 술집에서 남자 구경도 하지 못하고 술만 마실 걸 생각하니 짜증이 났다. 핫플레이스인줄 알았던 곳은, 광고 글에 속은 우리를 비웃는 것 같았고 인터넷 홍보 글에 불신이 생긴 우리는 첫 번째 실패에서 탈출하여 직접 거리를 방황하기로 했다. 번화가 구석구석을 수색한 끝에 사람이 바글거리는 곳을 찾았고, 부푼 기대감을 안고 서둘러 입성했다.

오랜만에 온 술집 풍경은 낯설었다. 첫 번째 들렀던 술집하고는 느낌이 달랐다. 역시 사람이 많은 곳은 다르다. 주문도 각 테이블 위에 놓인 태블릿으로 하는 시스템이었고, 예쁘고 어린 여자 손님들이 많았다.

우리는 치즈볼과 감자튀김 세트, 파인애플 샤베트, 바다 소주를 주문했다. 이 술집 안에서 예쁜 여자들이 있는 테이블 순으로 순위를 매기고, 우리가 몇 위쯤인지 주관적으로 판단해 보며 헌팅을 당할 확률을 계산하는 동안에도 우리에게 말을 걸어 주는 남자들은 없었다. 그저 다른 테이블의 헌팅을 힐끔힐끔 구경하며 술과 안주를 삼킬 뿐이었다.

파란색 바다 소주는 마치 칵테일처럼 예쁘고 매혹적이었다. 하늘을 비추는 바다가 파란색인 척하다가 밤이면 검은색으로 잠들어 버리듯, 이 소주는 약한 척하다가 우리의 썩은 마음을 따라 지독하게 분노를 키우고 이내 우리의 의식을 죽어 가게 했다.

우리는 술집에서 처음 만난 남자와 원나이트를 해보겠다며 말로만 죄를 지을 뿐 아무것도 하지 못했다. 먼저 말을 걸어 주는 남자도, 우리가 먼저 말을 건네고픈 남자도 없었다.

예쁜 바다 소주에 깊이 빠져 허우적대며 익사하기 직전쯤 무의식의 내가 남편에게 전화를 걸어 만취한 우리를 데리러 오라고 명령했다. 테이블 위 바다 소주는 한 병에서 두 병이 되어 있었고, 친구와 나는 바닷속 깊이 빠져들어 가는 와중에도 서로에게 구조의 손길을 내밀 듯 대화했다.

"너 취한 거 같은데 괜찮아? 이거 더 마실 수 있겠어?"

우리는 정말 알코올 쓰레기였다.

"난 괜찮아."라고 말하면서 친구의 얼굴이 회전하기 시작했고 미친 듯이 내 가방을 챙겨 분실을 예방했다. 술집 문을 열고 나온 기억은 없고, 술집 앞에 앉아 남편이 나를 들어 올리는 소리가 기억난다. 주차장까지 걸어간 기억은 없고 조수석에 구겨져 넣어진 기억이 난다. 친구는 뒷자석에서 나를 걱정했고 남편은 인근 지하철역에 내 친구를 내려줬다고 한다. 친구가 차에서 내린 기억과 내가 차에서 집까지 온 기억은 없고, 집 거실에 누워 토한 기억만 난다. 바다 소주에 익사하기 직전에 고래만큼 삼킨 바닷물을 내뱉듯이, 1.5L짜리 물병을 뒤집어 쏟듯이 내 몸에서 토가 쏟아져 나오는 소리가 '콸콸콸' 기억난다. 파도가 바다에 부딪혀 오열하는 소리였다. 콸. 콸. 콸.

내 식도를 태운 뜨거운 파도가 차갑게 식을 때쯤 아침이 찾아왔다. 둔기에 맞은 듯한 머리와 요즘 처한 상황보다 쓰린 배를 움켜쥐고 겨우 일어나 앉았다. 남편은 바닥의 토사물을 닦아 놓았고 마실 물을 가져다주었다. 두통이 너무 극심하여 고개를 뒤로 젖혀 물을 마실 수가 없었다. 남편은 물병에 빨대를 꽂아 내 입에 넣어 주었다.

전쟁이 난 장을 비우러 겨우 화장실로 기어가 거울을 봤다. 머리카락에 덕지덕지 붙어 있는 토사물과 흉측하게 번진 메이크업은 처참했다. 새삼스레 내가 왜 이렇게 망가졌나 싶었다. 그리고 친구가 생각나 핸드폰을 봤다.

[메시지—많이 취한 것 같은데 너무 걱정되니 일어나면 연락 좀 줘.]

친구에게 전화를 걸었다.

"네 남편이 지하철역까지 데려다줬어. 그때 너 자고 있어서 인사도 못 하고 내렸네."

"근데 나도 네 남편 차에서 내린 뒤 이어진 기억이라고는 집 거실에 누워 있는 것 뿐이더라ㅋㅋ."

아이고. 친구는 도대체 지하철을 어떻게 타고 내린 걸까. 어쨌거나 친구도 무사히 집에 도착해서 다행이다. 두통과 복통이 지속되었지만 겨우 샤워했고 남편이 끓여 준 누룽지탕을 억지로 들이마신 뒤 동네 산책을 나섰다. 억지로라도 걸어야 숙취가 조금이나마 빨리 사라질 것 같았다. 내일까지 이 정도의 두통과 복통이라면 결근 확정이다. 회사 일이 바쁜 기간인데 월차 낼 타이밍이 아니란 말이다.

산책을 따라 나온 남편의 팔에 의지해 동네를 걸었다. 우리는 앞으로 많은 산책이 필요할 것 같다. 가만히 앉아 마주 보고 하는 대화는 아직 숨이 막힌다. 숨을 고르고 발을 움직이며, 마주 보지 않고 같은 곳을 보고 걸으며 대화하면 분노가 좀 사그라들 것만 같다.

그 후로도 분노는 계속되었다. 우리는 미래에 정말 이혼하게 될까. 미래에 대한 예보가 먹구름처럼 불투명해 어떤 것을 준비해야 할지 몰라 불안감도 높아져 간다. 반성하고 위로하고 분노에 같이 화내기를 몇 달.

불면은 일상이 되고 귀신은 몇 달째 나를 괴롭힌다. 좀비, 칼싸움, 장수말벌, 쥐, 교복 입은 귀신, 할머니 귀신, 남자 귀신, 갓을 쓰진 않았지만 느낌으로 알 수 있는 저승사자, 내 얼굴을 한 귀신 등 매일 밤 악몽에 시달린다. 반복되는 악몽에서 깨어나는 새벽이면 남편을 찾아 안정을 취하고 또 날이 밝으면 남편에게 악담을 퍼붓는다.

해 밑에서 상처를 주고, 달 밑에서 공포를 위로받고. 우리는 엉망진 창이다.

몇 년 후.

잊고 있던, 그날의 글들은 사실이 되었다. 내 이야기가 맞았다. 나는 후회한다. 아내의 일기를 통해 우리의 고통을 미리 알았지만, 예견된 참사를 막지 못했다. 나는 정말 믿고 싶은 것만 믿고, 알고 싶은 것만 알았다.

결혼 후 아내는 안정적이고 고정적인 수입으로 내게 안정감과 나태함을 선물해 줬고, 나는 둘 중 한 명의 수입이 안정적이면 나머지 한 명은 모험해도 되지 않을까 생각했다. 일을 관두고 창업하고 싶어졌다. 아내는 나의 가능성을 믿어 주지 않았다. 창업을 너무 가볍고 쉽게 생각한다며, 더 많이 공부하고 준비한 후에 다시 생각해 보자는 말도 기분 나쁜 방식으로 표현했다.

그 무렵 현실적이지 않고, 무조건 입에 발린 말만 해줄 상대들을 찾게 되었다. 오픈 채팅방에서 만난 자유로운 영혼들은 배우자가 있어도 당당히 다른 기혼자들과 소통하며 잠도 자는 것 같다. 아내를 사랑하지만, 아내와 다른 태도로 나를 대해 주는 신선함과 호기심은 자존감을 올려 주고 활력을 돌게 했다.

내가 잠시 미쳤었다. 사리 분별력이 흐려졌었다. 일 문제로 스트레스가 많았고 하고 싶었던 일과 할 수 있는 일의 괴리감에 도덕심을 잃고 사랑도 책임감도 양심도 잃었었다. 정신을 차려 보니 결혼 전 우연히 읽었던 아내의 일기와 현실이 그대로 들어맞아 소름이 돋고 마음이 몹시 아프다.

깨닫기 전에는 절대로 깊이 알지 못한다. 실제로 겪기 전에는 심장으로 와닿지 않았다. 이제야 후회한다. 후회는 역시 반복되지만 이제 나는 자신 있다. 다시는 그러지 않을 자신. 이미 일어난 일은 없던 일이 될 수 없으니 앞으로 같은 잘못을 반복하지 않으리라. 잘못된 이기심을 싹 치워 버리고 희생을 감행하리라. 나는 다시 행복할 수 있을까? 아내의 신뢰를 다시 얻을 수 있을까?

후회를 남겨 주면 내 마음을 갉아먹고 과거가 날 옭아맨다. 후회의 기억을 따라가며 어둠을 잘 따라 버리겠다.

그때 읽은 일기가 현실이 된 후 문득 2권의 내용이 궁금해졌다. 아내의 고통만 보고 도망친 나는 멍청하게도 고통을 재현했다. 다시 그곳을 찾아가면 2권이 그대로 있을까? 그렇다면 그때와는 다른 마음으로 2권을 정독하고 올 것이다.

지금 나에게 위로가 되어 줄 모든 것을 찾아 헤매기 위해 나는 2권을 찾으러 그곳으로 떠난다. 다행히 그 가게는 그 자리 그대로였고 화장실도 그대로였다.

한 잔만 마신 후에 화장실에 갔을 때는 그곳으로 가는 데 실패했고, 만취 직전까지 마신 뒤에 끊어져 가는 의식을 부여잡고 화장실로 달려갔을 때 비로소 다시 그곳으로 갈 수 있었다.

2권은 나의 일기였다. 과거의 내가 쓴 일기인지 미래의 내가 쓴 일기인지 술기운 때문인지 나도 잘 모르겠다.

3) 『불초』 2권

탈출구 없는 학교에서 버텨 냈던 못된 괴롭힘들을 이겨낸 후 나는 강해졌다. 나쁜 놈들이 어떤 공격을 해도, 강도 높은 스트레스를 주어도 삐딱할 수 있다. 무자비한 인간들은 능력도 없고 관두지도 않는다. 좋은 사람들을 만나도 화이부동.

회사 일은 압박으로 숨통을 조여 오고, 빈말이라도 너무 힘들면 관둬도 좋다고 말해 주는 사람은 없다. 아들을 현금 인출기 취급하는 부모님이 가끔 부담스럽다. 나보다 많이 번다고 은근히 나를 무시하는 듯한 아내는 너무 예민하고 까탈스럽다.

지나치게 의존적인 아내는 모든 것을 나와 함께 하고 싶어 하고 내 모든 걸 공유하고 통제하고 싶어 한다. 나만의 동굴에서 쉬는 여유를 허락하지 않는 아내가 숨이 막힌다. 아무도 내게 신선한 공기 같은 대화를 해주지 못한다.

가족들은 모두 숨이 막히고 나에게는 신선한 공기가 필요하다. 나도 가끔은 의지하고 싶다. 비빌 언덕 같은 부모님과 혼자서도 시간을 잘 보내는, 정서적으로 안정된 아내 곁에서 혼자만의 시공간이 필요하다.

나의 가치를 높이 평가하고 대단하다, 멋지다며 감탄해 줄 응원자가 필요하다. 지금의 내가 나조차도 마음에 들지 않지만. 아무것도 책임지지 않아도 되고 아무것도 하지 않아도 괜찮다고. 존재 그 자체로 대단하다고 띄워 줄 누군가를 찾고 싶다.

질식할 것 같은 일상을 벗어나 산뜻하고 새로운 일탈을 꿈꾸고 싶다. 잔소리는 할 줄도 모르고 흰소리도 기분 좋게 들어줄, 해맑고 예쁜, 새로운 여자를 만나고 싶다. 모공 없이 매끈한 볼에 뽀얗고, 흰 솜털이 귀여운 여자를 만나고 싶다. 기대감에 가득 찬 눈동자와 올라간 입꼬리, 아무것도 모르는 무지함에 뭐든 실명해 주고 싶은 여자를 만나고 싶다. 주름 없는 목 밑으로 푹 팬 쇄골과 가녀린 어깨, 봉긋한 어린 가슴과 군살 없는 허리로 내 품에 안겨, 까르르하며 위로하는 소리를 내질러 줄 여자를 만나고 싶다.

이 일기를 진정 내가 쓴 것이 맞는가.

기억이 나지 않는다. 이따위 얕은 생각. 저속한 생각, 피해망상, 자격지심, 나약한 인간. 기억이 나지 않는다. 난 이런 일기를 쓴 적이 없다가 아니고 조금 기억이 난다. 내가 썼었나. 쓴 것도 같다. 단 것도 같고 매운 것도 같다.

달콤한 일탈을 꿈꾸던 어리석은 나는 아내의 인생에 가장 쓴맛을 들이부었다. 난 왜 이런 일기를 쓴 것인지 후회한다. 아내의 일기를 미리 본 것을 후회한다. 아내의 일기를 미리 봐놓고도 저런 일기를 쓴 것이 한탄스럽다. 모든 것이 내 인생에서 영원히 후회로 남는 것일까. 우리는 돌아갈 수 없고 깨진 유리는 다시 새것처럼 붙일 수 없을까.

혼란스러운 기억을 안고 3권을 찾으러 갔다. 하지만 술집의 화장실은 공사 중이었고, 아무리 술을 많이 마셔 봐도 그 장소로 갈 수 없었다. 그래, 어쩌면 내가 취해서 꿈을 꾼 것일지도 모른다. 하지만 너무 생생했는데. 꿈은 아닐 거다. 공사가 끝나면 꼭 다시 찾으러 가야겠다.

공사가 끝난 뒤 다시 일기를 찾으려고 시도했으나 그곳에 다시 갈 수 없었다.

그래, 3권을 못 봤다고 해서 내 인생이 달라지지는 않을 거야. 이제 정신 차리고 아내에게 잘하면 되는 거야.

그날도 퇴근한 아내와 외식하고 산책하며, 일부러 많은 시간을 함께 보내려 노력했다. 샤워 후 잠들어 있는 아내를 뒤로하고 집 정리 정돈을 시작했다. 평소 깔끔하던 아내가 나 때문에 청소도 하지 못하고 힘들어하는데, 집안일은 이제 내가 도맡아 해야겠다.

아내의 책상을 정리하다가 못 보던 공책을 발견했다. 그것은 3권 『해빙』이었다. 이게 왜 여기에. 아내의 현재진행형 일기장 혹은 예언장 같은 것일까 짐작해 봤다. 훔쳐보고 싶지 않았다. 그러나 너무 궁금해서 안 볼 수가 없었다.

근데 아내는 왜 3권이라고 쓴 것일까. 1권과 2권도 우리 집에 있는 걸까. 그렇다면 2권 내 일기도 아내가 읽은 걸까. 얼마나 속상하고 힘들었을까.

혼란스러움과 신기함보다는 미안한 감정이 컸다. 미안함보다는 3

권 내용에 대한 호기심이 더 컸고 잠이 든 아내 얼굴을 한 번 더 확인한 후 3권을 펼쳤다. 1권 2권의 내용은 과거가 되었고, 3권은 아직 과거가 되기 전 내용이 있을 수도 있으니 내게 아주 중요한 히든카드다. 비장하게 3권을 되새기고 같은 실수를 반복하지 않으리라.

3권을 읽는 지금 이 순간, 후회가 되지 않도록 모든 후회의 순간을 3권 밑으로 다 따라 버리리라.

4) 『해빙』 3권

이제 해빙기가 올까. 여전히 힘들어하는 나와 괜찮아지려는 내가 뒤섞여 눈물이 흐른다. 나는 고장 나기 직전의 형광등처럼 어지럽게 헐떡거린다. 내 눈동자는 야광 스티커처럼 밤에 빛난다. 눈을 감고 푹 자고 싶다.

남편은 나의 분노와 불안이 지겨워질 수 있다. 평생 고까운 마음을 닦아 내야 하고 귀에 싹이 나도록 의심받아도 언젠가 불신의 싹이 남편의 진심을 먹고 자라 성숙하고 아름다운 꽃이 피어날 때까지 인내해야 한다. 그러기 위해서 용기를 내어 정신과를 방문했다.

모르는 사람에게 나의 상처를 이야기한다는 것에 대한 불안감은 상당했지만, 몇 달이 지난 뒤 돌이켜보면 정신과 방문은 정말 잘한 일이다. 인생에서 내가 잘한, 일 순위로 손꼽을 만큼 정말 잘한 일이다.

초진 때는 다양한 검사들 상담들에 긴장감이 커서 지치기도 했고, 의사 선생님이 친절한 사람인지 나를 무시하는 사람인지 헷갈리기도 했지만, 나에게 도움을 주려는 사람이라는 결론을 내렸다. 나의 뇌는 지쳤고 신경 전달 물질들은 불균형 상태다. 자살 충동과 무기력은 내

탓이 아니며, 내 의지로 나아질 수 있는 영역이 아니라는 의학적 설명을 듣고 나니 자책이 좀 줄었다.

프리스틱서방정과 라비에트정, 트리티코정을 처음 먹었을 때 속이 좀 울렁거리고 어지럽기도 했다. 약물 때문인지 불면과 식욕부진 때문인지 둘 다 때문인지 알 수 없지만 약에 적응하는 기간은 힘들었다. 두통약을 먹으면 두통이 사라지는 것과 달리, 정신과 약물에는 효과를 즉각적으로 느끼지 못해 조급해지기도 했지만 꾸준히 먹었다. 소변량이 줄어드는 것 같기도 했고 변비가 생기는 것 같기도 했다. 그래도 꾸준히 먹었다.

병원 예약 날이면 궁금한 질문 몇 개를 생각해 가서 물어보고 답변을 듣기도 했는데, 매번 의사 선생님이 나를 무시하는지 친절한 건지 또다시 헷갈리고 또 나를 도와주시는 분인 것 같다는 생각이 반복됐다. 의사 선생님은 본인의 패는 들키지 않고 나의 비밀만 알아채는 마술사 같았다.

악몽과 가위눌림, 꿈과 현실의 경계에서 나를 괴롭히는 귀신들에 대해 이야기한 뒤 약이 바뀌었다. 프리스틱서방정과 트리티코정은 그대로 먹고 라비에트정에서 아빌리파이정으로 바뀌었다. 어지럼증이 덜해졌고 소변도 잘 보게 되는 것 같았다.

노력하던 남편이 한 번씩 지쳐 같이 화를 내며 싸운 날에는 어김없이 악몽과 귀신이 찾아오지만, 그 외의 날들에는 차츰 귀신들이 사라지기 시작했다. 늘 엉덩이에 깔려 있는 듯 흔들리던 의자도 잠잠해진 느낌이었고, 아주 깊숙이 파인 구덩이에서 조금 빠져나와 땅 위에 올라온 느낌이었다.

분노와 자살 충동, 귀신들, 두통이 완전히 떠나고 나면, 우리의 깨진 유리는 다시 새것이 될 수 있을까.

우리는 또 산책했다. 걷고, 또 걸으며 의심을 보여 주고 다짐을 받아 내며 분노의 씨를 주고, 진심의 거름을 받았다. 우리는 같이 꽃을 피울 것이다. 세상 사람들은 남편이 변하지 않을 거라 말한다. 바람피우지 않은 사람은 있어도 한 번만 피운 사람은 없다고 말한다. 하지만 그런 세상의 편견 때문에 달라진 사람들의 진가가 무시당한 건 아닐까. 곁에서 느꼈을 때 남편은 진심으로 반성하고 있다. 달라질 거라 믿고 싶다. 난 믿고 싶은 것만 믿고, 보고 싶은 것만 볼 것이다. 그래야만 내가 행복할 수 있을 테니까.

남편은 여전히 내가 가장 의지하는 사람이고 사랑하는 사람이다. 나를 사랑하는 마음이 느껴진다. 한번 깨어진 신뢰는 회복될 수 없다고들 하지만 부정적인 말에 휘둘리지 않을 거다. 지옥 같은 시간이 지나고 분노와 반성을 머금고 다시 피어난 신뢰의 꽃은, 그 어떤 꽃보다 아름답고 소중한 꽃일 것이다. 아주 진한 사랑의 향기를 내뿜는, 강인하고 대단한 꽃일 것이다.

파멸의 끝에 다시 시작되는 사랑이 가능할 수도 있다는 희망을 내가 보여 주고 싶다. 열심히 정신과 치료도 받고 새로운 사랑의 꽃을 피워 내기 위한 노력도 할 것이다.

우리를 위로할 수 있는 그 모든 것을 위하여.

5) 다솜

아내의 일기장을 훔쳐본 것이 미안하여 뒷장에 편지를 쓰기로 했다.

여보. 정말 미안하고, 또 미안해. 당신을 정말 사랑하지만, 당신에게 씻을 수 없는 상처를 주게 되어 나도 마음이 너무 아파. 아마 당신은 죽을 때까지 이 일을 잊지 못하겠지. 나도 마찬가지야.

당신의 일기를 봤어. 그것도 미안해.

결국 나를 용서하기로 결심했구나. 고마워. 그 결심 후회하지 않도록 내가 잘할게. 상처받은 영혼을 스스로 달래느라 아주 힘들었겠구나. 그동안 많이 외롭고 지쳐 있었구나. 이제 알게 되어 미안해.

내게 크게 실망하고 분노하면서도 가장 두려운 것은 '나와 이별'이라는 당신. 그 마음의 깊이를 부담스럽다고 느꼈던, '그 시절의 나'를 후회해.

나를 떠나는 일이 두려운, 가여운 나의 여보, 정말 미안해.

제대로 먹지도 못하면서 계속 체하고 토하는 당신의 위장도 많이 지쳐 가는구나.

나의 잘못들이 쓰리게 떠올라 명치끝을 짓누르고 숨을 쉴 수가 없었겠구나.

우리가 다시 예전의 신뢰를 꽃피울 때까지 나는 얼마나 더 많은 것을 당신에게 보여 줄 수 있을지 고민하고, 효율적으로 실천하기 위해 고뇌할 거야. 지치고 화도 나고 마음을 알아달라 조급해하며, 어쩌면 당신을 또 힘들게 할지도 모르겠지만 그러지 않도록 항상 노력할게.

지금은 여전히 분노가 치밀어 오르고 의심의 질문이 화수분처럼 터져 오르겠지만 궁금한 것은 떠오르는 대로 다 물어보면 모두 다 솔직하게 즉각 대답해 줄게. 짜증 내지 않고 기피하지 않고, 성심성의껏 진실만을 답할게.

평화의 그날이 올 때까지 견디고 기다리는 일이 결국에는 진실한 사랑을 증명해 줄 거라 믿어 의심치 않아. 희망을 놓지 않고, 긍정적인 변화의 가능성을 보기 위해 마음먹어 줘서 고마워. 나를 끝까지 놓지 말아 줘. 나도 우리의 결혼 생활을 끝까지 포기하지 않을 거야. 죽음이 우리를 갈라놓을 때까지, 검은 머리 파뿌리 될 때까지 함께하기로 약속했잖아. 당신이 나 없이 힘들까 봐 내가 먼저 죽지 않기로 한 약속도 꼭 지킬게. 여전히 나의 사랑을 기다리는 간절함이 내게 닿아 느껴졌어.

나도 나의 진심이 당신에게 끊임없이 전해지도록 보여 줄 거야. 인간은 변하지 않는다는 고정관념을 깨부수고 달라진 모습을 보여 줄세.

당신 기분 좀 나아지면 좋은 곳에 여행 가고, 근사한 곳에서 데이트도 많이 하고, 우리의 아이도 갖기 위해 노력해요. 우리는 행복해질 수 있어. 다시 평화로울 수 있어.

포기하지 않는 사랑을 위해.
당신의 치유를 위해.
나의 변화를 위해.
우리 사랑을 위해.
우리를 위로할 수 있는 그 모든 것들을 위해.

8장   바람 앞의 등불

후회를 회피하려 했던 사람들의 통증 섭취.

1) 애면글면

그 선배는 오래도록 기억에 남는다. 기억에 남고 마음에 남는다. 마음에 남고 또 남아 있어 떠나지 않고 남아 있다. 편도가 퉁퉁 부어 목소리를 잃은 인어처럼 답답하고 서글플 때, 목소리를 대신 내어주고, 따듯한 유자차를 타서 건네주던 그 종이컵의 무늬가 기억난다.

내 첫 여자친구가 건축과 놈이랑 바람이 나서 환승 이별 당했을 때, 통조림 참치와 소주병을 들고 자취방을 쳐들어온 선배의 모습은 정말이지 귀찮고 짜증이 났었는데. 이럴 때일수록 혼자 있으면 안 된다며 수다를 떨어 대던 그 목소리가 기억난다. 지금도 가끔 그 선배가 통조림 캔을 열어 주던 소리가 들린다. 그 소리가 느리게 들린다. 소주병을 따르던 소리도 느리게 들린다.

환청이 아니다. 나를 위해 만들어진 과거의 그 소리는 내 핏속에 저장되었다가 심장이 뜨거워지며 그 사람의 기억을 부르는 종이 울릴 때, 양쪽 귓가로 달려가 소리를 들려준다. 다정했던 사람의 행동 하나하나를 상기시켜 주며 그 시간으로 나를 끌고 가는 힘. 그 힘은 분명 내 마음을 움직였던, 나를 향한 다른 사람의 마음의 힘일 거다.

과 MT 때 숙취로 골골대며 늦잠을 자던 놈들 사이에서 아침 일찍 일어나 머리를 감던 내게 샴푸를 빌려 쓰던 그 선배는 그날 내게 이온음료를 사줬다. 숙취 후 갈증을 해소해 주던, 그 개운한 목 넘김. 그 느낌과 비슷한 음료를 마실 때면 넌지시 그 다정한 맛이 생각난다.

선배는 경조사가 생길 때면 친분 정도와 상관없이 만사 제쳐 두고 달려가 궂은일을 자처하였고, 언제나 후배들이 기대고 싶어 했다. 그런 선배와의 인연이 언제까지고 계속될 줄 알았다.

취업이 늦어지면서 학자금 대출과 고정 지출이 어깨를 짓누를 시기에는 학교 친구들을 만나 실속 없는 돈을 쓰고 다니는 일을 회피하게 되었고, 자연스레 몇 년 동안 선후배를 못 만나는 시간이 길어졌다. 다들 몇 년 만에 연락이 닿기라도 하면 결혼식이나 돌잔치 등을 하니 돈을 내놓으라는 연락이 대부분이었다. 나 역시 그들과 다를 바 없기에 청첩장이 나오고 나서야 연락을 돌렸다.

나의 결혼식. 몇 년 만에 연락해도 기꺼이 반갑게 찾아와 준 동기와 선후배들이 너무나도 고마웠다. 그 선배도 당연히 일찌감치 와서 진심으로 축하해 주고 사진도 많이 찍어 전송해 줬다. 무척 감사했다.

예측할 수 없는 지인들의 행보에 놀라움을 금치 못하며 배신감과 감동이 뒤섞였던 결혼식. 결혼식을 계기로 지인들이 정리된다는 말이 무엇인지 몸소 깨닫게 된 날이다.

인생에서 결혼식은 정말 주변 사람들을 구분하게 되는 기회더라. 계속 연락할 사람들과 연락하지 않게 될 사람들이 마음속에 이미 생성된 두 개의 카테고리 안에 분리되는 건 순식간이었다.

진짜 피치 못할 사정으로 오지 못한 사람들도 있지만, 올 수 있는데 오지 않은 사람. 이 사람은 꼭 올 것 같았는데 오지 않고 돈도 안 보낸 사람. 이 사람은 안 와도 이상하지 않은데 멀리서도 기꺼이 와준 사람. 이왕 올 거면 빨리 오지 식도 안 보고 사진도 찍지 않고 밥만 먹고 가서, 안 온 사람보다 더 얄미운 부류의 사람. '가족 외식 날'로 정했는지 신랑 신부와 직접적으로 관련 없는 본인의 사촌에 팔촌까지 데려와 축의금보다 큰 액수의 뷔페 식사권 챙겨 먹은 사람. 부인이랑 애들까지 데려와서 식사해 놓고 3만 원밖에 안 낸 사람. 말도 없이 안 온 사람. 신랑 신부가 못생기게 나온 사진을 도촬해 놓고 본인 SNS에 올린 사람. 신랑 신부와 가족들 좋지 않게 분석하고 뒷담화하다가 영상에 촬영되어 들킨 사람 등 너무 다양한 사람들이 존재한다.

단연코 가장 감동인 사람들은 일찍 와서 진심으로 축하해 주고 적당한 축의금을 내줬으며, 식 내내 하객 자리를 지키고, 사진 촬영도 성실히 임하며 축하 영상 인터뷰까지 해준 사람이다. 당연히 가장 실망스러운 사람들은 본인이 연락하고 싶을 땐 먼저 연락하며 친분을 과시하다가, 결혼식 초대와 동시에 나와 다른 세계로 빠져 잠수부가 되어버린 사람이다. 축하한다고 말해 놓고 간다 안 간다 말도 없이 안 온 사람과 친하다고 생각했는데 돈도 안 보내고 안 온 사람은 일평생 서운할 것 같다.

감동과 서운함이 휘몰아치는 결혼식장에서 가장 돋보인 그 선배의 모습은 여전히 밝아 보였지만, 어딘가 수척해 보였고 상당히 마른 모습이었다. 일 욕심이 많고 워낙 성실한 데다 마당발이라 활동 범위가 넓어 살이 찔 새도 없었겠거니 싶었는데, 나중에 알고 보니까 아픈 곳이 있었다. 건강이 안 좋은 모습으로 반가운 사람들이 많이 모이는 자리에 나타나는 것이 부담스러울 법도 한데, 너무나 밝은 모습으로 와 줘서 감사한 마음이 계속 남아 있다.

결혼식 단체 사진 속 활짝 웃는 그 얼굴이 나의 사진첩 안에, 우리 집안에, 내 마음 안에, 이 세계 안에 여전히 선명하게 보관되어 있다. 다음에 다 같이 꼭 모이자며 약속을 한 뒤에도 우리는 보지 못했다. 아내가 허니문 베이비를 갖게 되어 신혼 생활은 예상보다 짧아졌다. 출산 전, 아내와 하고 싶은 게 많았고 가고 싶은 곳도 많았기에 선배를 만날 마음의 여유가 없었다. 대출금 상환과 육아 준비에 열을 올리며 허리띠를 졸라매기도 했고, 알뜰살뜰한 신혼 생활을 끝으로 육아 전쟁이 시작되기도 했다. 매번 돌아오는 주말이면 손주를 보고 싶어 하시는 어른들 성화에 못 이겨 부모님 댁이나 처가에 방문해야 했기 때문에 사적인 모임을 할 생각은 접고 살았다.

활동적이고 화려한 삶을 추구하던 아내가 육아로 인해 변해 버린 생활 때문인지 산후우울증세를 보였고, 나는 아내에게 가장 큰 힘이 되어 주고 싶었다.

다른 사람들보다 퇴근 시간이 늦는 편이었지만, 퇴근 후 바로 집으로 달려가 그 시간만이라도 아이를 봐야만 마음이 편하기도 했다. 육아는 상상 이상의 체력이 소모되었고, 잠을 제대로 못 자는 아내는 몹시 예민하고 까탈스러워졌다. 아이가 좀 크고 기저귀도 뗄 때쯤이면 친구들과 술자리도 맘 편히 할 수 있으려나 싶다가도, 심각한 산후우울증을 겪은 아내를 둔 직장 동료의 볼멘소리에 잔뜩 겁에 질려 더 열심히 가정에만 충실했던 것도 있다.

사는 게 바쁜 건 모두 마찬가지인데 아주 작은 마음 한편에 여유를 내어 과거 친구들을 챙기지 못한 건 어쩌면 핑계고 나의 선택일지도 모른다. 사실 남편과 아빠, 아들과 직장인으로서의 정체성이 우선순위가 되면서 과거에 내가 많이 의지했던 선배와 친구들에게 쓰는 시간이 아깝게 느껴지곤 했다. 그렇게 대학 시절의 우정은 잊은 지 오래였을 즈음, 우리 아이가 통잠에 익숙해질 즈음, 오랜만에 선명한 꿈을 꾸었다.

맑고 깨끗한 호숫가를 걷고 있다. 시간이 느리게 흐르고 삶의 고단함과 치열함은 저 깊은 호수기 다 삼켜 버린 듯, 보이지 않는 깊은 곳으로 가라앉은 듯했다.

저 멀리 선배가 걸어온다. 그 시절 선배가 자주 입던 까만색 바람막이 방수 점퍼. 지퍼를 목 끝까지 올려 잠그고 주머니에 양손을 집어 넣고는 천천히 걸어온다. 대학 시절, 내 자취방에 놀러 올 때마다 함께 술도 많이 마시고 잠도 자곤 했었는데, 그때마다 입고 오던 무릎이 늘어난 회색 면바지도 입고 있다. 저 바지 참 편해 보였었는데…. 검정 크록스 샌들 안에 흰색 양말까지 그 시절 그 모습 그대로다.

그런데 누구와 함께 걷고 있다. 자세히 보니 선배와 또래로 보이는 젊은 남자와 함께 걸어오고 있다. 어쩌면 선배보다 한두 살 어릴지도 모르는 저 남자는 인상이 좋고 통통한 체형에 키는 선배와 비슷하다.

두 사람은 긴 호숫가를 느릿느릿 걸어오며 어떤 대화를 나누는 걸까. 오랜만에 만나는 건데 얼른 가까이 다가와서 나와 대화를 나누면 좋으련만, 두 사람은 걸음이 너무 느리다. 나를 본 것 같은데 표정이 너무 여유롭다. 기다리라는 걸까.

그동안 새해, 생일, 명절 등에 꼬박꼬박 먼저 연락해 주던 선배의 전화와 문자에 만나자는 답도 하지 못하고, 매번 먼저 연락하지 못한 게 문득 더 미안해진다.

그렇게 두 사람은 한참을 이야기하며 걸어왔고 선배는 나를 향해 입을 열었다.

"이곳에 와서 새로 사귄 친구야. 친구 하기로 했어."라며 낯선 남자를 내게 소개해 줬다.

그러고는 알 수 없는 말들을 남겼다.

"미안해할 필요 없어. 우리 친구잖아. 내가 너의 장례식에는 못 갈 것 같아 미안해. 나, 이 친구랑 같이 있으니까 심심하지 않을 것 같아. 이 친구랑 이곳에서 좀 머물다가 곧 더 좋은 곳으로 떠나게 되겠지. 내가 아주 멀리 가기 전에 우리 집에 찾아와 줘. 이 친구한테도 인사해 주고."

꿈에서 깨어나 선배에게 안부 전화를 했다. 여전히 밝은 목소리로 전화를 받은 선배는 병세가 호전되고 있으니 걱정하지 말라고 말했다. 퇴원하면 꼭 보자고.

"예전에 나도 너에게 많이 의지했었어." 하며 나를 안심시키기도 했다. 하지만 나의 안심은 불안으로 뒤덮였고, 선배와 통화는 그게 마지막이었다. 정말이지, 예상하고 싶지도 않았던 불길한 느낌은 사실이 되고야 말았다.

며칠 후 선배가 떠났다는 부고 문자를 받았다. 장례식장에서 본 선배의 영정 사진은 내 결혼식 단체 사진 속 선배 얼굴과 같은 표정이었다. 아무래도 며칠 전 문득 내 꿈에 나타나 마지막으로 먼저 연락할 기회를 준 것 같은 선배. 이 사람은 끝까지 나를 배려하며 내 후회를 가져가려 노력해 줬다.

선배와 같은 시공간에 없다는 게 믿기지가 않았다. 그냥 실감 나지 않았고 믿고 싶지 않았다. 집안 어르신들도 모두 건강하셔서 지인의 장례식에 와본 경험이 처음인 나는 너무 힘들었다. 애써 담담한 척할 수 없었다. 그렇다고 세상이 떠나가라 소리 내어 울 수도 없었다. 사지가 찢기며 죽어가는 짐승의 울음소리보다 더 슬픈 목소리로 울부짖는 선배의 부모님을 차마 정면으로 마주할 수 없었다. 자식 잃은 부모의 모습을 눈앞에서 본 사람은 절대 자살하지 못할 것이다. 그 어떤 살인보다 더 잔인한 상처를 받는 가족의 모습을 미리 본다면, 절대 먼저 죽을 수 없을 것이다. 선배의 부모님을 보며 먼저 죽는 자식보다 더 큰 불효와 상처는 없겠구나 싶었다.

선배의 영혼이 이 모습을 본다면 얼마나 가슴 아플지 상상해 보니, 더욱더 선배의 인생이 안타깝고 소중했었음을 깨달았다. 용기를 내어 선배의 부모님께 인사드리고 선배가 생전에 얼마나 좋은 사람이었는지에 대해 말씀드리니, 잠시나마 진정하시고 좋아하시며 더 듣고 싶어 하셨다. 있는 기억 없는 기억 긁어모아 다 말씀드리고 선배의 부모님을 포옹해 드린 뒤에야 집으로 돌아왔다.

며칠 후 아내가 내게 휴가를 줬다. 선배를 잃고 힘들어하는 내게 혼자만의 시간을 주고 아내는 아이와 함께 친정으로 떠났다.

갑작스러운 연락에도 만나 준 친구와 함께 집 근처에서 술 한잔 거나하게 걸쳤다. 그 친구도 선배와 각별했지만 졸업 후에는 자주 못 보고 살았다.

친구도 나처럼 선배가 떠나기 며칠 전 꿈을 꿨고 오랜만에 선배에게 먼저 전화를 걸었다고 한다. 선배는 친절하게도 모두에게 마지막 인사를 받으려 했나 보다.

우리는 두 명이었지만 술잔은 세 잔. 소시지 야채볶음과 파전에도 빈 젓가락을 꽂아 두었다. 추억으로 선배를 소환하고 셋이서 술잔을 기울이며 추억에 비벼진 알코올에 젖어들어 갔다.

친구와 헤어지고 걸어서 집으로 가기로 했다. 무거운 발걸음을 터덜터덜 길가에 털어 내고 싶었다. 택시를 타기에는 애매하고 버스를 타기에는 늦기도 했다. 만취는 아니지만 멀쩡하지도 않았기에 찬바람 맞으며 천천히 걸어가면, 집에 도착할 즈음엔 술기운이 모두 사라지겠지 생각했다. 그렇게 많이 취하지는 않았는데 사물들이 뱅글뱅글 돌아가긴 했다. 발걸음이 꼬이기도 했고 노래를 흥얼거리고 싶었는데 혀가 꼬이기도 했다. 천천히 길을 걷는데 뚱뚱한 진회색 비둘기가 눈앞으로 날아오는 바람에 놀라 발을 헛디딘 순간, 허술하게 닫혀 있던 맨홀 뚜껑이 뒤집히며 그 아래로 빠져 버린 것 같다.

정신을 차려 보니 대학 시절 내 자취방이었다. 꿈인가 싶어 볼을 꼬집어 보고 거울을 봤지만 너무나 또렷한 현실이다. 맨홀에 빠진 일까지 꿈인 걸까. 이렇게 길게 미래를 경험한 꿈을 꾼 것인가. 졸업하고 취업하고 결혼하고 아이 낳고 선배가 떠나고 이 모든 게 꿈인가. 아니면 지금이 꿈인가. 꿈과 현실의 경계가 허물어지고 무의미해지면서 소음이 들렸다.

쿵쿵쿵쿵! 문 열어!

선배가 왔다. 회색 면바지와 검정 바람막이 방수 점퍼를 입고 흰색 양말에 크록스 신발을 신은 선배가 왔다. 선배는 검은색 비닐봉지를 바스락거리며 소주 2병과 참치 통조림, 소시지를 꺼내며,

"소시지만 프라이팬에 데워 줘라. 나 화장실 다녀올게."라고 말한다.

"뭐지? 내가 아직 대학생인가."

웅얼거리는 나에게 선배가 말한다.

"너, 또 혼자 술 마셨냐. 같이 마시자고 했잖아. 네가 아직 대학생이지, 그럼 직장인이냐? 헛소리하지 말고 소시지 좀 볶아 달라니까?"

선배에게 너무 긴 꿈을 꿨다고 말해 줬다.

꿈속에서 나는 취업하고 결혼을 했는데 결혼식에 와준 선배가 아파 보였고, 선배는 항상 내게 먼저 안부 연락을 해줬지만, 나는 바쁘다는 핑계로 만나지 못했고 시간이 흐른 뒤, 선배 꿈을 꾸고 내가 먼저 연락했는데 선배는 떠났다고. 그게 마지막 통화였다고 울먹이며 긴 꿈을 이야기하는데 선배가 웃는다.

"그래서 내가 먼저 죽는 꿈을 꿨다고? 꿈은 반대라잖아. 내가 오래 살겠네. 꿈을 통해 미리 미래를 살아 봤으니 앞으로 올 미래가 좀 쉬워 보이나? 후회되는 것들을 바꿀 기회가 생겨서 좋으려나. 아니면 반복되는 느낌이라 지겨우려나. 미리 알고 있으니 재미없으려나. 그것 참 신기한 꿈이네. 술이나 마시자."

선배와 밤새 술을 마시면서도 취하지 않고 계속 정신이 또렷해진

다. 정말 이게 현실인지 헷갈릴 만큼 꿈이 생생했던 걸까.

"맨홀에 빠졌는데 자취방에 온 거면 네 집이 맨홀이냐? 그건 꿈이잖아. 혼자 술 좀 작작 마셔라. 혼자 마시면 현실과 꿈도 구별 못 해요. 같이 마셔야 재밌는 거야. 이게 현실이야."라고 말하는 선배에게 나는 계속 꿈에서 겪은 일, 내가 살아온 미래를 설명했다. 선배는 터무니없는 이야기라고 기막혀하면서도 한편으로는 흥미롭게 경청했다.

"그래서, 내가 죽고 나서 후회되는 게 뭔데? 지금 다 말해. 잘~ 들어 줄게."

"학교생활 어려울 때 이것저것 다 도움받았던 거, 부모님하고 떨어져서 혼자 이렇게 자취하는데 안 심심하고 덜 외롭게 잘 챙겨준 거, 고민 상담 다 들어 주고 한 거, 여자친구랑 헤어지고 힘들어할 때도 정신적으로 힘이 되어 준 거, 졸업 후 연락 자주 못 해서 미안했던 거랑 마음의 여유가 없어서 못 만난 거, 선배가 아플 때 못 챙겨 준 거 등 고맙고 미안한 게 많은데, 말도 다 못 하고 갚지도 못하고 헤어진 게 후회됐어. 근데 후회한 건 다 꿈이니까 지금 다 말하면 선배가 모두 이해해 주고 내 마음을 다 알아주겠지?"

"그래. 내 맘 다 알고 있으면서 왜 맘에 담아 뒀어. 나, 마음 넓은 사람이잖아. 오늘도 재워 줄 거지?"

"당연하지. 선배. 꼭 자고 가. 나, 꿈이 너무 길어서 할 말이 많아. 다 들어 줘야 해"

"네 꿈 얘기 너무 재밌다. 진짜 넌 미래에서 살다 온 것 같아. 내가 미래의 너를 만난 기분이야. 너무 신기하고 고맙다."

갑자기 뭐가 고맙다는 건지. 선배의 말이 갑자기 어딘가 차갑게 느껴졌다. 속으로 말한 건데 선배가 내 말을 들은 것만 같다.

"차갑기는 뭐가 차가워. 네 이야기 몰아서 들을 수 있어서 너무 좋다고. 같이 보낼 수 있는 이 시간이 정말 고맙다고. 내가 차가운 게 아니고 이 소시지가 차가운 거 아니냐?"

소시지가 빨리 식은 것 같다. 분명 뜨끈하게 데웠는데.

다시 가스레인지를 켜고 프라이팬에 소시지를 넣었다. 프라이팬은 뜨거워지지 않았다. 가스불도 켜지지 않았다.

"어? 이상하다. 고장 났나."

선배는 무언가 알고 있다는 듯이 말했다.

"우리가 너무 길게 이야기했나 보다. 시간이 많이 지났어."

"아니야, 전자레인지에 데워 줄게. 술 좀 더 마시자."

"지난번에 너희가 간 술집에서 먹었던 소시지 야채볶음 있잖아. 참 맛있더라. 잘 먹었다."

"무슨 소리야 선배? 그건 꿈이잖아."

"나 친구한테 가봐야겠어. 이만 나가 볼게. 오늘 고마웠다."

"자고 간다며? 왜 벌써 가?"

그때 자취방 문이 열리며 어떤 남자가 들어왔다. 그 남자는 꿈속의 선배와 호숫가를 거닐던 그 사람이었다.

"뭐야. 이게 꿈인 거야? 미래가 꿈이 아니고. 이게 꿈인 거야?"

"아니. 꿈과 현실을 나누는 건 사람들이 정한 약속일 뿐이야. 어떤 곳이 꿈이고 어떤 곳이 현실인지는 우리가 정하는 거야. 다만 모든 곳의 모든 시간은 그대로 존재하고, 우리가 시간의 흐름을 이해하는 방식은 존재하는 곳의 규칙을 따라가야만 서로 이해하며 살아갈 수 있겠지. 안타깝게도 우리는 이제 헤어지지만, 서로에게서 사라지지 않을 거야. 조금 먼 곳에서 각자의 시간을 느끼며 존재하는 거지."

선배는 문을 열고 그 남자와 나갔고, 나는 다시 가스불을 켜서 프라이팬에 소시지를 데워 보려 애썼다. 하지만 불은 켜지지 않았고 선배가 사 온 소시지는 차가웠다.

다시 잠이 들고 깨어나면 선배는 다시 자취방을 찾아올 수도 있고 미래의 나는 아내와 아이를 만나러 집으로 갈 수도 있다.

이불의 감촉이 이렇게나 선명한데 이게 꿈일까. 선배 말대로 꿈과 현실의 분간이 무의미한 순간들을 인정해도 되는 걸까. 선배가 남긴 술을 연거푸 마신 뒤 쏟아지는 잠을 청했다. 그리고 다시 깨어났을 땐 사람들이 나를 둘러싸고 있었고, 이곳에서의 내 몸은 맨홀에서 구조되었다.

지금도 그곳도 꿈이라고 생각하지 않는다. 모든 것은 그대로 그곳에 존재하며, 가끔 서로의 시공간이 맞닿을 수 있음을 느낀다. 며칠 후 아내에게 꿈 이야기를 들려줬다. 선배에게 이곳에서 겪은 일들을 다 이야기해 줬고, 미안함과 고마움을 충분히 전달했다고 자랑했다. 아내는 모든 것이 꿈이며 모든 것이 현실이라고 말했다. 그곳에서의 꿈은 이곳이고 이곳에서의 꿈은 그곳이라고 말했다. 그러면서 선배는 당신의 모든 후회를 가져가려는 사람이라며, 정말 좋은 사람이라고 칭찬했다. 아내와 나는 결이 맞는다. 정말 감사한 일이다.

어느 주말, 친구와 함께 선배가 있는 납골당을 찾았다. 비어 있는 칸들도 많았는데 선배 바로 옆 칸에 익숙한 젊은 남자 사진이 있었다. 선배와 호숫가를 거닐던 그 남자였다. 친구도 꿈에서 이 남자를 봤다고 했다. 우리는 그 남자에게도 인사했다.

납골당에서 나와 근처 호숫가를 거닐었다. 서로 보이지 않고 겹치지 않는 순간일지 몰라도 우리처럼 선배와 그 남자도 이곳을 거닐고 있겠지. 우리는 서로 인사한다. 호숫가를 아주 느리게 걸으며 인사한다.

그곳 세상은 여유로운지…. 이곳 세상도 그럭저럭 평온하다고. 걱정 말라고….

우리는 서로에게 기도한다.

서로를 위로할 수 있는 그 모든 것들을 위해.

2) 얼기설기

간호조무사와 요양보호사 자격증을 가지고 있는 나는, 일반 내과와 한의원에서 간호조무사로 근무한 적이 있었다. 요양원 근무는 먼 친척의 부탁으로 시작되었고, 몇 년간의 근무를 끝으로 요양원에서 탈출할수 있었다.

그곳에서 일하는 것은 정신적으로도 체력적으로도 무척 힘들었다. 엄마 또래의 요양보호사들은 친절하지 않았고 텃세만 부려 댔었다. 직원들끼리 동료애라도 있으면 더 버텼건만, 왜 그렇게 서로를 못 잡아먹어서 안달인지, 딸 같은 내게 조금만 더 친절할 수는 없었는지 원망스럽다. 그나마 환자들과의 정으로 보람을 느낄 때가 많았지만, 떠나는 어르신들의 임종을 보는 일은 아무리 여러 번 겪어도 늘 처음처럼 힘에 겨웠다.

무당 일을 하다가 신빨 떨어지고 요양보호사가 되었다는 60대 여자 직원은 한 번씩 섬뜩한 말들로 어르신들의 임종을 맞히기도 했다. 하지만 이곳에는 떠나는 날이 얼마 남지 않은 분들이 대다수였기에 전직 무당의 예언이 들어맞았다는 건 억측에 불과했다.

이른 아침 출근길에 우연히 커튼 너머로 보게 된 80대 할아버지와 무당의 정사 장면은 몹시 충격적이면서도 흥미로운 사건이었다. 다른 요양보호사 샘들, 간호조무사 샘들을 모아 놓고 이 이야기보따리를 풀어 놓는다면 나는 인기녀가 되었을지도 모른다. 그런 이야기를 들려준 일을 물꼬로 여자 직원들과 친하게 지내게 되었을까. 만약 그랬다면 힘들고 서러운 일도 더 버텼을지도 모른다. 하지만 추잡스러운 관계를 차마 퍼트리지 못하고 혼자만의 흥미로움에 젖어 심심한 위로로 삼을 뿐이었다.

손녀 같다며 친절하고 다정하게 대해 주신 환자분들도 계셨지만, 몸이 편찮으신 만큼 까탈스럽고 고약스러운 어르신들은 내게 온갖 성희롱과 인신공격 등을 하며 입에 담을 수 없는 폭력을 일삼았다.

복지가 좋지 않으니 직원들은 최선을 다하지 않았고, 직원들이 불친절하니 환자들의 불만도 늘어만 갔으며, 멀고 먼 친척인 원장은 환자들을 돈으로 볼 뿐, 정이라곤 1mg도 나눠 주지 않았다. 그러다가 요양원의 환자는 줄어만 갔고 운영은 악화되었으며 나는 퇴직금도 제대로 받지 못하고 다정했던 어르신들과 인사도 제대로 나누지 못한 채, 그렇게 그곳을 나오게 되었다.

이직할 의욕도 잃고 한동안 백수 생활을 하며, 우울감에 사로잡혀 나태하게 지냈다. 이런 내 모습을 걱정하던 엄마가 생각해낸, '헬스장'이라는 묘책은 신선했다. 당장 이직하기에는 몸과 마음이 매우 지쳐 있었고 나의 노고를 제대로 알아주는 엄마가 헬스라도 하면서 재충전 시간을 보내라고 비용을 지원해 주셨다. 운동은 정말 싫어하는데 돈과 시간이 묶여 있다 보니 억지로라도 가게 되더라.

그렇게 헬스를 시작하게 되었고 거기에서 '요미' 언니를 만났다. 집과 헬스장을 혼자 왔다 갔다 하다 보니 말동무가 필요했었는데 먼저 말을 걸어온 건 그 언니였다. 30대 후반쯤으로 보이는 '요미' 언니는 지금 생각해 보면 아주 요망한 년이다. 여하튼 그때는 마음이 허하고 약했던 때라 요미 언니의 친절한 다가옴이 의심스럽지 않고 고마웠다. 우리는 열 살 넘는 나이 차이에도 금세 친해졌다. 신원이 불분명한 사람과 함부로 친하게 지내지 말라는 엄마의 잔소리가 귀에 들어오지 않고, 오히려 요미 언니를 두둔했다.

언니는 몇 년 전 결혼을 했으나 여러 가지 문제로 인해 올해 초 이혼을 하고 혼자 살고 있었다. 아이도 없고 빚도 없고 딱히 하는 일도 없어 보였다. 그저 나처럼 지금은 잠깐 일을 쉬는 기간인데 운동으로 몸과 마음의 근육을 키운 뒤, 사회생활을 하며 재기할 거라 했다. 구체적으로 어떤 일을 하던 사람인지, 어떤 일을 할 건지는 자세히 말해 주지 않았지만, 그녀의 얼굴에 틈틈이 새어 나오는 이혼의 아픔과 외로움에 나도 모르게 마음이 갔다.

우리는 헬스장에서 수다도 떨고 운동이 끝나면 같이 샤워도 했다. 언니가 밥과 커피를 자주 사줬는데 동생이라고 자꾸 얻어먹기만 해서 미안하던 찰나에 언니가 도움을 청했다. 일을 안 한 기간이 지속되어 생활비가 떨어진 언니는 무슨 이유에서인지 위자료도 못 받은 모양이었다. 집을 좁혀서 생긴 자금으로 일 시작 전, 생활비를 충당하기로 했다는 이야기에 그동안 얻어먹은 밥과 차가 얹히는 기분이었다.

비용 절감을 위해 셀프 이사를 한다며, 이삿짐 나르기와 정리 정돈을 도와달라는데 거절할 수가 없는 상황이었다. 상황이라기보다는 기분이 그러했다. 거절할 수 없는 기분이었다. 언니를 도운 그날, 나는 허리와 손목이 나가서 다음 날 헬스장에 가지 못했다.

엄마는 욕을 해댔다. 네가 얼마나 어리숙하고 만만한 멍청이로 보였으면 밥 몇 번 사 먹인 걸 빌미 삼아 작정하고 노가다를 시켰다고. 노가다 비용이 싸구려 분식값보다 몇 배가 비싼 줄 아느냐며 욕을 해댔다. 나는 이용당하지 않았으며 그저 외롭고 힘든 언니를 자발적으로 도와준 거라 호소했지만 엄마의 속상함은 멈추지 않고 나를 향한 분노가 되었다.

엄마와 대판 싸우고 울다 지쳐 잠이 들었다가 깨어 요미 언니에게 문자를 했다. 언니는 답이 없었다. 다음 날도 그다음 날도 언니는 일절 답이 없었고, 그날 이후 헬스장에서 언니는 보이지 않았다. 아주 요망한 년이 자기 필요할 때만 써먹고 내가 연락하고 싶을 땐 연락이 안 된다. 이래서 모르는 사람과 함부로 친해지면 안 되나 보다. 동성 친구한테 까인 기분. 남친한테 차였을 때보다 더 언짢다. 아주 개 같다.

요미 언니와 연락이 끊긴 뒤, 나도 헬스장에 재등록하지 않았다. 요즘 수입도 없이 생활비만 축내는데 너무 여유를 부린 것 같아 부모님께 죄송스럽기도 했고, 요양원에서 힘들었던 기억은 이제 가라앉고 좋았던 기억만 떠오르기 시작했다. 보람되고 행복했던 일들만 건져 간직하고, 가라앉은 힘든 기억은 그대로 깊이 묻어 두었다.

이직 자리를 알아보던 중 조건이 좋은 한의원에 취업했다. 한의원

원장님도 친절하셨고 규모가 작은 개인 병원이라 간호조무사는 나 혼자였다. 동료의 텃세를 견뎌야 하는 일은 없지만 조금 외로운 그런 곳이었다. 새로운 직장에 적응해 갈 때쯤 요미 언니에게서 연락이 왔다. 대략 전남편에게서 연락이 와서 힘들었다는 내용이다. 그리고 나를 다시 만나고 싶다는 의사를 내비쳤다.

나 혼자 너무 오해했었나 미안해지며 다시 언니를 만나야겠다고 생각했다. 그렇게 귀한 인연은 아니었는데. 나한테 득이 될 인연은 아니었는데. 학창 시절 친구들은 전국으로 뿔뿔이 흩어지고 몸에서 멀어지니 마음에서도 멀어지고 가까이 살면서 마음을 터놓고 자주 볼 수 있는 친구가 필요했나 보다.

며칠 뒤 언니를 만났다. 언니는 모르는 남자들, 여자들과 함께였다. 아파트 주민, 새로 시작한 필라테스 수강생, 주 3일 카페 아르바이트를 시작하면서 만난 단골손님 등 최근에 새롭게 알게 된 인연들을 한데 모아 나에게 소개해 줬다. 뭔가 요상스런 조합이었지만 그럴듯했다. 모두가 외롭고 관심이 고픈 사람들 같았다. 우리의 공통점은 같은 지역에 산다는 것과 어른이 된 후 요미 언니를 알게 되었다는 사실이다.

이 모임에 다녀온 뒤 엄마에게 솔직히 털어놓았고, 수다 동호회 같은 느낌이었다고 있는 힘껏 모임의 질을 포장했다. 돌아오는 엄마의 대답은 또 걱정 섞인 욕뿐이었다. 어렸을 때부터 알고 지낸 학창 시절 친구들도 오랜만에 만나면 숨은 의중이 뭔지 잘 살펴봐야 한다. 직장에서 만난 사람이 신원 확인이 되었어도 굳이 사적인 친분을 종용한다면 어떤 의미가 숨어 있는지 의심해 봐야 하는 건데, 너는 세상이 그저 깨끗하고 친절한 줄 알고 있다며 나를 꾸짖었다.

엄마는 너무 사람들을 의심하고 나쁘게만 본다며 대들었다. 그래도 엄마의 비난은 계속되었다.

"서로 어느 정도 나이를 먹은 뒤 알게 된 사람들은 어떤 사람들인지 잘 살펴봐야 해. 그동안 어떻게 살아왔는지가 그 사람들의 모습을 만들어. 어떤 사건들을 겪고 어떤 감정들을 가진 사람인지 알아야 한다. 논리적이고 예의 바른 태도 이면에 숨어 있는 불안정한 정서 상태의 원인을 파악하기까지 수십 년을 걸쳐도 모르는 거야. 제발 함부로 아무한테나 너를 보여 주지 마."

엄마의 걱정은 유난스러운 것 같았고 나를 너무 어린애 취급하는 것 같아 짜증 났다.

그나마 이직 후 열심히 일하는 모습을 보고 엄마는 흐뭇해하셨고, 모임에 갈 때면 속속들이 엄마에게 보고하는 조건으로 모임에 나가곤 했다.

요미 언니가 소개해 준 모임 멤버는 다양했다. 요미 언니를 주축으로 다양한 인생이 꼬여 들었다. 공무원 준비 중이라면서 한가해 보이는 이상한 백수 언니와 오빠들에게 음식을 먹여 주는 것을 좋아하는, '엄마 병'에 걸린 젖이 큰 언니. 그 언니의 젖은 정말이지 볼 때마다 소름이었다. 금방이라도 젖이 흘러나올 것만 같았기 때문이다. 낡아 빠져 목이 늘어난, 얇디얇은 저 티셔츠 너머로 흐르는 우유도 질질 흘리며 잘 받아먹을 것 같은 오빠들을 상상하면, 또다시 소름이 돋았다. 멋진 스포츠카를 타고 다니는 은규 오빠는 볼 때마다 잘생겨진다. 그렇다고 그 오빠를 좋아하는 것은 아니었지만, 멤버들은 솔로인 그 오빠와 나를 은근히 커플로 밀어주려는 분위기를 조성하곤 했는데 그때마다 볼이 달아오르곤 했다.

유난히 환자가 없는 날에 근무를 하고 있었다. 단체톡에서 농담들이 오가다가 또 은규 오빠와 나를 향해 잘해 보라는 말들이 나왔다. 은규 오빠는 나와 집이 가까우니까 퇴근 후 보기 편할 것 같다면서, 다음에 같이 카페에 가자는 등의 설레는 말을 했다. 장난인지 진심인지 썸인지 헷갈리던 도중에 개인톡을 해봤다.

[오빠, 금요일에 근무 끝나고 우리 둘만 카페 갈래용?]

오빠는 답이 없었다. 나는 요미 언니와 통화하다가 이 고민을 상담했다.

은규 오빠가 나와 카페에 가고 싶은 건지, 안 가고 싶은 건지 헷갈리게 한다. 은규 오빠가 좋은 것은 아닌데, 그냥 사람들이 장난치니까 나도 농담 삼아 데이트 신청해 본 것뿐인데 너무 진지하게 받아들이고 거절하는 방식이 무례한 것 같아서 속상했다고 털어놓았다.

요미 언니는 은규 놈 바빠서 답을 안 했을 거라며 혼내 주겠다고 했고 나는 한사코 말렸다. 내가 언니한테 오빠 뒷담화한 꼴이 되는 것은 원하지 않는다. 오빠를 나쁘게 말하려는 게 아니고, 그냥 내가 느낀 서운한 감정을 털어놓을 곳이 없어서 언니에게 상담한 것뿐이니 사람들에게 비밀로 해달라고 당부했다. 언니는 말하지 않겠다면서 나를 안심시켰다.

그 후 다 같이 모여 수다를 떨 때 별 눈치가 없는 것을 보니 언니가 말하지 않은 것 같았다. 오빠도 갑자기 생각났다는 듯 그때 고객한테 전화가 와서 답장을 못 했다고 했다. 그러고는 나중에 시간 맞춰 카페에 가자며, 나에 대한 감정을 드러내지 않은 채 얼렁뚱땅 사건을 무마했다. 그리고 여느 때와 같이 서로의 근황과 사건, 그 사건으로 인한 감정 변화에 때로는 심각하게 같이 화내고 때로는 같이 웃어 주며 그렇게 평화로운 모임을 마무리했다.

다음 날, 나보다 한 살 어린 종섭이에게서 연락이 왔다. 종섭이는 새로운 카페에 가보고 싶었다며 같이 가자고 했다. 그 카페는 단체석이 마땅치 않다는 둥 개소리를 시전하며 둘이 가면 좋겠다고 내게 데이트 신청을 했다.

종섭이는 어딘가 모르게 여성스러운 분위기를 띄는 얼굴이었다. 아주 작은 키에 통통한 뱃살, SNS에 전시해 대는 이상한 사상의 말들, 매일 립밤을 한 통씩 처바르는 듯 반들거리는 입술, 쇠꼬챙이같이 뻣뻣한 머리카락 등 전혀 섹스어필이 안되는 외모였다.

종섭이도, 나도 토요일 근무를 하던 날 저녁, 퇴근 후 서로의 직장 중간쯤에 위치한 식당에서 만났다. 단둘이 만나고 싶은 마음은 딱히 없었지만 그날따라 잘된 메이크업과 새로 산 프릴스커트와 구두가 곧장 집으로 퇴근하기에는 너무나 아까웠다. 그뿐이다. 나는 자장면을, 종섭이는 짬뽕을 먹었다. 홍합 껍데기 안에 아직 발견되지 못한 홍합이 더 숨어 있을까 싶어 홍합을 수색해 대는 종섭이의 젓가락에 달린 짧은 손가락이 눈에 거슬렸다. 짬뽕 국물이 그려 놓은 입술 라인 바깥 라인의 그림은 흉측했지만, 종섭은 물티슈로 닦지 않고 그 위에 립밤을 덧발랐다.

윗입술 아랫입술 따로 바르지 않고 입을 똥구멍처럼 동그랗게 내민

다음 입술 위로 동그라미를 그리는 립밤은 끝나려면 아직 한참 남은 회전목마처럼 느릿하고 어지러웠다. 아이보리빛 립밤에 묻은 짬뽕 색을 보니, 내 생애 다시는 짬뽕 국물을 먹기 싫어질 것 같았다. 짬뽕을 먹는 날이면 저 립밤 맛이 생각이 나서 토할 것만 같다.

그렇게 종섭이의 매력을 1도 찾지 못한 채 식사가 끝났고 그가 미리 찾아 놨던 그 카페에 입성했다. 카페는 너무 예뻤다. 종섭이가 아닌, 은규 오빠와 왔더라면 더 예뻤 을 것이다. 꿩 대신 닭이라도 삶아 먹으려는 심정으로 종섭이와 카페에 앉았다. 디저트는 초코 피낭시에와 레몬 마들렌을 주문했고, 나는 아이스아메리카노를, 종섭이는 따뜻한 캐러멜 마키아토를 마셨다.

종섭이는 은근슬쩍 말을 놓으며 마음을 표현했다. 하는 일이 워낙 바빠서 자주 연락하고 그런 건 못 하지만 나와 자고 싶다고 했다. 사귀고 싶다는 말이 아니기 때문에 나를 향한 진심이 아니라는 것을 알면서도 그 말이 뭔가 위로가 되었다. 갑자기 요양원에서 봤던 무당과 할아버지 환자의 정사 장면이 머릿속을 스치며 우리가 그래도 되는지에 대해 고민했다. 그렇지만 그는 너무 성적 매력이 없다. 하지만 나는 너무 외롭다.

뭐에 홀렸는지 술 한잔 마시지 않고 모텔로 갔다. 우리는 떡볶이를 배달시켜 먹었고 셀카도 찍었다. 그의 애무는 아무 감흥이 없었고 덜렁거리는 뱃살은 너무 늘어져 있었다. 그의 머리카락은 철수세미인 듯 너무 거칠었고, 입가엔 짬뽕 자국이 아직도 흥건했다. 나는 정신이 번쩍 들었고 두 주먹으로 종섭이를 있는 힘껏 밀쳐낸 뒤 미미한 사과를 흘리고 그곳을 빠져나왔다.

갑자기 눈물이 났다. 내가 무슨 짓을 한 거지 싶었다. 따끔하게 잔소리해 주던 엄마가 보고 싶었다. 집으로 달려갔다. 엄마는 나를 보자마자 이년이 연락도 없이 왜 이렇게 늦게 오느냐며 화를 내셨고, 급하게 모임이 잡혔고 예쁜 카페에서 놀다 보니 시간 가는 줄 몰랐다고 둘러대고 샤워를 시작했다.

홍합을 수색하던 짧은 손가락이 내 입안을 쑤신 듯이 구역질이 났다. 립밤 통에 빠진 짬뽕 국물이 내 혓바닥에 쏟아진 것 같아 구역질이 났다. 새해 전날처럼 빠득빠득 깨끗이 씻었고 관리비도 안 보태면서 온수 샤워를 오래 한다고 엄마한테 꾸중을 들으면서 다시 정신을 차렸다.

침대에 누워 멍때리고 있는데 또 눈물이 났다. 오늘 하루를 통째로 없었던 일로 치고 싶었다. 너무나 후회스러운 순간들이다. 종섭이랑 단둘이 만난 것 자체도 후회. 은규 오빠랑 갈 뻔한 카페를 그 새끼랑 간 것도 후회. 나랑 자고 싶다는 말에 화를 내지 않고 문란하게 군 것 같은 태도에 후회. 이왕 갔으면 눈 딱 감고 다하고 돌아올걸. 상황을 중단하고 도망 나온 것도 후회. 모든 것이 다 후회스러웠다.

후회의 눈물이 계속 베개를 적실 때 요미 언니한테서 전화가 왔다. 언니 목소리를 들으니 감정이 폭발했다. 언니는 왜 울고 있느냐며 다정하게 캐물었다. 정말 나를 걱정해서 물어본 건지, 본인의 궁금증을 해소하고 싶어 물어본 건지 알 수가 없다.

종섭이와의 일을 사실대로 말해 버렸다. 언니는 은규 오빠에게도 나의 서운함을 전달하지 않았고, 무당과 할아버지의 일을 굳이 떠벌리지 않았던 그때의 나를 닮아 혼자만의 재미로 간직할 것만 같았기 때문에. 모든 걸 털어놓았지만 그것이 화근이었다.

아무 일도 없는 것처럼 다시 모임에 참석했을 때, 나를 뺀 모든 사람이 수군거렸다. 종섭이는 특별히 반응하지 않았고, 나에게 개인적으로 말을 걸지도 않았다.

혹시나 하고 우려하던 사태가 벌어졌다. 모임 사람들이 종섭이와의 모텔 스캔들을 알게 된 것이다. 은규 오빠는 나를 쉬운 여자, 문란한 여자로 생각할 것이며 종섭이는 나를 입이 싼 여자라 생각할 것이다. 대체 요미 년은 왜 내 입장은 생각하지 않고 떠벌린 것일까. 단체 모임에서 언니에게 따지려 했는데 오히려 당당했다. "내가 다 말했어. 우리끼리 서로 비밀 만들고 해봤자 서로 불편해지기만 하지. 우리는 서로 마음 터놓을 다른 사람이 없으니까 우리끼리라도 더 돈독해져야지. 누구나 실수할 수 있어. 누구나 순간적인 욕구로 그럴 수 있어. 청춘 남녀끼리 썸 타다가 끝날 수도 있지, 뭐. 그렇게 뒤늦게 아닌 척할 필요 없어." 하며 제멋대로 지껄였고 내 이미지는 그렇게 공개 처형당했다. 모텔에는 따라갔지만, 떡볶이만 먹었을 뿐 아무 일도 없었다고 소리 높였지만, 아무도 믿어 주지 않았다. 오히려 변명으로 인해 내 꼴만 더 추잡스러워졌다.

이 요망한 년을 내가 믿고 따랐는데 분노가 치밀어 올랐다. 단체방도 나가 버리고 그 사람들과 두 달 넘게 연락하지 않았다. 요미 년은 뒤늦게라도 사과나 연락을 하지 않았다. 더 이상 나도 아쉬울 게 없다. 친구가 필요하면 옛 친구들에게 연락해 보든지 신원이 검증된 동호회에 가입해 볼 생각도 있다.

불행 중 다행으로 오랜만에 연락이 닿은 친구가 1시간 근교에 살고 있다는 사실을 접했다. 다행히도 나의 연락을 반겨 줬고, 그녀는 자동차를 소유하고 있어 본인 집에서 우리 집까지 버스 노선이 마땅치 않음에도 차를 끌고 나를 보러 와 줄 수 있다고 했다. 우리는 오랜만에 만났지만 어색하지 않았고 편안했다. 잃어버린 친구를 되찾은 기분에 설레었다.

친구와 VR 체험을 하러 갔다. 롤러코스터 체험은 조금 어지러웠지만 꽤 실감 났다. 아이처럼 소리 지르며 스트레스를 풀었다. 스키점프를 해보기도 했고 귀신과 좀비를 만날 수 있는 영상을 체험하기도 했다. 직원은 나에게만 추가 영상을 권했다. 친구는 궁금해하지 않았고 혼자 커피를 마시며 쉬고 있겠다고 했다. 총 쏘기 게임에서 너무 못한 탓에 빨리 끝난 나를 위한 배려인가 싶었다. 하지만 예상하지 못한 영상 체험이었다. 실제로 경험하지 못한 나의 미래를 미리 체험해 보는 시간임을 순간 직감했다. 서비스 VR 영상 내용은 다음과 같다.

[연락이 끊긴 지 석 달 정도 되었을 때, 공무원 준비생인 여진 언니한테서 전화가 왔다. 언니는 멤버들과 근사한 고급 펜션에 놀러 가기로 했는데 같이 안 갈 거냐고 했다. 숙박비를 1/N 할 사람이 필요했던 것인지 다들 나에게 미안해하고 그리워하는 것인지 또 헷갈리기 시작했다. 요미 언니도, 은규 오빠도, 종섭이도 모두 불편해졌는데 내가 그 모임에 끼여도 되는지 계산하기 시작한 내가 한심하다.

내가 은규 오빠를 좋아했던 것도 다 알고 있고, 다들 너그럽게 이해하고 넘어갔다. 종섭이도 너한테 진심이 아니었고 가벼운 호기심이었다고. 다들 전부 잊었으니 다시 만나서 잘 지내자는 말을 너무 가볍게 내뱉는 여진 언니의 설득에 나는 또다시 그들에게 상처받을 것을 알면서도 그곳으로 가는 일을 자처했다.

언니는 오랜만에 모이는 기념으로 나보고 고기를 사오라고 했고, 나는 고기를 사 들고 펜션 값의 1/N을 입금한 다음 펜션으로 향했다. 다들 아무 일도 없었던 것처럼 인사를 해줘서 마음은 또 활짝 열렸다. 자주 닫히는 마음의 문을 누가 두드리기만 해도 쉽게 열리는 내가 한심스럽지만, 쉽게 변하지 못하는 나를 이해한다. 나는 많이 외로운 것 같다.

펜션에서 단체 사진을 찍는 순간 소속감을 느끼며 행복했다. 진심으로 좋았다. 단체 사진 속 종섭이는 앉아 있는 거 같지만 서 있는 게 맞다. 키가 작은 종섭이는 키에 비해 다리가 유난히도 짧다. 저딴 새끼의 품에 파고들 뻔했으니 내가 미친년이다. 서로 없던 일로 하자고 한 뒤 은규 오빠에게 말을 걸었다. 얼굴은 웃는데 몸은 나를 피하는 느낌이었다.

여진 언니는 내가 다시 와줘서 반갑다면서 챙겨 주는 척했지만 풀빌라의 풀장에서는 요미 언니 옆에 붙어 모임의 이인자가 되기를 희망하는 듯했다. 다들 끼리끼리 물장구치며 물놀이하고 노는데, 같은 풀장에서 나만 때 낀 기름처럼 섞이지 못하고 더럽게 둥둥 떠다녔다. 비참했다. 이렇게 유령 취급할 거면 왜 불렀지. 고기 사올 사람이 필요했나. 기가 막혔다.

요미 언니와 여진 언니가 내 수영복 자태를 폄하하는 대화가 들렸다. 치욕스러웠다. 남자들은 티 나게 다른 여자들의 수영복 자태만 칭찬하고 내 얘기는 쏙 건너뛰었다. 비참했다. 너무 자존심 상하고 기분이 나빴다. 당장 집으로 돌아가고 싶었지만 혼자 돌아가기에 이곳은 너무 으슥하고 늦은 시간이었다.

1층에서는 남자들이, 2층에서는 여자들이 취침 준비를 했다. 여자들끼리 모였을 때라도 허심탄회하게 대화하고 싶었지만, 낯선 사람들처럼 내게 얕은 말만 흘리며 말 섞고 싶지 않은 눈치를 줬다.

"오느라 수고했어. 잘 자."라고 하길래, 그래도 나를 챙겨 준다는 생각에 고마웠다. 너무 오랜만에 만나서 좀 어색해서 그럴 거라며 그들의 태도를 이해해 보려 애썼다.

잠이 들지 않았지만 잠이 든 척 누워 있었고, 언니들은 내 얼굴 앞에 손바닥을 흔들어 대더니 키득대며 1층으로 내려갔다. 잠시 후 살금살금 1층을 내려다봤는데 침대 위, 바닥, 소파 어디에도 남자들이 없었다. 몰래 내려와 통창을 바라보니 모두 테라스에 모여 술을 마시고 있었다. 나는 부르지도 않고 자기들끼리 웃고 떠들며 신이 났다.

진작에 알고 있었다. 저들에게 내가 소중한 존재가 아니라는 것을…. 나는 그 사실을 알면서도 모르는 척하고 싶었을 거다. 나도 저들 사이에 끼여 더욱 친밀해질 거라 믿고 싶었는지도 모른다.

숙박비도 할인받은 금액이 아닌 정가라 속여서 내게 1/N보다 더 받아 낸 사실도 듣게 되었다. 나는 저들에게 숙박비를 많이 내고, 고기를 사올 사람일 뿐이었다.]

－VR 체험 끝－

영상 체험이 끝나고 기분이 우울해졌다. 냉정하고 차갑고 이기적으로 굴어 보고 싶었는데 가상 체험에서조차 나는 초라한 태도를 택했다. 가상 체험이 맞을까. 진짜일까. 내가 친구와 다시 연락이 닿은 것은 진짜일까. 친구와 VR 체험장에 온 것이 현실일까. 거짓일까. 잘 모르겠다. 그들이 나에게 영상 편지를 보내려다가 더 잔인한 방법으로 상처 주기 위해 VR 체험을 만든 것일까. 내가 정말 감정의 피해자가 맞는 것일까. 그들은 정말 나쁜 사람들일까.

중요한 건 나의 태도고 선택이다. 상처받는 마음은 내 것이다. 내가 선택할 수 있는 영역이다. 나는 감정을 선택할 줄 아는 사람이 되고 싶다. 그들은 나에게 상처를 줄 수 없다. 나는 그들에게 상처받지 않는 것을 선택하고 싶다. 나는 무엇을 가장 후회하는 걸까. 내가 가장 속상한 게 무엇인지 직면하고 싶지 않았다.

은규 오빠는 나와 카페에 갈 마음이 없었고 종섭이는 나를 좋아하지 않았다. 여진 언니는 나를 걱정하지 않았으며 요미 언니는 한순간도 나를 아끼는 동생으로 생각하지 않았다. 저들도 영원하지 않을 거라는 것을 안다. 저 모임도 언젠가 깨지고 분열되고 부서질 것이다.

나는 후회한다. 스쳐 지나갈 인연들에 마음을 함부로 다 내어준 것, 믿을 만한 사람이 아닌 사람에게 속마음을 다 말한 것, 나에 대한 이간질, 소문에 무너지고 상처받은 것, 나를 소중히 여기지 않는 사람들에게 버림받는 것을 두려워한 것 등 이 모든 것을 후회한다. 이제 도망가지 않을 것이다. 마음의 소리를 모르는 척하지 않을 것이다. 후회를 받아들이겠다. 이제라도 나의 잘못된 태도를 직면하고 같은 실수를 되풀이하지 않으리라. 눈심지를 세우며 변명을 계획할 필요도, 가치도 없다. 그들이 나를 어떻게 생각하든 상관없다. 어차피 그들이 생각하고 싶은 대로 나를 판단할 것이다. 내가 그들을 나에게 상처 주는 사람이라고 멋대로 판단한 것처럼 말이다.

그들의 불행을 바라지도 않을 것이다. 나에게 상처를 준 사람들은 반드시 상처받게 될 것을 믿는다. 상처를 받은 것도 나의 선택이다. 나는 나를 좀 더 소중히 존중하지 못했다. 요미 언니도, 여진 언니도, 은규 오빠도, 종섭이도 나를 어떤 사람으로 기억하든 그 기억에 너무 얽매이지 않을 것이다.

여진 언니에게서 전화가 온다. 또 바보같이 몇 초 고민했지만 받지 않았다. 여진 언니는 전화를 받지 않은 내게 문자를 보냈다. 좀 전에 VR 체험으로 봤던 펜션 정보와 제안.

같이 가지 않겠다고 답장했다. 이제 진짜 친구와 가상 현실 체험을 벗어나 현실로 돌아갈 것이다. 집에 돌아가면 엄마의 잔소리도 귀담아 들어야겠다. 나를 진심으로 소중하게 생각하는 사람의 소리를 들어야겠다.

아무에게도 상처받지 않는 나를 위해.

나를 위로할 수 있는 그 모든 것들을 위해.

3) 가심

지금 생각해 봐도 정말 이상한 행동이었다.

그 시절의 나를 떠올리고 한 문장으로 정리해 보자면, 누군가 나를 설계하고 나는 생각과 행동이 분리된 채 제어 당하는 느낌이었다.

모든 일상이 무료하고 또 긴장되었던 하루하루. 나는 자신을 사랑하지도 않았고 배려하지도 않았고 이해하지도 않았다. 모든 것은 다

흘러가는 대로 내버려 두는 일이 최선이라 착각했고, 코앞에서 천천히 흘러가는 잘못들을 바로잡으려 손 내밀지 않았다. 그저 두 손은 주머니 안이나 등 뒤 또는 팔짱을 둘러 양쪽 겨드랑이 밑에, 또는 타인의 팔꿈치 옷자락 사이에 꼭꼭 숨겨 놓았었다. 내 손은 항상 그렇게 어두운 곳에 담가 두었다.

나를 향한 관심과 평가들에는 날카로운 발톱과 이빨만을 보여 주려 애썼고, 매사에 적극적이지 않았고 배우려 하지 않았고 들으려 하지 않았다. 그렇게 어둠 속에만 찔러 두던 손은 어두워지고 더러워져만 갔다. 이윽고 그 손은 어떤 물건들을 잘못 나르기 시작했다. 사람이 많고 넓은 보세 액세서리 가게에 진열된 목걸이 하나, 반지 하나 그리고 옷 하나를 집어 들고 또 몇 바퀴 돌다가 탈의실로 들어가 옷을 갈아입는 척하고 목걸이와 반지는 내 가방 속으로 빠트린 뒤, 태연하게 옷을 들고 탈의실을 빠져나왔다. 그 옷을 들고 계산대로 향한다. 그리고 당당히 가게를 빠져나온다.

옷 하나를 샀지만 목걸이와 반지는 훔쳤다. 그랬다. 그 시절에는 그렇게 허술한 도둑질이 가능했다. 보세 가게에 감시 직원들이 많지도 않았고 물건마다 칩이 붙어 있지도 않았다. CCTV도 사각지대가 많았고, 화질도 기능도 모든 게 지금보다 더 후졌었겠지. 지금까지 그 짓을 못 끊었다면 아마 지금쯤 감옥에 있을 것이다. 그 짜릿한 긴장감이 주는 쾌감을 맛보기 시작한 건 대학교 3학년부터였다. 그날의 기억을 떠올려본다.

오늘도 학과 수업의 내용을 따라가지 못해서 나만 뒤처지는 느낌이 힘에 겹다. 도통 무슨 내용인지 하나도 모르겠다.

교수님은 사명감이 없어 보인다. 비싼 시계에 멋진 정장을 차려입고 빤뜩거리는 구두와 더 빤뜩거리는 헤어스타일을 장착한 후 대충대충 강의를 뿌리고 후다닥 내뺀다. 자세히 알려 주지도 않고 질문을 해도 별로 받아 주지도 않는다. 아니, 질문도 어느 정도 아는 애들이나 하는 거지 하나도 모르는 학생은 무엇을 물어봐야 하는지조차 모르는데. 정말 빡 친다. 똑똑한 년놈들한테만 친절한 것 같은 교수가 너무 짜증 난다. 이 강의실에서 나만 도태되고 나머지는 끝도 없이 발전해 간다.

내가 왜 이 학과를 선택했는지 묻고 싶다. 그렇지만 나는 우울함을 선택하지 않는다. 대학 생활은 공부가 다가 아니다. 공부가 인생의 정답은 아니다. 청춘은 충분히 즐겨야 하느니라. 과 MT에 가서 신나게 놀 생각에 벌써부터 들뜬다.

일찍 일어나 꽃단장하고 어제 훔친 목걸이와 반지도 장착했다. 정말 잘 어울린다.

꽤 잘 어울린다. 이것은 원래 나에게 올 목적으로 만들어진 운명처럼 나에게 달라붙었다. 일말의 죄책감도 없다. 나는 옷을 샀다. 그 옷을 좀 싸게 샀을 뿐이다. 이까짓 목걸이 반지는 어차피 저렴한 거니까. 얼마든지 마음먹으면 살 수 있는 거니까. 가질 수 없어서 훔친 게 아니니까. 죄책감도, 자존심 상할 것도 비참함도 없다. 아무것도 없다. 그저 사은품으로 받은 느낌일 뿐이다.

버스에 혼자 앉았다. 아무도 내 옆에 앉아 주지 않았다. 나는 왕따가 아니다.

그저 자기들끼리 더 친할 뿐이다. 내가 먼저 말을 걸면 누구든 웃으며 대답해 준다. 그 대답들이 어딘가 벽 너머에서 희미하게 들리는 듯 작고 간결하긴 하지만 그래도 모두 나에게 친절한 편이다.

인원수가 짝수가 아닌 홀수기 때문. 누군가는 짝 없이 혼자 앉는 게 당연하다. 그럼 당연하지. 그게 나일 뿐이다. 누군가는 혼자 앉아야 하는데 그게 하필 나일 뿐이다. 난 정말로 아무렇지 않다. 괜찮다.

자꾸만 오른손 엄지손가락이 검지 위 반지를 매만진다. 왼손 다섯 손가락은 왼쪽 허벅지 위에서 피아노를 친다. 도 레 미 파 솔 솔 파 미 레 도 도레미파솔 솔파미레도 도레미파솔파미레도도레미파…. 외롭지 않고 불안하지 않고 불편하지 않다. 오히려 장거리 이동에 잠이 솔솔 올 것 같다. 그래도 친구들이 이야기하는 주제를 놓치지 않고 경청하기 위해 애쓴다. 몇 분 간격으로 양 손가락은 머리카락 사이를 휩쓸고 뒤통수를 긁는다. 양쪽 발가락은 양말 속에서 엄지와 검지를 겹쳤다가 풀었다 반복한다. 발뒤꿈치는 바닥을 쿵쿵 치며 박자를 맞춘다. 노래를 흥얼거리고 여유 있는 표정을 짓는다. 나는 지금, 이 버스 안에서 혼자가 아니다. 학과 친구들과 함께 있다.

그 뒤로는 기억이 잘 나지 않는다. 아마 잘 갔다 왔겠지. 재밌게 놀다 왔을 거야.

어디로 갔었는지, 무엇을 하며 재미있었는지, 돌아올 때는 어땠는지 잘 기억나지 않는다. 아마 졸업한 지 오랜 시간이 지났기 때문일 거다. 아니면 과음으로 기억이 취했는지도 모르겠지. 하여튼 그 시절의 도벽들이 또 떠오른다.

오렌지빛과 짙은 초록색이 교차된 얇은 머플러였는데, 두꺼운 겨울 옷 사이에 쑤셔 넣어 탈의실로 갖고 들어갔던 기억, 옷을 결제할 때 또

두근거렸던 설렘, 그 소스라치는 떨림, 이번에도 직원에게 들키지 않고 머플러 쟁취에 성공했다는 쾌감과 그 머플러를 착용하고 외출했을 때의 가뿐함. 그 모든 감정이 떠오른다.

아, 나는 정말 나쁜 사람이었구나. 왜 그때는 몰랐을까. 어떤 감정에 가려져 죄책감이 상쇄된 건지 의문스럽다. 아니, 아직도 나는 과거의 잘못을 미화시키고 가련한 자기합리화를 위해 과거의 감정을 조작하는 멍청이. 부끄럽지만 무엇 때문이었는지 아직도 잘 모른다. 그저 그 물건들이 가끔 선명하게 떠올라 과거의 무지한 내가 새롭게 아파한다.

그 약국이 생각난다. 기차역 근처에 있던 건물의 코너에 달린 약국. 1층에 있던 약국. 약국 이름은 생각나지 않는데 몹시 낡은 간판과 내부 구조는 생각난다. 학교에 가는 길이었는데 두통이 너무 심해 학교에 도착하기 한참 전 버스에서 중도 하차해 버렸다. 하필 그 약국이 있던 곳에 하차한 날. 퉁명스럽고 미련한 약사는 화장실에 가는 길이었다며 잠시만 기다리라고 통보하고 나가 버렸다. 초면인 손님한테 말이야. 아무리 어려도 고객한테 말이야. 반말을 찍찍 날리며 양해를 구하는 톤도 아니고 어린애한테 통보하는 선생처럼. 하여간 그 말투부터가 기분이 나빴다. 두개골이 작살날 듯한 편두통에 헛구역질까지 참고 겨우 약국을 찾은 내게 무례하고 예의 없이 군 재수 없는 약사. 그놈이 화장실에서 돌아오기 전 예쁜 밴드와 필요 없는 영양제를 쓱 집어 가방에 넣었다. 역시 크기가 넉넉한 가방은 갖고 다닐 만하다.

점점 더 심해지는 통증과 분노를 줄여 줄 약은 그 약국에 있었다. 허름한 약국에서 필요하지도 않은 것들을 훔치고, 약사가 돌아왔을 땐 두통약을 사 들고 줄어든 분노를 품고 나왔다. 맛도 없고 효과도 모르는 이상한 영양제는 한두 알 먹어 보고, 버렸는지 잃어버렸는지 모르겠다. 그냥 과거 기억 속 어디론가 사라졌다. 예쁜 캐릭터가 그려진 밴드는 그 후 언젠가 상처가 생겼을 때 썼던가. 아니, 안 썼던가. 그것도 잘 모르겠다.

문득 또 학교생활이 떠오른다. 장소는 강의실. 그나마 나와 이야기가 잘 통하는 하진이와 나란히 앉아 강의 내용에 집중하지 않고, 책상 밑에서 이따 점심 같이 먹자며 점심 메뉴를 상의하고 있었다. 그런데 뒤에 앉은 지혜가 수연이와 내 얘기를 하는 소리가 들렸다.

"쟤 가까이에서 보니까 머릿결 엉망이야, 쟤도 MT 때 왔었냐? 안 오지 않았었나? 워낙 존재감이 없어서." 어쩌고저쩌고.

그날 쉬는 시간에 나는 지혜의 틴트와 수연이의 볼펜을 훔쳤다.

또 다른 날에도 내 얘기를 하는 사람이 있었다. 동환 선배는 복학한 뒤 우리와 같이 강의를 듣고 MT도 같이 갔었는데, 나에게 먼저 말을 걸어 주지는 않으면서 다른 여자애들하고는 친하게 지내는 이상한 선배였다. 그날은 동환 선배가 내 앞에 앉아서 내심 몇 마디라도 나누며 친해질까 기대하기는 했었다. 옆머리를 잔뜩 얼굴에 붙여 조금이라도 얼굴이 작아지기를 바랐고, 파우더로 두들겨 맞아 모공이 사라지기를 바랐다. 지혜의 틴트를 지혜 몰래 바르고 온 날이라 지혜보다 예뻐 보이기를 바랐고, 수연이의 볼펜에 내 이름 스티커를 붙인 뒤 필기하면서 수연이보다 더 똑똑해 보이기를 바랐다.

내 모든 장점이 동환 선배 등에 꽂히기를 바랐고, 이 모든 바람이 전해졌는지 동환 선배는 뒤돌아 나를 봤다. 그리고 웃어 줬다. 그리고 다 들리게 옆에 있던 환중이와 내 이야기를 해댔다.

"쟤 오늘 경극 하나 봐. 얼굴에 밀가루 쏟은 것 같지 않아? 이빨에 립스틱 묻은 거 봤냐? 개웃겨. 옷은 또 왜 이렇게 작아 보여?", "허벅지 셀룰로이드가 흘러내리는 중, 두피에 기름처럼 흘러내리는 중." 내 외모를 비아냥대며 키득거리는 것이 다 들렸다.

동환 선배와 환중이는 서로 나와 사귀어 보라며 나를 놀림거리로 삼고 비웃었다. 내가 왜 저 새끼들한테 잘 보이려 생각했지. 정신이 확 들면서 저 양아치 새끼들에게 복수할 생각을 불태웠다. 하지만 나는 너무 착했고 아무것도 하지 못했다. 그저 동환 선배의 겉옷과 환중이의 라이터를 내 커다란 캔버스백에 쑤셔 넣는 일밖에 하지 못했다.

학교 화장실의 공용 휴지, 학교 도서관에서 잠깐 자리를 비운 학생의 자리에 있던 펜, 메모지, 안경닦이, 콜라, 지우개 등 어두운 내 손과 가방을 스쳐 지나간 수많은 물건은 수십 년이 지난 지금도 가끔 떠오른다. 구체적인 모양과 색깔, 감촉이 생각나는 것은 아니지만 그때의 감정들이 실감 나게 생각나곤 한다.

나와는 친밀하지 않았던 학과 사람들은 여전히 그들끼리 만남을 지속하고 있고 서로의 SNS에 다정한 댓글을 남긴다. 여전히 예쁘고 멋진 그들 옆에는 과거의 나도 지금의 나도 어울리지 않는다.

'못생기고 큰 얼굴, 평균보다 한참 작은 키에 축구 선수보다 발달된 듯한 종아리 알과 탄력 없이 늘어진 허벅지, 머릿결도 피부도 엉망이며 도벽을 일삼던 나. 지혜의 틴트를 이빨에 칠하고 수연이의 볼펜으로 공부해도 이해력이 떨어지고 눈치도 모자라서 나를 싫어하는 사람과 좋아하는 사람을 구별하는 일도 한참이 걸리던 나.'

지금도 가끔 그때처럼 그들 곁에서 함께 어울리는 나를 상상해 보곤 한다. 열 번을 상상해도 여전히 어울리지 않는 그들과 '나'.

학교 졸업 후 1년 넘게 백수 생활하며 의욕 없이 부모님 돈만 축내다가 어느 통신사의 텔레마케터로 일하게 되었다. 입사 동기 중에는 대학 졸업장이 없는 사람들도 많았고, 나처럼 전공과 무관한 일을 하게 되어 열정도 꿈도 없이 텅 빈 마음의 직장인이 되려는 사람도 많았다.

본격적인 업무에 투입되기 전 교육받는 기간 동안 업무강의를 해준 선배는 나를 싫어했다. 배운 내용을 시험 볼 때마다 점수가 낮던 나를 망신 주고 무시하고 언짢아하며, 격려도 위로도 해주지 않고, 어떠한 희망도 주지 않았다. 또 어느 경력직 동기는 대부분 꼴찌만 하던 내가 책에 꽂아 둔 라벨지와 포스트잇들을 의아하게 보며, "공부하기는 하는 거냐, 설마 열심히 하는데 그 점수는 아니지?"라며 대놓고 엿 먹였다. 나이 많은 동기년은 새로 산 니트 티를 입은 내게, 그런 옷은 날씬한 사람들에게나 어울리는 거 아니냐며 '센스 없는 돼지' 취급을 하기도 했다.

점심 식사 후 동기들과 화장실에서 양치하며 사적인 이야기를 나눌 때도 사람들은 나를 무시했다. 왜 나를 좋아하는 사람보다 싫어하는 사람이 많은 것인지, 그 근원에 가까이 다가가는 것이 두려워 힘에 겨웠던 게 기억난다. 그 순간순간들이 여전히 아주 또렷하고 선명하게 생각나곤 한다.

남친이 있느냐는 질문에 많다고 답하면 어째 없는 것처럼 들린다며 나를 불쌍하게 보던 그 웃음소리들. 그 통신사에 존재하던 모든 사람의 눈빛과 목소리, 말투와 행동들이 다 싸구려에 천박한 미친년들의 집단 같았다. 인바운드도 아웃바인드도, 동기들도 선배들도 다 짜증 나고 넌덜머리 나서, 반년도 못 채우고 관뒀던 나의 첫 회사. 퇴사 전 마지막으로 근무하던 날, 헤어짐이 아쉽다고 '옘병'해 대며 같이 점심을 먹은 동기 년들이 후식 카페는 나만 빼고 갔다 온 사실을 알았을 때, 사람이 사라지기 전부터 없는 사람 취급하는 꼴이 얼마나 꼴사납던지.

면전에 대고 들이받을 용기는 없고. 그렇다고 괜찮을 마음의 여유는 없어서 오랜만에 또 그것들로 보상받고 싶은 생각이 솟구쳐 훔치고야 말았던 그년들의 텀블러, 기름종이, 생리대, 마시고 반 남은 생수병, 머리핀 등등. 그 후 두 번째 취업한 현수막 제작 업체에서 만난 나를 공격하던 사람들에게 느낀 증오심의 증표인 소화제, 플라스틱 자, 뺏지, 신발 깔창, 담배, 백원. 찜질방 아르바이트할 때 갑질하던 사장님과 진상 부리던 손님의 손톱깎이, 수건, 껌, 비타민, 요구르트, 바나나 우유, 양말 한 짝….

조금만 시간이 흐른 뒤 몹시 불필요하고 찝찝한 기운을 내뿜는 그 물건들. 그것들과 함께 있는 내 공간이 불편해지고 어두워지고 더러워진다.

멈춰야지, 멈춰야지. 주문을 왼다. 멈췄나 싶다가도 이내 또 내 안의 검은손 버튼이 있는 듯이 그 버튼이 눌러지면 또다시 손은 어두운 곳에서 어두운 곳으로 은밀하고 신속하게 어둠 속 잘못된 배달을 시작한다. 분노를 멈춰야 하는데 더 깊은 분노 위를 달리는 길 잃은 라이더가 된 것처럼. 길은 점점 더 잃어 가고 속도는 걷잡을 수 없이 빨라지는 가련한 라이더. 내가 앱 속 이미지라면 핸드폰 주인이 나를 멈춰 줬으면 좋겠다. 취소나 종료 버튼을 눌러 주면 좋겠다.

이 세상이 시뮬레이션이 아니라는 증거도 없다. 어쩌면 나는 정말 시뮬레이션 속 가상 인물일 수도 있을 텐데. 못된 건, 내가 아니라 나를 멈추지 않고 달리게 두는 이 세상을 조종하는 그 존재일 텐데. 이제 그만 어두운 손을 멈춰다오. 나를 멈추게 해줘. 안타깝게도 이 세상이 시뮬레이션이 아닌 현실일 수도 있다는 생각이 더 진하다. 그렇다면 이 세상이 진짜라는 것은 나의 의지로 증명할 수 있지 않을까.

나는 나를 통제할 수 있다는 걸 증명해 낼 것이다. 더 이상 사람들의 물건을 가져오지 않을 것이다. 그 사람들의 행복을 훔쳐 올 수 없다. 불행을 갖고 올 수도 없다. 아무것도 가져올 수 없다. 나는 그 사람들의 모든 것을, 그 어떤 것도 내게 가져올 수 없다.

그들에 대한 분노는 그들 안에 있지 않다. 내 것이다. 내 안에 있다. 나는 내 안에 있는 내 것을 내 마음대로 할 수 있다. 가져오려 애쓸 필요 없이 오히려 버려야 한다. 나의 분노는 그들이 가져갈 수 없다. 내가 버려야 한다. 온전히 내 것이다.

그때는 절대로 이해되지 않고 들리지 않았던 것 중에서 나이가 들며 저절로 알게 된 게 있다. 내가 나를 위해 무엇을 어떻게 해야 하는지 때로는 스스로에게 알려줄 때도 있다. 하지만 미래의 나를 만날 수 있거나 충격적이고 신선한 미스터리를 겪는다면, 조금 더 빠른 이해와 수월한 수용으로 나를 보호할 수 있지 않을까.

오랜만에 집에서 가장 가까운 절을 찾았다. 무언가를 얻으러 간 것이며 무언가를 버리러 간 것이다. 나는 뒤늦게 느끼게 된 죄책감을 무겁지만 받아들이자고 마음먹었고, 언제나 모르는 척하고 싶었던 내 안의 분노를 버리고 싶었다. 달라질 마음에 대한 기대감과 날씨가 좋아

산속을 거니는 시간이 편안하다. 전방 10미터 앞에 절이 보이고 나를 둘러싼 나무들은 살아 있다. 살아 있는 나무들은 나를 주시하고 경계한다. 하지만 또 반갑게 맞아 준다.

무거운 죄책감을 안고 분노를 짊어지고 나타난 나를 만나기 위해, 지금까지 다른 곳으로 이동하지 않고 기다려 온 것만 같은 나무들에는 수십 개의 눈과 손가락이 달렸다. 나무의 다리는 땅속에서 따듯하고 편안하게 고정되어 있고, 햇빛과 달빛에서 공평한 사랑을 주고받는다. 나무는 나를 절로 안내하기 전, 쉬었다 가도 좋다며 말을 걸어왔다.

절에 가까워지려는 발걸음을 붙잡고 뒤돌아본 내 시선을 낚아챈 곳은 작은 연못이었다. 이 연못이 언제부터 여기에 있었느냐고 나무에 물었고 나무는 물기를 머금고 있던 머리를 탈탈 털어 연못에 떨어트리며, 손을 씻으라고 부드럽게 명령했다. 반항할 수 없는 그 명령에 기가 눌려 허리를 굽혀 손을 씻었다. 거울처럼 하늘이 비치던 투명한 물에 손을 담그니 손이 보이지 않았다.

다시 손을 빼서 물을 봤다. 여전히 투명했다. 다시 손을 반쯤 담가 봤다. 손은 보이지 않았다. 내 손은 어두운 곳을 찾아다니더니 손이 닿는 곳마다 어두워지는 마법을 부렸다. 물은 어느새 더러워졌다. 약간의 갈색인지 회색인지 헷갈리더니, 이보다 더 까매질 수는 없겠다 싶게 진한 까만색이 되었다. 놀랍도록 깨끗하던 물이 하늘을 비추었다가 손을 숨겨 줬다가 까만색이 되는 것이 믿을 수 없어 가까이 보기 위해 물 가까이 얼굴을 낮춰 들이밀었는데 불이 일렁였다. 물속에 불이었다. 왜 물에 불이 나지. 이상하다. 저건 불이 아닌가. 아니, 이건 물이 아닌가. 물불 가리지 않고 덤벼들다가 미끄러져 물에 빠졌다가 빠져나왔다. 무릏이 찢어지고 갑자기 드는 한기에 떨며 절 쪽을 바라봤다. 아까는 분명 절이 하나였는데 이제는 두 개다. 하나는 큰 절 하나는 작은 절.

작은 절 앞에 불길이 일렁였고, 연못에 뛰어들어 온몸을 적신 뒤 작은 불길 앞으로 뛰어가 젖은 옷을 쥐어짜내 불길을 껐다. 옷에서 이렇게 많은 물이 나올 수 있는지 신기해서 위를 보니 아까 나에게 말을 걸어 준 나무가 같이 물을 뿌려 주고 있더라. 모든 게 말로 설명할 수 없는 이상한 상황이긴 한데. 어쨌든 꺼진 불을 바라보며 걸어가다 보니 다시 작은 절을 향하고 있는 나를 발견했다.

드디어 절에 입장. 마당에 탁자 하나, 의자 하나. 조금 쉬어야겠다 싶어 절에 들어가기 전, 절 마당에 있는 의자에 앉아 쉬려는 순간 의자가 부러지고 땅이 꺼지더니 몇 미터 아래로 떨어졌다. 하늘은 멀어지고 마음은 불안한데 정신을 차리고 위로 올라갈 방법을 찾아야 했다. 방법을 찾으려는데 느낌이 싸했다. 이곳은 방금 꺼진 땅이 맞는가 하는 강한 의구심이 들었다.

아주 오래전부터 잘 다듬어진 대피소 같았다. 그리고 누군가 내게 커다란 보따리를 던졌다. 저 사람은 어디에서 나타난 것인지, 보따리 안에는 무엇이 들어 있는지 알기도 전에 빼앗기고 싶지 않다는 강렬한 소유욕은 손톱 끝까지 차올라 보따리를 있는 힘껏 움켜잡았다. 이런 내 마음을 알아차리기라도 한 듯 저 인간은 내 보따리를 주자마자 다시 빼앗으려고 안간힘을 썼다. 나도 빼앗기기 싫어 아등바등했다.

뭘 붙잡고 있는지 뚫어지게 바라보며 움켜잡는 와중에, 저 인간의 눈에서 나온 레이저에 보따리는 뚫렸다. 그리고 내용물이 쏟아져 나왔다. 그 내용물들은 이 구멍을 가득 메우고, 나는 그 내용물에 갇혀 허우적댄다. 물건들에 갇혀 빠져나오려 안간힘을 쓰다가 힘이 빠져 거친 숨을 내몰아 쉬며 눈동자를 이리저리 굴리다가 눈동자가 있는 대로 커지기 시작한다.

그 모든 물건들은 다 내가 훔친 것들이었거든. 이곳은 마치 절 한가운데 생긴 커다란 쓰레기통 구덩이 같았다. 그리고 그 쓰레기통에 버려진 나.

또 내가 훔친 뒤에 버린 물건들. 주인과 강제 이별을 당하고 납치범에게 버려진 가엾은 것들. 그것들이 내지르는 괴성에 귀가 찢어져 나갈 것만 같은 순간 후회의 통증들이 모인 쓰레기통에 갇혀 버린 나. 이 고통을 느껴야 하는 나.

물건들을 헤집고 저 위로 올라가 나가고 싶은데 그것들이 나를 할퀴고 꼬집어 나가기가 쉽지 않다. 그래도 가까스로 상처투성이 몸을 이끌고 위로 더 위로 거의 다 올라왔는데 뚜껑이 닫힌다. 거대한 뚜껑을 이끌고 닫아 버리려는 사람들의 눈동자가 보인다. 그 사람들은 이 물건들의 주인이다.

잘못했어. 이제 날 꺼내 줘. 다시는 이런 곳에 너희들을 가둬 두지 않을게. 나 자신도 가둬 두지 않을 거야. 제발 나를 꺼내 줘. 온몸이 찢기는 이 통증이 너무 진해. 고통스러워. 이제 그만. 우리의 분노만을 이곳에 버려 두고 나갈 기회를.

눈을 떠보니 연못 앞에 쓰러져 있는 나를 사람들이 깨우고 있었다. 무릎에서는 피가 흐르고 하늘에는 달이 떠 있었다. 나무들은 여전히 살아 있었고 연못물은 조금 더러워 보였다. 몸을 털고 일어나 절을 향해 걸어가며, 조금 전에 있었던 일을 다시 떠올려 본다. 꿈이 아니다. 그 물건들의 생김새가 너무나 선명해서, 살이 찢기는 통증이 생생해서, 몸에서는 그 쓰레기통의 냄새가 아직 진하게 남아서, 그 보따리는 어딘가에 나를 가둘 통증을 모으고 있는 게 느껴져서 그 모든 것은 꿈이 아니고 현실이다.

지금이 꿈인지 현실인지 판단하는 것조차 무의미하다. 상처투성이 몸을 이끌고 절에 들어가 기도하고 한참을 머물다 돌아왔다. 내가 다녀온 곳이 정말 나의 후회를 모아 놓은 쓰레기통인지 연못 안인지 확신할 수는 없지만, 그 후로 도벽을 멈추기로 마음먹었다. 그렇게 나는 이곳이 현실임을 증명하고 싶었고 죄를 인정하고 용서받고 싶었다. 절에 간 것도 도벽을 멈춘 것도 그 어떤 것도 다시는 후회하지 않는다. 다시는 그 커다란 보따리처럼 무거워지지 않을 것이며 그 무게에 짓눌려 고통스러워하지 않을 것이다.

내 것이 아닌 것은 가질 수 없다. 난 가벼워질 것이다. 보따리 안에 가득 모았던 그 물건들은 지금 내게 없다. 잃어버렸을까, 버렸을까. 또 다른 누군가에게 도둑질당했을까. 나는 그 물건들이 필요했을까. 무엇이 필요했을까. 무엇이 갖고 싶었을까.

그토록 긴장하며 가져왔던 물건은 내게 없고, 그 물건을 잃어버린 사람만 있다. 그리고 나에게는 죄만 남았네. 물건은 있다가도 없고 없다가도 있는데, 죄는 없다가는 있지만 있다가는 없어지지 않네. 내가 모은 보따리 안에 가득 담은 건 진짜 물건들이 아닌 죗덩어리들. 이제 그 죄의 무게를 짊어질 힘을 길러 열심히 짊어지고 이 무게를 잊지 않아야지. 그것이 내가 가벼워지는 방법. 무겁게 가벼워질 테다.

당신들에게 당당해질 나를 위해.

당신들을 위로할 수 있는 모든 것들을 위해.

나에게 부끄럼 없는 나를 위해.

나를 위로할 수 있는 모든 것들을 위해.

9장 　　　　　　　　　몽중방황

(행복한 내세를 꿈꾸며
전생과 현세의 죄를 관철하다.)

1) 그루잠

팍팍한 삶에 매여 있던 사십여 년 전, 아주버님에게 부탁 전화를 받은 건 몹시 성가신 일이었다. 오늘내일 먹고살 일을 걱정하지 않을 정도의 삶은 이어졌었지만, 양가 부모님의 노후를 책임져야 한다는 부담감에 짓눌려 한 푼이 아쉽곤 했다.

오매불망 기다리는 임신은 되지 않았고, 그때만 해도 아기를 낳지 못한다는 죄책감은 여자 혼자 감내해야 하던 시절이었다. 여느 아이들이 다 예뻐 보이면서도 그 어떤 아이에게도 온정을 베풀기가 힘들었다. 자기합리화라 할지라도 여러모로 불안함과 우울감에 휩싸인 마음은 여유가 메말랐고, 피 한 방울 섞이지 않은 시조카에게 애정이 생길 리 만무했다. 남편이 조카를 향한 애정을 보일 때마다 저 애정이 모조리 본인 자식을 향했어야 하는데 하는 안쓰러운 마음에 시조카의 존재가 걸리적거리곤 했다.

그런 마음을 품고 살았던 그때의 내가 가엾긴 하면서도 저런 못된 마음을 버리지 못했으니, 아이를 갖는 행운이 비켜 갔었나 하는 생각이 스치기도 한다.

형님은 시조카가 어릴 때 지병으로 돌아가셨고, 남편보다 나이가 한참 위인 아주버님은 먼 시골에서 홀로 불편한 몸과 어려운 경제 사정 등 여러모로 여유 없게 살고 계신 터라 곁에서 딸의 결혼 준비를 적극 도와줄 수 없음을 안타까워하셨을 것이다. 그때 아주버님의 마음을 헤아리지 못했고, 지금에서야 어렴풋이 짐작해 보는 나의 마음은 얼마나 좁고 얕았던 걸까.

나도 안다. 정말 무심했고 못났었다. 어린 시절 엄마를 여의고 노쇠하신 아버지에게 기대지 않고, 자립적으로 살아가는 대견한 조카에게 따듯한 마음을 주지 못할 만큼 내 인생은 각박했다. 나도 젊었고 가엾고 불쌍했단 말이다.

친근하지도 너그럽지도 못한 나였기에, 시조카의 결혼 준비를 도와 달라고 부탁하는 아주버님의 심경을 헤아리지 못했던 나는 시조카의 결혼이 그저 귀찮고 짜증 났다.

도와준다는 명목으로 매서운 참견질에 불과한 언행으로 시조카를 대했다. 한복을 고를 때도 장롱을 고를 때도, 차비 한 푼 보태지 않으면서 뽈을 냈다. 그때의 내 표정을 떠올려 보면 나 자신이 판단하기에도 정말 볼썽사나운 적군이었다.

시조카의 고향에서 딸을 위해 아주버님이 보낸, 그 뜨거운 마음은 나로 인해 차가워졌다. 차가운 서울 한복판에서 '작은엄마'라는 이름을 한 나는, 언제 깨질지 모르는 냉기 가득한 고드름덩어리가 되어 그녀를 더욱더 춥고 얼어붙게 했다. 그때의 내가 차디찬 위협덩어리가 될 줄 아셨더라면 아주버님은 나에게 부탁 전화를 하지 않았으리라. 당신이 힘겨운 몸을 이끌고 머나먼 길을 건너와 한복을 골라 주고 웃어 주셨을 텐데. 고사리 같았던 네가 힘겹게 번 돈으로 혼수를 장만한다며 칭찬해 주셨을 텐데. 결혼식 날은 얼마나 더 예쁠지 기대된다며 딸과 함께 설레고 기대하며 기쁨을 부풀려 주셨을 텐데. 모든 결혼 준비가 슬프지 않도록 힘이 되어 주고 의지가 되어 주셨을 텐데.

행복한 기억으로 남을 순간들을 서러움과 모멸스러움으로 얼룩지게 만든 나를 벌주실 아주버님은 이미 천국에 가시고 없는데 이 죄스러움을 어떠한 벌로 받게 될지 이제야 겁이 나기 시작했다. 하지만 내 마음도 가시밭길 속에 살얼음판 같았던 외로움으로 옴짝달싹 못 하지 않았던가. 나의 가여움으로 시조카에게 줬던 상처를 이제라도 만져줄 수는 없을까.

어쩌면 나는 이미 벌을 받았을지도 모른다. 그러니 시조카를 포함한 나에게 상처받은 사람들은 이제 나를 측은하게 여겨 주기를, 나도 위로받고 싶은 연약한 영혼임을 알아주기를. 염치없지만 간절히 바라본다.

그 시절 나는 지금처럼 여유 없고 긴장감이 가득한 이기심과 독단적인 불안함의 연속이었건만 지금껏 뭐 하나 제대로 갖지도, 이루어 내지도 못했다. 아기 천사는 결국 만나지 못했고, 잘못된 보증과 사업 실패로 여유 있게 쌓여 가던 통장 잔고마저 내 곁을 떠나갔다. 미우나 고우나 그래도 곁에는 남편이 있었고 함께 헤쳐 나아갈 수 있으리라 생각했다. 그렇게 우리 부부는 인생의 고난 속에서도 힘을 내어 다시 시작할 수 있을 거라 믿었건만, 그이는 나 몰래 숨겨 왔던 빚더미까지 남겨 주고 먼저 나를 떠났다.

이 모든 게 평생 보시를 모르고 나 자신의 힘든 것만 움켜쥐고 살았던 대가인가 싶으면서, 내게 상처받았던 사람들이 떠오르기 시작했다. 그가 떠난 후 당장 돈을 빌려줄 사람들을 물색하기 시작했고 무엇 때문인지 나에게 상처받았던 사람들을 제외하면 딱히 연락할 데도 없더라. 후회는 이토록 비참한 순간에 낮은 자존감의 상처투성이에 쏟아진 소금처럼 쓰라렸다. 그래도 그 와중에 나에게 돈을 빌려준 사람들이 있었고 급한 불은 끌 수 있었지만 빚을 다 갚지는 못했다.

여전히 내 삶은 각박하고 도무지 돈을 갚을 여력이 생기지 않았다. 밑 빠진 독에 물 붓기처럼 남의 돈을 끌어 쓰다 보니, 돈을 갚지 않는 사람으로 소문이라도 난 듯 더 이상 사람들은 돈을 빌려주지 않았다.

평생 남편의 그늘에서 집안 살림만 해오던 내가 이 나이에 할 수 있는 일이 있을까. 남한테 아쉬운 소리를 하지 않으며 살아왔던 내가 젊은 사람들 밑에서 버텨낼 수 있을까. 시간이 어느 방향으로 흐르는지도 모른 채 하루하루가 지나가던 어느 날, 시조카의 소문을 들었다. 시조카는 여전히 검소하고 착실하게 돈을 모아 최근 강남의 넓은 아파트로 이사했다고 한다. 연락을 안 한 지 꽤 되었지만 한 번쯤 연락해 보고 싶다는 생각이 들었다. 안부 전화를 해볼까. 아니야. 지금 사는 꼬라지가 여간 면이 안 서지 않는가. 여러 번 망설여 봐도 연락해야겠다는 쪽으로 마음이 자꾸만 기울었다. 이제는 정말이지 용기를 내어 전화해 볼까 싶었다. 돈을 빌리려는 의도는 없다. 그저 긍정적인 말 한마디를 해주고 싶을 뿐. 없는 용기를 끌어모아 시조카에게 전화했다.

다행히 반갑게 받아 줬고 연락하지 못한 세월이 무색할 정도로 어색하지 않게 대화했다. 이제 그녀도 나이가 들 만큼 들어 지난 일은 잊은 걸까. 수화기 너머 목소리가 다정하고 여유로웠다. 그 여유로움은 세월에서 묻어 나오는 걸까. 넓은 아파트와 함께 생긴 여유로움일까. 아무튼 하고 싶었던 말을 해줬다. 좋은 집에 이사했다는 소식을 들었는데 너무 잘됐구나. 내가 다 뿌듯하고 행복하다는 말을 그녀에게 내뱉기까지 걸린 몇십 년의 고뇌가 뇌 속을 스쳐 지나갔다.

그녀의 다정한 목소리에 더욱더 염치가 없어져서 돈 얘기가 목구멍까지 올라왔지만 꺼내지 않았다. 다행이었다. 끝까지 그녀에게 민폐 같은 존재가 되고 싶지는 않았다.

만감이 교차하는 혼란스러운 통화를 잘 마치고도, 어마어마한 폭풍우 속 파도처럼 강력한 후회가 등 뒤로 떠밀려 와 고개가 아래로 수그러졌다. 그녀에게 조금만 더 다정했더라면, 조금만 더 마음을 다해 상처를 주지 않았더라면, 내 삶이 이토록 잘못된 길에 들어선 듯한 원인이 사라질 수 있었을까. 이 모든 후회를 잠재울 수 있었을까.

돈 쓸 일은 왜 이리도 많은 건지, 고령에 아르바이트는 왜 이렇게 구하기가 힘든 건지. 오랜만에 또 돈을 빌리러 돌아다니다가 다시 찾은 예전 집. 남편과 함께 젊은 시절을 나름 유복하게 보내던 그 집. 불안함과 우울감에 힘겨워하던 하루하루였지만 지금 떠올려 보면 그래도 행복한 시간도 많았던 그때 그 시절. 그 집 앞에 멈춰서 잠시 추억에 빠져 본다. 이 집에 살면서 참 많은 추억이 있었는데. 이렇게 쓴웃음을 지으며 대문을 바라볼 순간이 오다니 과거의 행복이 너무나 힘에 겨운 순간이로구나. 집 앞에 서서 되돌릴 수 없는 과거를 그리워하고 안정적인 미래를 기도해 본다. 대문 앞 계단이 전 집주인을 알아보는 듯 빛이 나고 그 빛을 품은 계단을 뚫어져라 바라보다가 하늘을 바라봤다. 구름은 옅은 핑크빛으로 물들어 달콤해 보였다. 이 집에 살면서 해가 이토록 가깝게 느껴진 날이 있었던가. 해가 금방이라도 지붕 위로 날아올 것만 같이 크고 따뜻하다.

철컹. 문이 열리고 남편이 나왔다. 어, 남편은 오래전에 죽었는데. 남편의 얼굴이 젊다. 시조카가 시집가던 그 시절처럼 젊어진 남편은 내게 여기서 뭐하느냐고 묻고는 얼른 들어오라고 재촉한다. 얼떨결에 남편을 따라 집으로 들어가 거울을 봤다. 나도 그 시절로 돌아가 젊다. 지금 보니 어두운 표정만 걷어 내면 제법 예쁜 얼굴이다. 내가 이렇게 예뻤나. 시공간이 뒤틀려 과거로 입성한 나는 공주가 된 기분이다. 어찌 된 영문인지 모르겠으나, 아무튼 남편을 다시 만나 너무 반갑다.

오늘은 조카 내외가 신혼여행에서 돌아오는 날이라며 밥을 차리라 하는 남편. 입이 댓 발 튀어나온 나는 된장찌개와 밑반찬 두 개를 내놓았다가 정신이 퍼뜩 들었다. 이건, 꿈도 환상도 아니야. 너무나 현실적이다. 과거는 여전히 이곳에 존재했고 나는 미래에서 되돌아왔으니 미래의 후회를 가져올 수 있어. 이곳에서 만들었던 후회를 오래된 된장찌개와 함께 개수대에 따라 버리고, 냉장고를 뒤져 고기를 찾아 꺼냈다.

그런 나를 바라보던 남편은 깜짝 놀라며 말을 걸었다. 아까 어디를 갔다 왔길래 사람이 어리둥절하고 변했느냐고 놀리더니, 미래에 가서 인심이라도 갖고 왔느냐며 웃어 댔다. 그 웃음이 너무 오랜만에 보는 웃음이라서 한참을 물끄러미 바라봤다. 남편의 미소가 이렇게까지 멋졌었나.

잠시 후 기억 저편에 남아 있던 그 얼굴들이 그대로 눈앞에 나타났다. 꽃같이 어리고 예쁜 처조카 내외가 찾아와 신혼여행에서 사왔다며 선물을 내민다. 그때는 내가 고맙다고 말했던가. 기억이 나지 않는다. 지금은 말할 수 있다. 좋은 선물 사줘서 무척 고맙다고.

두 번째는 정말이지 환대해 주고 싶었다. 나는 양껏 구운 따끈한 고기를 내밀었고, 뒷정리를 돕겠다고 일어서는 시조카의 어깨를 짓누르며 쉬라고 해줬다. 조카도 남편도 친절한 내가 낯설다는 듯이 바라본다. 그들의 눈빛에서 또 한 번 깨닫는다. 내가 너무 인색했다는 것을. 같은 시간을 두 번째 사는 거라고 이제는 더 친절한 사람이 될 거라고 농담 섞인 말투로 내뱉었다. 남편도 농담 섞어 답했다. 그 시간 팔아버리고 내 마누라 돌려달라고. 당신은 당신이 아니라고. 이미 사버려서 팔 수 없으니 잘 살겠다고 받아치며 눈물을 참느라 힘들었다.

뒷정리를 도와주지 못해 안절부절못하는 시조카에게 과일을 깎아주고 진심 섞인 덕담을 퍼줬다. 집으로 돌아가는 그들을 빈손으로 보내기 싫은 남편은 내게 쌀독에서 쌀을 퍼주라고 지시했다. 순간적으로 미래에서 온 내가 아니라 이 시간을 처음 사는 나로 빙의하여 남편을 째려봤다. 남편은 이제야 내 마누라 같다며 사람이 쉽게 변할 리 없다고 민망한 웃음을 지어 보였다.

시조카는 눈치를 보며 괜찮다고 마음만으로도 정말 감사하다며 거절했다. 눈치 보는 조카의 눈빛이 너무나 처량하다. 왜 이제야 저 눈빛이 보이는 걸까. 의지할 사람 하나 없는 이 타지에서, 성난 고드름 같던 차가운 작은엄마에게 그래도 감사하다고 화장품을 사온 조카의 마음은 어떤 마음이었을까. 내게 기대고 싶은 마음이 남아 있는 걸까. 내가 겪어 왔던 힘듦과 조카의 마음이 겹치며 눈물이 차오르지만, 또 참았다. 지금의 나는 미래에서 왔음을 다시 한번 상기하고 푸짐하게 쌀을 퍼 담아 들려 보낸다.

이것이 꿈이라면 나는 깨고 싶지 않다. 다시 한번 새로이, 이 시점부터 다르게 살 수 있을 것만 같다. 세월을 거슬러 후회를 차단할 기회가 왔다. 가여운 내게 행복을 누릴 기회가 왔다. 꿈은 깨지 않고 이어진다. 남편에게 조금 더 다정하게 대하다가도 화가 나고, 시조카에게 조금 더 다정하게 대하다가도 아이들 낳고 잘 사는 모습에 또다시 샘이 나기도 하고. 그렇게 소중한 두 번째 삶에서도 질투와 우울에서 벗어나지 못한 채 같은 잘못을 저지르며, 행복을 잊은 채 지독하게 힘듦을 껴안고 투정 부리며 소중한 두 번째의 삶을 써버린 것이다. 아이는 이번 생애에서도 생기지 않았다.

집 마당을 청소하다가 따가운 햇빛이 거슬려 하늘을 바라보는데 햇빛이 검은색이다. 검은 햇빛이 점점 더 진해지며 나를 향해 떨어지고, 온몸이 따가운 뜨거움에 몸서리치며 질끈 감은 눈을 번쩍 뜨니 다시 미래다. 몇십 년의 긴 시간을 다시 겪었는데 단 몇 분이 흘렀다니 꿈이라고 할 수 없다. 혼란스러움과 어지러움에 정신을 차릴 몇 분도 허락해 주지 않으려는 듯, 고약한 집주인이 나타나 남의 집 앞에서 왜 졸고 있느냐며 면박을 준다.

죄책감이 가벼워지며 고양감을 줬던 꿈. 하지만 다시 돌아온 현실은 여전히 버티기 싫은 외로움의 연속이다. 좀 전에 만났던, 그 젊은 얼굴들이 아른거려 눈물이 난다. 남편이 여전히 내 곁에 있었더라면, 여유 자금이 조금이라도 더 남아 있었더라면.

내가 다녀온 것은 꿈이 아니다. 시조카도 분명히 두 번째 삶을 살던 나를 만났을 거다. 냉정했던 나와 다정했던 나를 만났을 것이다. 그것이 너무나 궁금해졌다. 혼자만 다녀온 과거가 아님을 확신하고 싶었다. 그래서 다시 시조카에게 전화를 걸었다. 다정하게 받아 주는 시조카에게 이번엔 조금 더 다정하고 속 깊은 이야기를 건넸다. 그때의 나는 너무나 여유가 없었어. 정서적으로 불안정하고 힘들었어. 작은엄마가 네게 정말 미안했네. 몇십 년이 지난 일을 이제야 사과해. 정말 미안해.

괜찮아요. 다 예전 일인걸요. 작은엄마도 힘드셨겠죠. 정말 괜찮습니다. 건강하시죠? 별일 없으시죠? 하고 묻는 시조카의 말에 대답을 해줘야만 했다.

특별히 뭐 별일은 없고… 백만 원만 빌려줄 수 있을까? 이런 말 해서 너무 미안하네.

다정하고 친절한 조카는 답했다.

어머, 죄송해요. 조금 무리해서 큰 아파트로 이사 오면서 대출받느라. 그리고 남편 사업 확장도 좀 하느라 여윳돈이 없거든요. 정말 없어요.

그렇구나. 괜찮아. 그럴 수 있지. 근데 혹시 신혼여행 다녀오는 길에 인사 왔었던 날, 내가 쌀을 줬었나? 안 줬었나?

안 주셨죠. 제가 염치없이 받아 오기도 그래서 거절했어요. 옛날 일인데 너무 신경 쓰지 마세요.

사실은 내가 과거에 다녀왔고 쌀을 준 적도 있지 않느냐고. 너무나 선명했고 그날 이후로도 몇십 년을 다시 살았는데. 이 정도면 꿈이 아니지 않느냐고. 왜 기억하지 못하느냐고 설명했다. 그러자 조카는 진지하게 낮은 목소리로 답했다.

그것은, 작은엄마의 의식이 만들어 낸 세계예요. 저는 그곳에 간 적이 없습니다.

그렇구나. 내 의식이었구나. 꿈이었나 보구나. 근데 내가 발등에 떨어진 불을 꺼줄 사람을 찾아 헤매다가 잠시 침잠할 시간에 날 묶어두었던 꿈이었어. 그리고 나는 깨달았지. 너에게 너무나 미안했었다는 것을. 그나저나 혹시 오십만 원 정도는 빌려줄 수 있겠니?

죄송해요. 저희도 빚을 갚으며 생활하는 처지라. 말씀드렸듯이 여유가 없어요.

그래. 잘 살아라.

그날 통화 이후로 지금까지 시조카에게 전화가 오지도, 그렇다고 해서 내가 먼저 걸지도 않았다. 냉정하고 매정한 년. 너 아니면 돈 빌릴 사람이 없는 줄 아나. 참 나. 나에게 돈을 빌려줄 사람의 전화번호를 찾아 수첩을 뒤적였다.

나에게 돈을 빌려줄 사람을 찾기 위해.

내 인생에서 위로가 되어 줄 사람을 찾기 위해.

나를 위로할 그 모든 것들을 위해.

2) 기피

꿈을 통해 또 다른 삶을 살고 있다. 두 개의 삶을 동시에 살아간다는 건 몹시 피곤하지만, 두 명의 나는 가끔 서로에게 책임을 떠넘기고 기꺼이 기쁨을 나눠 주기도 한다. 찜통더위에 땀에 젖은 옷을 갈아입기 귀찮아 에어컨을 시원하게 틀어 놓고 눈을 감으면, 나는 나에게 달려간다. 에어컨 리모컨을 바통 삼아 반대편에서 달려오는 나에게 건네준다. 그리고 주변은 눈밭으로 변하고 우리는 썰매를 탄다. 썰매에서 내려 밀려오는 추위에 옷깃을 여미면 누군가 따뜻한 커피 한잔을 건네준다. 한 모금 두 모금 마시다 잠이 들고, 잠깐 깨어나 웃고 있는 나를 보며 또다시 잠이 든다.

그리고 깨어나 또 썰매를 함께 타다가 어느새 사라진 나를 찾아 두리번거리다가 어느 한적한 마을에 다다른다. 세모난 지붕이 눈으로 뒤덮여 너무나 멋진 건물이 보인다. 그 건물의 아치형 창문과 보드라운 벽돌은 마치 과자집을 연상케 한다. 눈밭을 걸으며 뽀드득거리는 소리를 만들고 바람이 거세지면 인근 가게에 들러 가장 마음에 드는 머플러를 무료로 골라 목에 두른다. 머플러의 감촉이 너무 보드랍고 매끄럽다. 이 감촉은 절대로 거짓이 아니다. 너무나 현실감 높은 감각이다.

멋진 건물 중 한 곳에 들어가 본다. 겉에서 봤던 것보다 훨씬 넓고 천장도 높다. 웅성거리는 소리와 함께 주변 사람들이 보이기 시작하는데 모두가 나와 친한 사람들이고 친절하다. 갓 구운 웰던 스테이크와 홍차를 대접받아 포크와 칼로 고기를 썰어 대는데, 먹기도 전에 기분이 감미롭다. 그런데 갑자기 천장에 구멍이 뚫리더니 내 팔뚝만 한 장수말벌이 날아드는 바람에 갑작스러운 공포 앞에 스테이크를 한 입도 못 먹고 도망가야 하는 상황이 슬프면서 서럽다.

장수말벌은 많은 사람 중 나를 타깃으로 정했는지 내 콧등 위로 날아든다. 질끈 감은 두 눈과 좌우로 흔들어 대는 머리 앞으로 양손을 휘

저으며 있는 힘껏 장수말벌이 사라지기를 바라는데 사이렌 소리를 내는 장수말벌의 울음소리가 귓가에 미친 듯이 크게 꽂혀 댄다. 어느덧 건물 문은 열리고, 거세진 눈바람이 들어오면서 장수말벌은 흰 눈에 휩싸여 더욱 거대해지고, 울음소리도 더욱 커지는데 장수말벌 울음소리와 핸드폰 알람 소리가 교차되며 이곳으로 돌아왔다.

다행히 말벌에 쏘이기 전에 이 세상으로 돌아올 수 있음에 너무 다행이다.

그곳에서의 또 다른 내가, 나 대신 말벌에 쏘였을까 걱정되지만 이내 말벌과 벌 비슷한 것들을 모두 소탕하고 또 즐거운 썰매를 타고 있으리라. 이렇게 의식을 되찾고 있는 내가, 무의식에 잠기며 잠들어 가는 내게 공포와 아쉬움을 내던져 놓고, 나는 안심의 시간을 보낸다. 내가 무의식으로 젖어들 때, 의식 밖으로 깨어 가는 나에게서 기꺼이 후회를 가져와 떠안기도 한다.

그곳은 정말이지 일반적인 꿈이 아닌 또 다른 내가 살아 숨 쉬는 나만의 다른 세계다. 실로 믿기지 않는 삶이라 치부하는 사람들은 절대 모른다. 그들은 하나의 인생을 살며 매일 밤잠에 들어 별 같잖은 꿈을 꾸지만 나는 꿈을 살아간다.

나의 꿈은 꾸어지는 일이 아니다. 꾸며 낸 세계가 아니다. 의식과 영혼의 분열이며 동행이다. 이곳에서의 내 몸이 잠들면 나는 그곳으로 가서 살아가고, 그곳에서의 내 몸이 잠들면 나는 다시 이곳으로 날아와 살아간다. 즉, 나의 삶은 온전히 잠을 잘 수 없고, 쉬는 시간이 없다는 비극적인 삶 같기도 하지만, 남들처럼 마음대로 움직일 수도 없고 마음대로 말할 수도 없는 꿈을 꾸거나, 끔찍한 귀신이 나타나 가위에 눌리거나 해서 미치도록 답답한 일은 거의 없을 거다. 반드시 그렇다고 믿고 싶다.

나의 꿈은 단순한 꿈이 아니며 생생한 의식의 연장선으로, 내 의지대로 생각하고 움직이고 행동하고 이동한다. 자각몽과는 현저히 다르고 악몽과는 비슷한 듯하면서도 통로와 동선이 다르다. 이것 말고 달리 표현할 방법을 모르겠다.

여하튼 나는 매일 밤 꿈속 세상에 살아가고, 매일 아침 이 세상 속에서 살아간다. 만에 하나 내가 자살하고 싶다면 이곳에서 해야 할지 그곳에서 해야 할지 모를 정도로, 나와 나는 혼돈의 삶 속에서 후회와 안정감을 주고받으며 서로 기대어 살아간다. 어쩌면 자살이라는 것은 이곳에서 한 번 저곳에서 한 번, 두 번을 해야만 제대로 성공할 것 같은 느낌.

너무나 생생한 꿈이라고 하기에는 이 세상이 더 꿈만 같고, 너무나 꿈 같다고 하기에는 여기보다 더 생생하다. 이 세상도 저 세상도 항상 꿈결 같고 항상 현실 같다. 사실 이곳이 꿈인지 그곳이 꿈인지, 꿈과 현실의 경계를 나누는 것이 어떤 의미인지 모르고 싶다. 나는 5차원 세계를 이해하지 못하고, 시간이 흐른다고 믿기 위해 과거 현재 미래를 나누어 생각하려 한다. 그리고 윤회를 믿는다. 전생과 현생에 잘못한 만큼 내세의 불행이 올 거라는 믿음은 본능에서 시작된 것일지도 모른다. 하지만 같은 실수를 반복하고도 늘 용서받기를 꿈꾸며, 다른 세계의 내가 대신 속죄하고, 다음 생의 나는 더 많은 것을 누리는 행복한 삶이기를 꿈꾼다.

사실은 우주와 접촉 불량으로 영혼의 혼란스러움을 느끼기도 하지만, 영혼의 실체를 다 인지하고 있다면 세상을 보이는 그대로 받아들이기가 훨씬 더 힘들어질 것 같다. 언젠가 모두가 벗어던질 이 껍데기를 벗어던지고 영혼의 실체를 마주하면, 우주와 얽힌 인연의 끈을 끊어 버릴 방법을 기억해 내고, 지구를 떠나고 중력을 버리며 자유로워질 거라는 막연한 상상을 할 때부터 다른 세상의 존재를 통해 자유를 확장시키고 싶다는 계략을 세웠다.

꿈속의 세상을 동경해 오고, 몸뚱이가 존재하는 이 세상을 부정하고 싶었던 가엾은 나. 두 개의 목숨줄을 꽉 쥐고 현실과 꿈이라는 나눠진 세계 위에서 저울질하다 보면 어느 세상에 존재하는 내가 덜 불안하고 덜 힘들까.

이상적인 세계란 무엇을 말하는 것일까. 이상적인 나라, 이상적인 인간관계. 가정, 친구. 직업, 돈, 명예, 자존심, 자존감. 어떤 세계에서라도 들키고 싶지 않은 치욕스러운 치부 등 모든 것의 이상적인 기준표가 이 좁은 세상 안에 꽉 들어차 있다는 것이 답답하다.

다른 세계에서의 이상적이지 않은 자유로움, 그 불완전함에 더 이끌리는 불편함을 가장한 편안함이 그립다. 그곳에서 어린 시절의 나는 아무것도 하고 싶지 않았을 거다. 공부도 하기 싫고 일도 하기 싫고, 사람들에게 잘 보이고 싶어 에너지를 소비하는 말과 행동, 표정, 목소리…. 그 모든 짓이 지치고 힘에 겨울 때도 꿈속에서의 나는 촉촉한 사막에서 그네를 타며 건조한 바다에서 앞구르기를 했었다.

불가능의 한계가 없고 무지함의 창피함이 없는 곳에서 원하는 대로 움직이고 행동해도 굶지 않고 질책받지 않고 사랑받는 그런 세상. 그랬기에 잠을 자지 못하고 두 개의 삶을 사는 고단함도 잊고 웃어 보일 여유가 있었던 건데. 그 견고하고 아늑한 나의 세상에 다른 세상의 빛이 침투하기 시작했다. 두 세상의 경계가 무너지고 있다.

모든 일들이 내 맘 같지 않고, 선의로 시작된 말과 행동이 오해와 비난의 화살이 되어 돌아왔을 때, 나는 절망감 안으로 깊이 파고들어가 울고 있었다. 사람이 견딜 만한 고통이 맞는 건가. 이해할 수 없고 형언할 수 없는 모양과 크기의 배신과 사기가 난무하고, 억울하고 분통 터지는 일들과 엎친 데 덮친 격으로 여기저기 아프기까지 해 탕진한 병원비가 그나마 쓰러져 가는 정신을 번쩍 들게 했다.

취기에 젖어 눈물에 젖어 약에 젖어 잠을 청하고, 이곳에서의 삶을 잊어 둔 채 그곳에서의 삶을 기대하고 있었건만 쉽사리 잠이 들지 않았다. 그 순간 방 천장에 날아든 장수말벌은 확실히 이곳이 아닌 그곳에서 본 장수말벌이었다. 한여름에 눈보라를 뚫고 온 듯한 하얀 몸으로 나를 노리는 장수말벌.

두 세상의 경계가 무너지고 있었다. 말벌에 대항할 힘도 없이 의식을 잃고 깨어났을 때는 다른 세상으로 건너갔다. 죽은 말벌이 있었다. 다행이다. 지난번에 먹으려다 못 먹은 스테이크는 아직 식지 않았네. 다시 제대로 칼질하고 입에 쏘옥 넣었다. 육즙이 촤르르 흘러 너무나 맛있는 고기가 입안에서 보드랍게 나를 위로했다. 이 맛은 절대로 거짓이 아니다. 이곳이 메인 세계일까. 고기를 먹고 집에 들어갔다.

얼마 전 이사한 새집은 마당이 넓은 주택이다. 오늘은 여름인가 보다. 잔디를 손가락으로 쓸어내려 봤다. 촉촉하고 생기있다. 이 감촉은 진짜다. 집 안으로 들어가 부엌에 놓여 있는 쿠키를 두 개 집어 먹다가 방에 들어가 파란색 클래식 피아노를 치다가 심심하던 찰나 마침 동네 친구들이 놀러 왔다. 신나게 게임을 하려던 순간 화장실에 가고 싶어 졌고 화장실 문을 열었는데, 변기 옆에 책상이 있었다. 책상 서랍이 반쯤 열려 있어 닫으려다가 서랍을 활짝 열어 버렸다.

서류 뭉치가 쏟아졌다. 저쪽 세상에서 해결하지 못한 서류들인데. 아, 골머리가 썩는다. 게임 하자고 재촉하는 저것들이 갑자기 짜증 나고, 한숨을 쉬며 천장을 보니 천장이 뚫려 있다. 그리고 무서운 사자가 서류를 입에 물고 와 나에게 냅다 내던지는데 의식을 잃고 싶었다. 얼른 다른 세상 속 나에게 떠넘기고 싶었다.

뚫린 천장 사이로 눈 하나를 빼꼼히 내밀고 내 눈치를 보는 또 다른 내가 보였다. 그만 나를 깨워 달라고 애원하며 다시 다른 세상에서 깨어났다. 열린 창문 사이로 세찬 바람이 들어차 테이블 위 서류 뭉치들이 침대 위로, 내 볼 위로 날아들었다. 두 세상의 경계가 무너지고 있었다. 연결되는 듯하면서도 철저히 구분되어 있던 세계들이 엉키고 있는 기분이다. 천장 구멍에 숨어 나를 염탐하던 나의 눈빛에서, 기쁨은 빼앗기고 싶지 않고, 공포의 순간은 내게 다 떠넘기고 싶은 눈빛을 봤다.

이제 굳건했던 나의 두 번째 세계가 무너지고 있는 것 같다고, 다른 사람들처럼 꿈을 꾸는 것 같다고 말하고 다녔다. 누군가는 다행이라 말하고, 또 다른 나는 벌써 이별을 고하려 준비하네. 세상의 반쪽이 무너지는 이 두려움을 받아들여야 할지 거부해야 할지 결정해야만 하는 날이 촉박하게 다가오고 있음을 뼈저리게 느끼고 있다. 실체 없는 두려움 앞에 어찌 반응해야 할지 모르는 나는 튼튼한 끈을 꽉 움켜쥐고 이별을 선수 치려 하네. 내가 먼저 나에게 이별을 고하려 폼을 잡네.

꿈속 세상에서의 내가 살인을 저질렀다. 결단코 원해서가 아니다. 내 의지가 아니었다. 살인을 저지르고 체포될 게 두려워 극도의 긴장감과 두근거림에 숨어 지내는 시간은 분명 하룻밤, 반쪽짜리 삶의 시간이 아니었다. 열흘은 넘은 듯한 시간, 도망만 다니다 마침내 경찰들이 찾아오고 내가 죽인 시체를 마주한다.

시체가 입고 있는 옷은 보라색 바지에 오래된 회색 맨투맨 티셔츠. 짧은 스포츠머리에 검붉은 여드름 자국이 가득한 볼. 밑창이 찢긴 280mm 스니커즈. 살인을 저지르던 날 아침까지 살아가던 저쪽 세상의 나, 나였다.

그렇다면 내가 나를 죽인 것일까. 두 개의 나는 이제 한 명이 되고 두 개의 세상은 이제 이곳뿐인가. 내 죄를 덜어 갈 사람도 나를 믿어 줄 사람도 다 그곳에 두고 왔는데. 아닌가. 이곳에 있었던가. 어디가 나의 주 활동 세계였더라. 본캐릭터와 부캐릭터가 충돌하고 어느 쪽이 죽었는지 판단할 수 없는 정신상태다.

그렇다면 이제 나의 세상 하나는 진정 붕괴하고 뻔하디뻔한 악몽이 시작된 것일까.

또렷하지 않고 흐릿한, 나의 시야와 정신. 다시는 그 세계로 돌아갈 수 없는가. 자유롭게 두 개의 삶을 병행하다 하나의 세계에 갇혀 버려 나의 시체를 눈앞에 두고 어찌할 바를 모르는 나.

다시 새롭게 잠들고 싶어. 이제 무의식의 세계로 영면하고 싶어. 다시 돌아왔을 땐 살인자의 삶은 없었던 일로 쳐줘. 다른 세계의 나에게 소리 지르고 싶어. 정신 차리고 일어나라고. 이제 다른 세계로 가면 다시는 이곳에 오지 않아도 좋으니 제발 그곳에서의 내가 깨어나 주기를 소리쳐 보지만, 허공에 떠오르지도 못하고 입 근처에서 삼켜지는 나의 외침. 그리고 배를 짓누르는 무게감, 지금 나를 누르는 게 무엇인가. 내 시체인가. 대형 가위인가. 저 세상에 두고 온 채무 덩어리 혹은 죄책감 비슷한 그 무언가. 이 세계는 거짓인가. 나의 무의식 세계일 뿐인가. 하지만 너무나 생생한 고통의 무게. 일단 이 무게를 떨쳐 내야 한다. 그래야만 좀 더 편안한 나로 돌아갈 수 있을 것이다. 이 무게감을. 제발.

영겁의 시간이 지난 것처럼 그 많던 마음들이 하얗게 밝아지는 동안 살인자의 누명은 사라지지 않았다. 하지만 이곳으로 다시 깨어났다. 힘든 일들은 나에게 떠넘기고 도망쳐 왔는데 그곳의 내가 다시 깨어나면 또 함께 겪어야만 한다. 한 명이 무의식에 빠져 힘듦을 잘 담가 두고, 한 명이 의식 속에서 행복을 만끽하는 것은 두 개의 영혼이 온전히 살아 있을 때 가능했다. 이제 어떠한 고통도 대신 겪어 주지 않는다. 서로를 배신한 순간, 영혼은 잠식당하여 나의 적군이 되어 버렸다.

끊어진 줄은 육체의 목숨줄보다 힘이 없고 영혼의 목숨줄보다 강하다. 이제 두 개의 세상은 동시에 돌아가지 않을지도 모른다. 어쩌면 각자의 후회를 따라 버리기 위해 과거의 내가 세상의 칸을 나눠 놓았을지도 모를 일이다. 꿈으로 도망가고 현실로 도망쳐 오고 교훈과 위로가 필요 없는 철부지 삶을 원했던 나. 꿈을 꾸지 않았고 꿈을 살았다 믿었건만. 지금에서야 꿈을 꾸어서 다행이라는 생각이 들었다.

두 개의 세상을 나누는 칸막이는 사라졌다. 남들이 가진 하나의 세상에서 두 배로 큰 세상을 누렸던 게 아니다. 그저 영역을 나누어 작은 세상을 온전히 안전하게 영위하고 싶었을 뿐이다. 하지만 왠지 모르게 이제 더 좁아진 세상에서 나를 압박해 오는 꿈을 살아야 한다. 영원할 수 없는 세계의 파멸 앞에 더 이상 도망갈 수가 없다. 내게 남은 하나의 삶의 소중함을 알아 가야 한다.

후회는 내 안에서 따라 버릴 수 없었다. 따라 버리려 할수록 고이고 더 고여서 썩어들어 갔고, 내 피는 어두워져 간다. 나는 완전히 깨어났다. 또렷한 기분. 선명한 시야. 그만 느낄 거예요. 후회를 내 안에 버리는 기분. 일어나 정면으로 깨부숴 계속 깨어날 것이다. 쓰러진 그곳의 내가 회복될 때까지.

다시 그곳에 가면 짓눌린 가슴 위, 모든 후회를 이곳으로 가져올 테다. 내가 대신 다 후회해 줄 테다. 다시 그 세계가 열리고 그곳의 내가 깨어날 때 이곳의 후회를 조금 가져가 달라, 이젠 네가 빚을 갚으라고 말할 수 있을 정도로 더 단단해질 것이다. 그럼 다른 세계의 나와 후회를 옮기는 거래를 통해 언제든 또 쉴 수 있겠지.

그렇게 또 다른 나를 의지하고 이렇게 계속 책임 전가하다가 하나의 세상이 또 무너지면 온전히 내가 감당해야 할 현실을 또 마주하고 그렇게 갇혀 버린 반복을 달게 받아야겠다. 하지만 살다 보면 또 지치고, 나와 나를 홀대하고 또 다른 나를 찾아서 방황하고 싶을 수도 있겠지. 내세의 나에게 새로운 기대를 품고 현실의 몸을 버리고 싶어질 수도 있지만, 더 감당하기 힘든 일들을 예감하고, 예방할 수 있는 이성과 판단력이 남아 있음에 감사하며 다시 시작하기로 했다. 그리고 당분간 하나의 세상을 놓아주려 노력할 것이다.

꿈속 세상에서의 나와 내세의 나는 이곳에서의 나보다 더 자유로울 수 있도록.

내가 만난 모든 나를 구원할 수 있는 모든 것들을 위해.

하나의 세상만을 온전히 받아들이며 건실하게 살아갈 현세의 나를 위해.

모든 나를 위로할 수 있는 모든 것들을 위해.

3) 귀잠

아무것도 후회하지 않는 꿈을 꾸었다. 아무것도 기억하지 않는 꿈을 꾸었다. 하지만 꿈은 나의 소망을 대리 실현해 줄 뿐 안타깝게도 나는 모든 것을 기억한다. 전생의 후회와 현생의 한 살 때부터의 기억을 보유하고 있다. 아주 오래전부터 내 안에 깊이 스며들어 맑은 영혼을 잠식하고 자유로운 상상들을 옭아매고 나의 모든 것을 붙잡아 두는 무언가.

소름 끼치도록 생생한 기억들은 무의식 속 내재해 있는, 의미도 없는 거짓 찌꺼기일까. 아니면 전생의 기억이 맞는 것일까 의문을 품은 적도 있었지만, 알고 있다. 무수한 기억의 편린들은 모든 신경세포 안과 밖을 촘촘하게 돌고 돌며 내 심장을 찌르고 눈물샘을 터트리고 무릎 꿇게 한다. 그것은 전생의 기억이다. 전생에 어떤 삶을 살았는지. 무엇을 보고 듣고 느꼈는지. 어떤 경험으로 인해 황홀했었는지. 무엇이 나의 살점을 도려내는 듯한 고통을 줬는지. 그 모든 것이 뇌 안에 녹화되어 내 모든 존재를 뒤흔든다.

끝을 만든 용기는 모든 세상을 통틀어 가장 후회하는 일이며, 망각이라는 선물을 수여받지 못하고 벌을 받은 이유다. 가난과 고난의 핍박은 나를 무기력하게 만들었으며 따가운 멸시와 대가 없는 노동도 나를 실의에 빠지게 했었다. 일터로 향하는 발걸음마다 발바닥은 중력을 천배 만배로 느끼며 괴로웠고, 낡고 좁은 우산 사이로 새어들어 오는 빗줄기마저 듣기 힘든 소리를 내며 귓가를 따갑게 했다.

그 무렵 보석 같던 아내와 딸은 다른 세계를 향해 홀연히 날아가 버렸고, 다정한 인사나 원망의 순간은 1초도 허락되지 않았다. 쉬지 않고 일해야 했다. 애도의 순간은 그리 길게 허락되지 않았다. 남아 있는 가족들은 내게 충분한 위로를 퍼부었지만, 깊은 마음 안에 그 위로가 묻지 않았다. 묻지도 않고 듣지도 않는 소통들 뒤로 묻어 둘 수 있는 것은 아무것도 없었다.

둔탁한 낫과 망치로 이마를 세게 두들겨 맞고 싶다. 머리통이 깨질 듯한 두통을 깨버려 잠이 들고 싶다. 고용 불안정에 불안하고 사라진 사람들의 잔상이 귀신이 되어 아른거린다. 꿈을 꾸면 아주 오래전 잃어버린 왼쪽 팔이 집 앞 택배 상자 안에 배송되어 있고, 꿈에서 깨어나면 사라진 팔을 찾아 문을 열어 본다.

빨래통에 들어 있는 옷가지에 담긴, 아내와 딸의 향기를 창밖으로 날려 버리고 옷들도 태워 버린다. 내 마음도 하나, 둘 버리고 버린다. 버려지지 않는 것들은 어디에 버려야 하나. 부모님의 전화에 눈물이 왈칵. 직장에서 걸려 온 해고 통보에 심장이 왈칵.

집 안 가득 떠다니는 고민 뭉치들의 색깔이 보일 즈음에 내 모든 색은 바래지고 사라져 간다.

네가 좋아하던 연어샐러드를 한입, 네가 좋아하던 초코파이를 한입, 포도 주스와 딸기 맛 사탕까지 입안에 털어 넣고 와장창 설사한다. 머물러 주지 않고 나를 떠나는 달콤한 행복들이 변기 속으로 풍덩.

깨고 싶은 꿈을 꾸고 있다. 현실로 돌아가고 싶어진다. 모든 불만이 사소해지고 기억도 안 날 만큼 흐릿해지고 간단명료해져서, 손 까닥하면 해결되는 그 상태로 얼른 넘어가고 싶다. 하지만 나는 이미 깨어 있는걸. 천국이 아니어도 좋고 다시 만나지 않아도 좋다. 하루하루 견디기 힘든 이 지옥만 벗어날 수 있다면, 어떤 통증을 감내해서라도 다른 세계로 건너갈 수 있을 것만 같다. 그곳에 가면 아무것도 후회하지 않을 수 있을 거다.

그렇게 아무것도 후회하지 않는 꿈을 꾸며 나를 죽였다. 그때는 몰랐다. 더 큰 후회를 짊어지게 될 줄은. 아주 잠깐 깊은 잠에 든 것처럼 또렷하게 깨어났다. 내 몸은 죽어 있었고 나는 깨어났다. 모든 것은 그대로인데 몸만 벗어던진 기분, 조금 무거운 옷을 벗어던진 기분이다. 흐릿한 의식 따위는 없었다. 고통의 망각 따위도 없었다. 젖은 빨래를 비틀어 짠 것처럼 위장은 꼬일 대로 꼬여 뒤틀렸고 그 고통은 한동안 이어졌다. 잠잠해졌다가 다시 아팠다가 여기가 사후 세계가 맞는지 믿어지지 않을 정도로 고통은 선명했다. 아니, 어쩌면 살아 있을 때보다 더 고통스럽고 그때보다 지금이 더 살아 있는 느낌이다.

음식을 먹을 수도 있고 맛도 느껴진다. 뭐가 다른 건지 모를 정도의 미묘한 차이점이 느껴질 뿐이었지만 기분 나쁜 차이점이다. 상한 음식을 먹은 느낌 같기도 하고 포만감이 들면서 배부르지 않은 것 같기도 하고 모든 것은 생생한데 모든 것이 어려워졌다.

몸을 벗어던지면 몸 안에 있던 내가 더 자유롭게 돌아다닐 수 있을 거라 기대했지만, 몸 안에 갇혀 지낼 때가 더 자유로웠던 것 같기도 하고, 내가 왜 이렇게 모든 일에 확신이 없고 잘 모르는 것투성이가 되었는지 도통 잘 모르겠다. 어디를 가야 할지 무엇을 해야 할지 모르겠고, 저승사자는 코빼기도 안 보인다.

이대로 나는 이승을 떠도는 귀신이 되는 걸까. 상담하고 싶어도 아무도 만날 수 없다. 아무것도 가질 수 없다. 바람과 햇빛이 느껴지는데 나를 관통하는 느낌. 햇볕도 바람도 내게 묻어지지가 않는다. 내 후회와 고통이 벗어 둔 몸 안에 묻히지 않는 것처럼.

달라진 세계에서 나의 장례식을 봤다. 부모님의 얼굴이 너무 선명하게 보인다. 생전에 나의 시력은 이렇게 또렷하게 보이지 않았는데 너무 잔인하다. 죽어서도 힘든 순간을 바라봐야 하고, 들어야 하고, 느껴야 한다. 장례식장 안에서 통곡하는 순간의 부모님 얼굴만 보이는 것은 아니다. 시공간이 뒤틀리고 부모님의 얼굴 안에 과거의 표정들도 보인다.

내가 기억하지 못했던 나의 한 살, 두 살, 세 살 어린 시절의 나를 나 대신 기억하는 부모님의 얼굴들이 장면이 바뀌며 보인다. 한 살인 나를 바라보는 부모님의 표정, 눈빛, 목소리, 두 살인 나를 바라보는 표정, 열 살인 나를 바라보는 표정, 스무 살의 나를, 서른 살의 나를, 한 여자의 남편이 된 나를 바라보는 부모님 눈빛, 아빠가 된 나를 바라보는 부모님의 눈빛, 표정, 목소리. 수많은 나를 지금까지 기억하는 부모님의 표정들.

그 고귀한 표정 끝에 내가 세상에서 가장 나쁜 불효를 저질렀구나. 지금 내가 바라보는 부모님의 수많은 표정처럼 부모님은 항상 나의 모든 나이를 바라봐 주셨다는 걸 나의 장례식에서 깨닫게 되었다. 잘못했다고 사죄하고 싶어도 우리는 서로 말을 나눌 수 없이 멀어져 버렸다.

이 순간 가장 후회하는 것은 자살 시도를 하게 된 순간의 나를 막지 못한 것. 사후 세계에서 장례식을 볼 수 있는 가능성을 예측하지 못한 것. 죽음이 후회될 때 대비책을 마련해 놓지 않은 것. 불효를 저지른 것. 이 모든 것을 되돌릴 수 없는 것.

영원히 잠들 거라 기대했지만 평생의 깨어있음보다 더 또렷하게 깨어 있는 정신에 미칠 노릇이다. 잊고 있던 기억을 꺼내어 반복 재생시키는 존재는 과연 누구이며 어디에 있는 걸까. 제발 그만 보고 싶다고 부탁하고 싶다. 충동적인 선택으로 다시는 만날 수 없는 사람들. 오열하는 사람들.

아, 맞다. 쟤도 내 친구였지. 나를 위해 울어 주는구나. 연락 한번 해줄걸. 아내와 딸은 그림자도 보이지 않아. 또 다른 세계로 건너갔을까. 우리의 인연은 지난 생에서 끝난 걸까. 다시는 못 만나는 걸까.

아무것도 얻은 게 없다. 잠들 수도 없고 꿈을 꿀 수도 없다. 이것은 생생한 꿈일 뿐이다. 난 잠시 의식을 잃은 것뿐이다. 장례식은 꿈일 뿐이다. 제발 다시 깨어나고 싶어. 그토록 죽고 싶었건만 모든 것이 부질없고, 그 모든 고통이 이렇게 다른 세계에서 바라보면 이겨 낼 수 있을 것만 같다. 모든 의미 있는 것들이 의미가 없어지고, 모든 의미 없는 것들에 의미가 부여된 순간, 나는 다시 깨어날 것을 꿈꾼다. 그것 외에는 어떤 것도 바라는 게 없다.

나를 깨워 줄 존재들이 나타났다. 사자들인가. 나는 다시 깨어날 수 있단다. 하지만 나로 다시 태어날 수는 없다. 나는 언제나 나이지만 내가 버린 세상의 나로 돌아가는 것은 불가능하다.

기억을 잃지 않고 경험치를 잃고 더 어려운 레벨의 환생이 간택되었다. 장례식의 통곡 소리를 귀에 담고, 내 모든 것을 기억해 주는 사람들의 표정을 눈에 담고 다시 만나지 못한 아내와 딸에 대한 그리움을 마음에 담은 채, 다시는 저 사람들에게 상처 주지 않겠다는 각서를 쓰고 나는 깨어났다.

아주 오랫동안 잠들지 않고 깨어 있는 세상에서, 다시 잠들 수 있는 세상으로 건너와 단잠을 자고 깨었다. 깨어나 보니 한 살. 말을 할 수 있지만 말이 나오지 않고, 어디든 갈 수 있지만 걸을 수가 없다. 아기 몸에 갇힌 나는 더 이상 아무것도 후회하지 않는다. 어쩌면 우리의 영혼은 몸 안에 갇혀 있는 게 아닐지도 모른다. 상처 입고 찢기기 쉬워서 단단한 몸 안에서 보호받고 있는지도 모른다.

어른이 될 때까지 더 많은 것을 배우고 느끼고 깨달아야 한다. 처음부터 삶의 소중함을 다시 배워야 한다. 전생이 기억나서 후회되어도, 그곳으로 돌아갈 수 없어서 후회되어도, 이어지는 후회들을 내세까지 끌고 가고 싶지 않아 후회하지 않기로 한다. 후회의 바람이 폭풍우 치며 휘몰아치면 받아들이기로 한다. 후회를 받아들이며 버티는 힘은 후회하지 않는 훈련일지도 모를 테니 말이다.

자신에게 주어진 벌을 쓰게 받기로 한다. 전생의 대가를 톡톡히 치르며 현생을 살아가고 있다. 그렇게 한 살부터 모든 것을 기억하며 살아왔고 이제 스무 살이 되었다. 그리고 후회를 특별하게 경험하는 사람들을 만나 나의 특별한 후회의 기억도 그들에게 따라 버리고 그들의 후회를 따라가 보기도 한다. 후회는 시공간을 관통하고 감정의 소용돌이 안에서 울지 않는다. 사람들을 단단하게 하고 유연하게 만들며 불행하게 만들고 행복으로 밀어 넣는다.

모든 후회는 경이롭고 다채롭다. 나는 나의 후회를 기억하고 인정하고, 또 부정한다. 내세에는 후회가 없다고 확신할 수는 없다. 하지만 후회를 받아들이는 통증을 줄이기 위해 최선을 다할 것이다. 충분히 기억하고 반성하며 다시 다른 세계로 간다면, 그때에는 망각의 선물을 받을 수 있기를 기대해 본다.

앞으로도 여러 번 무너지고 쓰러지고 후회하겠지만 정답으로 가는 길을 알고 있다.

전생의 부모님에 대한 그리움에 사무칠 때, 전생의 인연들에 대한 오래된 기억들에 아플 때, 영혼을 보호해 줄 육체가 간절해질 때, 전생의 자살이 후회될 때, 기억들이 나를 찌를 때마다 나를 소중히 여기고 지켜 줘야 한다고 다짐한다.

나를 지켜낼 수 있는 모든 것들을 위해.
나를 위로할 수 있는 모든 것들을 위해.

10장   어둑새벽

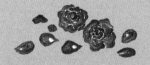

말잔치로 끝난 날의 연속이어도 실속 없는 만남은 없었다. 우리가 주고받은 말들은 결론이 필요 없으니까. 기이한 경험들이 진실인지 거짓인지 상관없이 그저 관심을 주고받음에 말 신명이 나고, 어떠한 결론에 다다르더라도 무너지지 않고 이렇게 다시 만날 수 있었으니까. 그럼에도 불구하고 그 사람들을 만나고 집에 오는 날이면 마음이 괜스레 헛헛하다. 우리의 특별한 경험담을 나누면서 나는 어떤 영향을 받았을까 생각해 본다.

　밝음과 행복이 껴들기 힘든 후회 덩어리를 공개하는 것은 모두를 어둠의 소굴로 젖어들게 하는가. 아니다. 후회는 어둡지 않다. 아무나 겪을 수 없는 신비한 경험들에 얽혀 있는 후회의 빛깔은 잔뜩 무르익은 감각이 될 것이다. 그 감각은 나를 아프게도 하지만 이내 치유의 힘을 데려올 만큼 놀라운 기능으로 돌아오지 않을까 하는 나지막한 기대감을 움켜쥔다.

　모임을 끝내고 집에 돌아와 사람들의 이야기를 곱씹어 보면 많은 생각이 나를 뒤흔든다. 우리가 서로의 경험과 감정에 깊이 관여하기로 했었다면 어떤 결과를 초래했을까. 누군가의 섣부른 진단은 좌절과 헛된 기대를 불러일으켰을까. 성급한 결론은 모임의 분위기에 불안함을 퍼부었을까. 날조된 현실과 허상이라 치부하고 따지고 들었다면 그건 오해였을까 진실이었을까. 진위를 파헤쳐야 했을까. 할 수 있었나.

이미 끝나 버린 일에 어떤 가정하에라는 상상을 덧대면 누구를 위한 만약인가. 무의미한 곱씹음을 접어 두고 사람들의 경험을 토대로 후회가 고통이 되지 않는 방법을 강구해 보며 잠들었다.

환상에 젖을 수 있는 일탈 같은 모임은 다음 만남을 기약했고, 일상으로 돌아와 출근했다. 나름 손에 익었던 빵집 일을 관두고 얼마전 작은 회사에 취업했다. 사무직은 정말 사무적이고, 딱딱한 컴퓨터 냄새에 갇힌 하루를 보내는 느낌이지만 빵집보다 급여가 많아 선택했다. 업무에 제대로 적응하려면 오랜 시간이 걸릴 듯한데, 후회의 모임이 원동력이 되고 활력소가 되어 줄 거라 기대하며 언젠가 나도 그들처럼 시공간을 넘나드는 특별한 경험을 할 거라는, 막연한 설렘을 상상하며 출근했다.

점심시간이 될 때까지 기다려야 하는 시간은 왜 이리도 긴 것인가. 학창 시절 4교시가 끝나면 급식 배식의 줄을 서기 위해 책상 바깥으로 내밀던 한쪽 발이 생각난다. 지금도 발 한쪽을 내밀고 점심시간을 기다려 본다. 물론 이제는 달려가지 않아도 된다는 장점도 있고, 맛집은 여전히 줄을 서야 한다는 단점이 있다.

부서 사람들과 바지락칼국수를 먹으러 갔다. 음식점 간판에는 갓을 쓴 저승사자 같은 사진이 있었지만, 맛집이었다. 커다란 그릇에 4인분이 들어 있었고 각자 그릇에 덜어 먹는 방식이었다. 누군가 내게 질문을 했고 대답이 길어지면서 바지락을 많이 먹지 못했다. 돈은 칼같이 나눠 냈는데 바지락은 공평하게 나눠 먹지 못했다. 분하다. 조금만 덜 지껄이고 바지락을 더 많이 먹을 걸 후회가 된다.

오후에 부장님이 아이스크림을 사주셨다. 1인당 한 개씩 줬으면 참 센스 넘치셨을 텐데, 패밀리 사이즈 아이스크림이라 나눠 먹어야 했다. 하는 수없이 탕비실 탁자에 앉아 5명과 나눠 먹었다. 각자 앉은 자리 쪽 방향을 퍼먹는 분위기였다. 건너편에 앉은 김 과장은 녹차 맛 아이스크림을 별로 좋아하지 않는다면서도 녹차 맛에 초콜릿 맛이 섞였다며 잘 먹어 댔다. 나는 '초코나무숲'을 제일 좋아하는데. 내가 저쪽에 앉을걸. 아니면 좀 더 용기 내어 '초코나무숲'을 공략하여 퍼먹을걸. 모두 감사히 맛있게 먹었고, 당 충전한 덕분에 오후 근무도 무사히 마쳤다.

퇴근 후 오랜 친구와 만나 칵테일 펍에 갔다. 정말 오랜만에 만나는 거라 서로 할 말이 너무 많았기에 지껄이는 시간이 길었다. 얇은 고르곤졸라 피자, 갈릭소스와 칠리소스 두 종류에 찍어 먹을 수 있는 감자튀김을 시켰다. 내가 이야기보따리를 풀 때 친구는 고르곤졸라 피자를 집중 공략했다. 사흘은 굶은 듯이 게 눈 감추듯 사라진 피자. 미리 앞 접시에 덜어 놓을 걸 후회했다.

나의 근황 브리핑이 어느 정도 끝나고 친구의 이야기보따리가 풀릴 때 나는 감자튀김을 공격했다. 비트가 쪼개지는 신나는 음악에 맞춰 감자튀김을 포크로, 포크에서 내 입으로 실어 날랐다. 음악의 박자에 딱 맞게 이동하는 감자튀김은 '쿵! 짝짝! 쿵! 짝짝! 포크 입 오물 포크 입 오물' 박자를 타며 입안에서 식도로, 위로 달려갔다. 입, 식도, 위, 입, 식도, 위. 박자 위에서 춤추며 사라졌다. 초고속으로 사라진 감자튀김에 웃음이 터진 친구와 어느새 재주문한 칵테일을 마시며 우리의 배는 풍선처럼 부풀어 올랐다.

가게에서 나와 집으로 가는 길은 도보로 15분 남짓하다. 그사이 열린 건물이란 건물은 다 들러 가며 화장실 탐방을 했다. 그리고 우리는 또 '단기 후회 상습범'이 된 듯 후회를 내뱉었다. 아, 너무 급하게 먹었나. 너무 치열하게 경쟁이 붙어서 많이, 빨리 먹었나. 조금만 천천히 먹을걸. 조금만 천천히 마실걸. 한 잔 덜 마실걸. 스쳐 지나갈 후회를 지껄이며 웃고, 또 웃었다. 방광은 몇 번이고 터질 듯했고 웃음보따리는 쉴 새 없이 터졌다. 오줌보가 쉴 새 없이 터지긴 했지만, 그래도 과하지 않은 술에 젖어 기분이 좋았다. 그렇게 사라질 희미한 후회는 분명 후회가 아닌 즐거움이었다.

다음 날 오랜만에 입은 바지가 뭔가 밋밋했다. 허리띠라도 하면 그나마 봐줄 만할 것 같은 기분. 어울리는 벨트를 찾아 서랍장을 뒤적거렸다. 이 벨트가 내는 소리에 덜컥 가슴이 내려앉고 이 끈에 목이 조이고 싶었던 아내와 외도 남편의 일기장 사연이 떠올라 잠시 머뭇거렸다. 그 사연, 참 슬펐는데. 도무지 이해되지는 않아도 꽤 마음에 드는 결말 같은 결말을 선사한 그분의 진짜 결말이 궁금해져서, 다음 만남이 기다려졌다. 잠시 모임 생각에 젖었다가 다시 벨트를 골랐다. 그리고 바지의 벨트를 조여 봤다. 똥배가 울룩불룩하게 더 튀어나오는 것 같고 도드라져 보인다. 그냥 헐렁거리는 원피스를 입어야겠다. 옷이 열 개라면 자주 입는 옷은 두세 개. 회사 사람들은 아마 나를 세 벌 정도로 연명하는, 검소하고 꾸밀 줄 모르는 사람이라 생각할 수도 있겠다.

벨트를 보니 낡은 추억이 또 생각난다. 대학생 신입 시절 과에서 친한 친구들끼리만 MT를 간 적이 있다. MT는 멤버십 트레이닝이 아닌, 먹고 토하고의 약자라는 말이 유행했던 시절, 우리의 목적은 술이었다. 성인이 된 지 얼마 안 되어 합법적으로 술을 살 수 있고 마실 수 있다는 사실이 신기하고 즐거웠던 그 시절이 기억난다. 테라스가 있는 펜션에서 바비큐 파티를 한 후에도 과자를 종류별로 실컷 사왔다. 그리고 소주, 맥주, 매화수, 막걸리를 종류별로 섞어 마셨었다. 막걸리에 사이다를 넣어 마시기도 했고 소주와 맥주를 섞어 소맥을 마시기도 했다.

우리가 묵었던 펜션의 옆방에 놀러 온 사회체육학과 남학생들이 테라스에서 술 파티를 벌이는 우리를 향해 말을 걸었다. 조금 이따 같이 술을 마시자는 말을 남기고 사라진 남자들과, 그들이 돌아오기 전 미친 듯이 얼굴 위를 두드려 대던 콤팩트 느낌이 생생하게 기억난다. 얼굴의 모든 트러블과 모공을 모조리 숨겨 버릴 기세로 나를 두드려 패던 소중한 분첩은 만취 후 어디론가 사라졌다.

그날 남자들과 우리는 실컷 술을 마셨었고, 여자들과 술자리를 한 사실을 알게 된 그 남자들의 과 선배들의 질투 섞인 개진상이 떠오른다. 우리와 함께 술을 마셨다는 이유만으로, 선배들에게 기합받던 사회체육학과 남학생들의 뱃살 없는 밋밋한 허리와 술잔을 부딪치던 수줍은 입꼬리가 참 좋았었다. 여하튼 넘치게 퍼마시던 술로 단단히 속병이 났고, 견딜 수 없는 두통과 속 쓰림에 그다음 주 이틀이나 결석했었다. 그 여파로 시험도 망쳤고 방학 때 계절 학기로 학점을 메꿨던 기억이 난다. 어마어마한 술병의 기억으로 다시는 술을 마시지 않겠노라 다짐했지만, 얼마 안 가 또다시 술을 마시고 또 퍼마셨던 나.

도와줄걸. 위로할걸. 사과할걸. 조금 더 친절해질걸. 조금만 더 버틸걸. 조금 더 일찍 포기할걸. 모든 게 지나간 뒤에도 여전히 나는 웃고 있고, 노래를 부르고 있다.

작은 후회들은 망각 속으로 자꾸만 빨려들어 간다. 그나마 망각 속으로 빨려들어 가지 않는 큰 후회들이 나를 다잡고 일으킨 적도 적지 않았기에, 후회 섞인 기억도 참 소중하다. 모든 일은 나를 스쳐 지나가고, 후회가 되고 추억이 되지만 내게 다시 돌아오지는 않는다. 돌아오지 않는 것에 대한 미련은 기록으로 붙잡아 두기도 하고, 선명한 후회로 붙잡아 놓기도 한다. 후회는 언제나 내가 건져 올린 것이지 먼저 나를 붙잡아 가는 못된 납치범이 아니다. 나는 이렇게 후회를 감싸고 인정하고 존중할 수 있는 마음을 키우며 커지고 있다.

〈후회를 따르는 감각〉 모임이 없는 휴일이면 이렇게 그들의 이야기를 기록해 놓곤 한다. 그들의 이야기에 힘을 얻고, 또 그들을 마음속으로 위로하며 치유받는다.

모임 기록지를 쓸 때 남편은 나를 방해하지 않는다. 그저 혼자서 재밌는 영화나 드라마를 보며 시간을 보낸다. 남편은 혼자만의 시간을 잘 보내는 사람이며, 나는 혼자만의 시간을 잘 보내지 못하는 사람이다. 서로 다르지만 우리는 잘 융화해 나간다. 그렇게 우리는 더욱더 깊어져 간다.

사실 남편은 이상형이 아니다. 남편은 현실형이다. 나는 이상형과 결혼하지 못했다. 하지만 이상형과 결혼하지 못한 사람이 어디 나뿐이겠느냐. 괜찮다. 정말 괜찮다. 나도 남편에게는 이상형이 아닌 현실형이다. 남편은 영화 속 청순가련한 비련의 여주인공처럼 코스모스같이 하늘거리는 몸매에 아련한 눈빛을 가진 연예인을 좋아한다.

찢어진 눈이 독해 보이고 후드티를 입어도 가려지지 않는 넓은 어깨. 평범한 키의 남편과 비슷해 보일 정도로 큰 키에 두꺼운 손발을 가진 나. 이런 나는 남편의 외적 이상형과 아주 거리가 멀다.

하지만 매사에 남편의 짐이 되지 않았고 의지할 수 있고 기댈 수 있는, 안식처같이 포근한 아내다. 나는 남편의 후회가 되고 싶지 않기 때문에 나도 남편을 후회로 만들고 싶지 않다. 우리는 서로의 이상형이 아닌 현실형이지만 우리의 현실은 이상보다 훨씬 완벽하고 따듯하다. 그래서 너무나 다행이다.

내일은 오랜만에 시댁에 갈 예정인데 어떤 옷을 입을지 고민이다. 동생과 시부모님은 여러 차례 내 옷차림을 지적한 적이 있다. 나이와 체형에 맞게 어울리는 옷을 입으라고 했다. 그렇게 큰 옷은 없고, 그렇게 작은 옷은 안 입는데. 몸이 들어갈 정도면 크기는 맞는 거고, 나이에 맞게 입으라는 말은 뭐지. 상황에 따라 남들에게 피해만 주지 않으면 되지. 내 눈에 예쁜 옷을 입고 싶다. 비록 어울리지 않는다는 말을 듣더라도 말이다. 나이에 맞게, 어른스럽게 입으라는 틀을 깨부수고 싶다. 마음에 맞게 기분에 맞는 옷을 입고 싶다.

나는 여전히 소녀 감성에 젖고 싶다. 생물학적인 나이에 맞추느라 정서적인 모든 걸 무시하고 끌어다 놓고 싶지 않다. 사람들의 조언에 신경 쓰느라 내 마음을 외면하는 후회는 싫다. 내일 화려한 리본 장식이 달린 귀여운 티셔츠와 레이스가 붙어 있는 사랑스러운 양말을 신을 테다. 나에게 후횟거리를 던져주는 말들에 맞지 않도록 피해 갈 것이다. 난 틀리지 않았으니까.

모임 사람들은 지금 어떤 생각을 하고 있을까. 지금 이 시간에도 과거와 미래를 넘나들며 신비한 경험을 하고 있을까. 언젠가 나도 과거와 소통할 기회를 만난다면, 과거의 나를 위로할 수 있는 미래의 든든한 내가 되어 주고 싶다.

현재에 만족해서 과거를 잊는다면, 그렇게 과거를 내버려 둔다면 과거의 나는 묘한 자유를 느낄까. 아니면 도와주지 않는 미래의 나를 원망할까. 후자라면 미래의 만족을 갉아먹으러 올지도 모른다는 불안감. 이 불안감의 실체는 과거에 남아 있는 어떤 후회가 보내온 구조 신호일까. 정리되지 않는 이런 생각들은 나를 후회하게 한다. 좀 더 자유로울걸. 좀 더 힘을 낼걸.

결국 후회는 오롯이 내 것이구나. 버리려 해도 잊으려 해도 또다시 내가 사색에 빠질 때면 돌고 돌아 나에게 오는구나. 망각의 길로 빠지지 않고 기어이 나를 찾아 돌아오는구나. 힘이 날 때 후회를 잘 버리지만 또 힘이 없을 때 다시 돌아오는 후회. 먹고 또 먹는 음식처럼 끊임없이 들어오고 또 끊임없이 나를 떠나. 음식들이 내게 남긴 에너지처럼 후회는 내게 단단함을 남겨. 그렇게 음식과 후회들은 매일 나를 찾아오고 매일 나를 떠나.

후회는 나를 움직이게 하고 나를 단단하게 해. 영원히 버릴 수 없고 영원히 가질 수 없어. 움직이는 후회를 어딘가에 가둬 둘 수 없어. 그저 잘 받아들이고 잘 떠나보내야 해. 〈후회를 따르는 감각〉 멤버들처럼 나도 후회를 잘 따라가고 잘 따라 버려야 해.

나를 위로할 수 있는 그 모든 것들을 위해.

11장　　　　　　　　시부저기

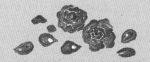

몸이 약간 좋지 않아 월차를 냈는데 막상 집에 있으니 괜찮은 것 같다. 출근하면 몸이 안 좋고 집에 있으면 몸이 괜찮아지는 신기한 마법이다. 출근하는 날 아침잠이 쏟아져 침대에서 일어나는 일이 너무 힘든데, 쉬는 날은 이른 아침 일찍 깨어 멀뚱히 핸드폰을 뒤적이곤 한다.

냉장고에서 꺼낸 쪽파와 간장이 뒤섞인 밀폐 용기를 열어 놓고 냉동실에서 김을 꺼낸다. 일찌감치 할 일을 마친 밥솥의 입을 열어 보니 하얗고 깨끗한 치아 같은 밥알들이 식욕을 더 키운다. 얼마 전 친정에서 받아 온 배추김치와 함께 김에 쌀밥과 쪽파 간장을 넣어 아침 끼니를 해결했다. 설거지는 바로 하면 너무 인간미가 없으니 그릇에 물을 부어 개수대에 전시해 놓고, 후식을 찾아 집을 뒤적거렸다. 냉장고 야채칸에 굴러다니는 귤을 다섯 개만 까먹었다. 귤껍질 조각은 귤 하나에 한 개씩 나오도록 공들여 깠다. 마치 예술 작품이라도 만들 듯이 최대한 큰 조각들로 벗겨 잘 깐 뒤 휴지를 동그랗게 말아 감싸고 다시 귤껍질로 포장했다. 갈라진 껍질 부분은 투명테이프로 살짝씩 붙여 뒤집어 놓고 얼핏 보면 새 귤처럼 보이도록 속임수를 썼다. 이 귤들은 새 귤로 둔갑하여 남편이 속아 주기를 바라며 혼자 키득댔다. 냉장고 옆 찬장을 열어 보니 예전에 사놓고 잊어버린 과자가 있었다. 발견한 김에 뜯어 먹고 목이 마르니 주스를 마셨다.

　과자가 있던 찬장을 다시 둘러보니 새삼스럽게 지저분했다. 오랜만에 정리해 볼까 싶어서 다 꺼냈는데, 이 공간에 이게 다 들어 있던 게 맞나 신기할 정도로 물건들이 가득 들어 있었다. 오래전에 처방받은 약이 들어 있던 빈 약 봉투, 장 볼 것들을 적어 두었던 메모지, 유통기한이 한참 지난 연고, 잃어버렸다고 생각했던 선물 받은 고가의 펜, 지저분한 휴지 조각과 십 년 전에 찍었던 스티커 사진. 그 사진 속 친구들과의 추억. 지금은 나를 손절한 친구 한 명, 내가 손절한 친구 한 명, 결혼할 때 십만 원 부조했었는데, 시집가서 해외로 이민 가더니 연락 끊고, 내 결혼식에는 오지도 않고 돈도 안 보낸 나쁜 년 한 명, 이유도 시기도 불분명하게 연락이 끊어진 한 명. 지금 내 곁에 한 명도 남아 있지 않지만, 사진 속의 다섯 명은 몹시 친해 보인다. 사람 일, 인간관계, 미래. 모든 것은 불투명하다. 신기하다. 이렇게 모두 사라질 인연이었다니. 하지만 스티커 사진은 버리지 않았다. 내 사진이 무척 예쁘게 나왔기 때문이다. 학교 다닐 때는 나름 예뻤었는데. 세월, 참. 기미도 많이 생기고 체력도 많이 안 좋아졌지만 여전히 나는 튼튼하고 예쁘다. 과거의 내가 예뻐 보이는 것처럼, 미래의 나도 지금의 나에게 예쁘다고 말해 줄 것이기 때문에 예쁘다. 나는 지금 예쁘다.

　유통기한이 한 달 남은 핸드크림도 발견했다. 갑자기 손이 건조한 것 같았다. 존재 자체도 잊어 놓고는 아까운 마음에 냉큼 짜서 손에 발랐다. 안쪽 구석에 1년 전에 선물 받은 와인도 있었다. 저녁에 한잔 마셔볼 생각으로 냉장고에 넣어 두었다.

온갖 잡동사니 중 버릴 것은 버리고 추억에 빠지기도 하며 정리했다. 가끔가다 맘먹고 잘 정리하기도 하지만, 평소에 정리 정돈을 하는 편은 아니기에 이렇게 잘 정돈된 상태가 얼마나 지속될지는 장담할 수 없다. 생각도 물건들과 같다. 정리된다고 그대로 머무는 것이 아니다. 생각지도 못했던 물건들을 마주한 지금처럼, 어디에서 뭐가 튀어나올지 예측할 수 없는 생각들을 이리저리 잔뜩 늘어놓고는, 어쩔 줄을 몰라 하며 미간을 찌푸리는 날들이 하루 이틀이 아니다. 매일매일 생각 정리를 잘하는 편이 아닌 것 같다. 그래도 오랜만에 물건들을 정돈할 때면 어지러웠던 생각들도 주인 눈치를 보며 제 자리를 찾아가려 노력하는 듯하다. 이 기분은 밖의 물건들과 안의 생각들이 한 번에 정리되는 듯한 뿌듯함일까. 이 또한 며칠이 지속될지 모르지만 그렇다고 정리하지 않으면, 집도 마음도 엉망진창이 되고 먼지가 쌓여 큰 병에 걸릴지도 모를 일이다. 귀찮더라도 가끔은 집 정리도 하고, 생각 정리도 하려 노력하는 내가 기특하다.

잃어버린 줄 알았던 물건을 찾은 것은 마냥 기쁘지만, 망각 속으로 사라진 줄 알았던 후회가 나를 다시 찾아오면 달갑지 않다. 그럴 때는 새롭게 떠오른 후회를 잃어버린 나를 상상하곤 한다. 그것은 어리석은 외면이라는 표현이 더 맞을까.

모든 것을 쉽게 받아들일 마음의 준비가 되어 있기도 하고 모든 것을 쉽게 받아들일 수 없기도 하다. 늘 명쾌한 결론에 도달하지 못하고 위태롭게 서 있는, 아무것도 아닌 그대로의 나를 기꺼이 항상 이해해

주고 싶다. 매 순간 보호받아야 하는 어린아이였을 때처럼 내가 나를
보호해 주고 싶다.

유치원에 다니던 어린 나는 길에 떨어진 사탕을 주워 먹을까 말까
고민했다. 초등학생 때 친구와 싸우면 먼저 사과할까 말까 고민했고,
시험 날이면 짝꿍의 답안지를 커닝할까 말까 고민했다. 질풍노도의 시
기였던 중학생 때는 거친 친구들과 어울리며 가출할까 말까 고민했고,
고등학생 때 사귄 첫 남자친구와는 섣불리 같이 잠을 자도 되는 건지
고민했다. 대학교를 졸업하기 전에는 대학원에 갈 것인가 말 것인가로
고민했고, 유학을 가는 게 맞는 건지 아닌 건지 고민했다. 이직할 때도
숱한 고민을 했고 첫 차를 무리해서 살지 경차를 살지 고민했다. 술에
취해 멀어진 친구에게 먼저 전화해도 되는지 고민했고 남친과 헤어지
고 전 남친에게 다시 연락해 볼까 고민했다. 3년을 사귀고도 이 사람
과 결혼해도 되는 건지 진지하게 고민했고, 남편의 새 직업이 안정을
찾기 전에 이혼을 고민하기도 했다.

모든 고민들에 어떤 결정을 했는지보다 그 결정으로 인해 내가 얻
은 것들만 지금 여기에 아주 잘 남아 있다. 다른 결정을 했어도 현재가
크게 달라질 것 같지 않은 이 느낌은 삶의 만족도가 높은 것이라는 증
거로 이해해도 되지 않을까. 그렇게 이해한다면, 오늘만큼만 이 긍정
적인 생각이 지속된다면, 나는 항상 행복하다.

하지만 항상 긍정적인 결론이 나를 선택해 주는 건 아니다. 어떤 날
은 부정적인 결론이 떠오르기도 한다. 그때 다른 결정을 했었더라면
지금 삶이 더 나아지지 않았을까 하는 의심이 드는 날이면 나는 불안
해진다. 온갖 후회들이 망각의 문을 뚫고 나와 머릿속을 떠다니며 극

심한 편두통을 유발한다. 그런 날은 내가 조금 불행해지기도 한다. 그러지 않았더라면 어땠을까. 잘못된 결정이었다는 확신이 걷잡을 수 없이 빠르게 확산하고 과거가 후회로 물들 때면, 모든 나이 사이사이에 고통이 끼어들어 그 통증들을 다 빼버리고 싶어진다. 다 걷어 내고 어린 나이로 되돌아가고 싶어진다. 현재에서 도망쳐서 과거에 매여 진짜 나를 싫어하게 된다. 많이 힘들었나? 후회들은 나를 괴롭히려고 살아났나? 나를 도와주려던 거 아니었나?

좋고 싫음이 확실해도 그 경계가 모호해지는 순간이 있었던 것처럼 후회는 늘 앞장서서 나를 이끄는 척하면서, 내 뒤에서 나를 받쳐 주기도 했었다. 나의 후회들은 그렇게 힘들지 않았고 나와 함께 시간을 잘 따라와 줬을 거라 믿고 싶다.

후회는 그림자와 같다. 늘 나를 따라다니는 듯해도 해가 쉴 때 같이 쉬지 않고, 달의 야간 근무에도 기꺼이 동행해 주는 의리 있는 그림자. 내 발끝에 매달려 내게 집착하는 듯하지만, 내 표정까지 따라 하진 않을 만큼 줏대 있고 예의 있는 그림자. 내 짜증과 분노를 그대로 비추지는 않지만 혼자 외롭지 않도록 곁에 있어 주는 그림자.

후회 때문에 힘들기도 하지만, 후회를 따르는 내 감각은 끈적이지 않고 적당히 촉촉하기에 충분히 비벼 볼 만하다. 굳이 버려야겠다는 다짐도, 굳이 따라가야겠다는 다짐도 무의미하고 불필요하다.

후회를 존재하는 그대로 잘 바라봐 주고, 잘 받아들이고, 잘 보낼 줄 아는 사람들, 그 사람들이 모여 있는 그 모임이 또 간절히 기다려진다.

12장   늘픔

회사 컴퓨터 화면에 알림을 꺼놓은 채 띄워 놓은 채팅방이 깜빡인다. 동호회 단체방이다. 안부를 가장한 자기 자랑 혹은 근무 중 헛짓거리 하는 인간들의 시답잖은 유머라는 걸 알면서도 바로바로 확인하고 싶어진다. 집에서 텔레비전을 시청하거나 집안일을 할 때면 핸드폰 소리가 울려 대도 한참 있다가 들여다보면서, 근무 중에는 희한하게 스팸 전화며 광고 문자까지 즉각 확인하고야 만다. 그 귀찮던 안전 문자조차 정독하고 싶게 하는 걸 보면 오늘 근무가 꽤 지루한 모양이다.

    현재 나의 직장은 어쭙잖은 전자 상거래를 하는, 아주 작디작은 사무실로 괴상한 동물 캐릭터가 박힌 발 매트, 차렵이불, 파우치 등 촌스러운 물건만 모여 있다. 전 직장과 계약이 끝나기도 했고 근무 시간과 업체 규모에 비해 보수가 괜찮아 가벼운 마음으로 지원했는데, 덜컥 합격해 버려서 다니게 되었다. 작은 얼굴과 어깨에 어울리지도 않게 무겁고 축 처진 큰 엉덩이를 가진 여자는 속도위반이라도 했는지 어쨌는지 모르지만, 이십 대 초반에 벌써 결혼한답시고 일을 관두기로 하여 후임으로 내가 들어오게 되었다. 2주 동안 그 여자와 같이 일하며 일을 배우기로 했었는데, 함께 일한 지 나흘 만에 잠적했다. 아마도 그녀가 마지막 급여를 받아먹은 다음 날로 추정된다.

제대로 된 인수인계를 받기도 전에 도망치듯 사라진 무책임한 여자 때문에 나는 어리바리하다는 취급을 받으며, 마음의 준비도 하지 못한 채 일을 통째로 떠안아 불편하고 짜증이 나기는 했지만, 분노를 감추고 인내하고 버티다 보니 오늘처럼 조금 한가한 오후를 만나기도 하더라.

오늘 오전에 한 일은 무료로도 선물 받고 싶지 않을 거 같은 물건의 홍보물을 포토샵으로 디자인한 일이었다. 홍보물을 만든 사람이 홍보하고 싶은 마음이 안 드는데 어떻게 잘 팔릴 수 있게 보여야 하는지 잘 모르겠다. 나는 이 일이 맞지 않는 것인가?라는 생각까지 들었다. 하지만 1년 아니 반년, 아니 최소한 3개월을 해보고 나서 나에게 맞는 일인지 맞지 않는 일인지를 판단할 수 있을 거라는 믿음이 있었다. 언제부터 생긴 건지 모르는 나의 믿음인지, 어디서 주워들은 말인지는 기억나지 않지만.

뭐, 일단은 얼마 버티지 못하고 도망가는 모습은 자신에게 바라는 모습이 아님은 분명했다. 하지만 도저히 참아 주고 좋아해 주기가 힘든 그 물건은 실물로 보나 사진으로 보나 엉망진창이었다. 당최 실용적으로 보이지도 않고 박음질은 재봉틀로 작업한 것인지 누가 졸면서 손바느질로 꿰맨 것인지 난해하고 힘없다. 게다가 자동차 안전띠 커버는 아무리 어린이용이라 해도 디자인이 너무나 유치찬란하고, 색상 조합은 촌스럽다. 어떻게든 소비자의 구매 욕구를 불러일으키도록 안전띠 커버를 촬영하고 홍보물 디자인을 만들며, 내적 갈등을 억누르는 오전 시간을 보냈다. 차선을 마구 넘나드는 음주 차량보다 더 꿈틀거리고 거슬리는 박음질이 보이지 않도록 이리저리 돌려 가며 촬영하고 보정하여 이미지를 정돈한 뒤, 싼 티를 감출 수 있도록 고급스러운 어휘들을 있는 대로 다 집합해 안정적인 느낌의 글씨체 안에 가두었다.

사기꾼이 된 듯한 죄책감에 시달릴 정도로 이 제품에 대해 허위 과장 광고하고 상세 설명과 페이지를 구성했다. 지저분하지 않게 사진과 어울리는 이미지의 일러스트를 붙여 넣어 홍보물을 완성했지만, 점심 메뉴를 고를 때처럼 여전히 깐깐한 사장의 눈에 내 감각이 제대로 전달되지 않았다.

분했다. 이곳은 나와 맞지 않는 것만 같다. 관두고 싶다. 하지만 지금 당장 도망갈 수 없으니 수정해야 했다. 수정과 수정을 거듭하여 수정 구슬이 되어버릴 것만 같은 뇌와 건조한 눈이 터져버릴 것 같을 즈음에는, 백번씩 까였던 디자인 파일에 대해 최종 합격 통보를 받고서는 남자 사장이 쫓아오지 못하는 여자 화장실로 달려갔다. 내 모든 신경 세포를 눌러 대던 촌스러운 안전띠 커버부터 벗어던지고, 어지러운 음주 차량에서 내린 기분을 만끽하며 두통을 내려놓았다.

화장실에 있는 나를 기다리던 사장과 사무실의 유일한 직원인 나는 오늘도 어김없이 단둘이 점심을 먹으려고 근처 식당가로 향했다. 맛대가리 하나 없고 몹시 징그러워 온몸에 소름이 끼치는 천엽이 가득 든 해장국을 먹으러 갔다. 천엽 생김새에 첫 번째 소름, 내 의사와 취향 따위 묻지 않는 독단적인 메뉴 선정에 두 번째 소름. 용기를 내어 싫은 티를 내기 위해 "이거 안 먹어 봤는데 조금 징그럽네요."라며 웃는 내게 "먹어 보세요. 정말 맛있어요." 하고 지껄이는 사장 머리에 해장국 국물을 부어 버리고 싶었다.

죽지는 않겠지 싶어 한 입 베어 물었다. 예상처럼 내 입맛에는 맞지 않았다. 평생 다시 먹어 보고 싶지 않은 맛과 식감이었다. 사장은 내 표정을 읽지 못하는 건지, "생각보다 괜찮죠? 정말 맛있다니까요." 하며 웃어 보였다. 생각보다 괜찮고 맛있다는 것은 자기 생각인데 네 생각을 왜 나에게 강요하지? 왜 내 생각을 자기가 정하는 걸까? 도무지 이해되지 않았다.

순간 동호회에서 들었던 이야기가 생각났다. 감정을 미리 정해 주던 이사장 이야기가 떠오르면서 그 사람은 지금 무엇을 하고 있을지 궁금해졌다. 일상에서 동호회 회원들의 이야기가 번뜩하고 떠오를 때가 많아지는 것을 보니, 내가 그 사람들을 그리워하는 건가 싶기도 하고, 여운이 오래 남는 이야기들을 들었었구나 싶기도 하며 다음 모임이 기다려졌다.

사장과 식사를 하면서도 동호회 사람들을 생각하며 천엽의 징그러움을 잊었다. 그리고 다시 사무실로 돌아와 이렇게 나름 한가한 오후 근무를 맞이했다. 송장을 뽑고 배송될 물건들을 창고에서 찾아와서 포장했다.

사장은 나에게 생일 선물을 미리 주겠다며, 창고에서 갖고 싶은 것을 골라 가지라고 했다. 진심으로 갖고 싶은 물건이 없었다. 거저 줘도 갖고 싶지 않았다. 하지만 성의를 무시할 수 없어 '아무거나'라고 말했다가 잔소리 폭격을 맞았다. 아무거나 라고 말하는 게 상대방에 대한 배려가 상실된 거라며 어쩌고저쩌고 길어지는 잔소리에 귀를 틀어막고 싶었으나, 사장의 입을 틀어막는 편이 빠를 거란 판단하에 사장의 말을 잘라먹고 입을 열었다.

"너무 갖고 싶은 게 많아서요. 다 너무 예쁘고 귀여운 거 있죠~." 라고 둘러대자 그 말을 진짜 믿어 버린 사장은 자신의 안목에 대한 자부심을 늘어놓으며 이것저것 추천하기 시작했고, 그 와중에 여러 개 달라 할까 봐 겁먹은 채로 딱 한 개만 고르라고 당부하며 동전 파우치를 추천했다. 요즘 누가 동전을 쓰고 다닌다고, 참 나.

어쨌든 촌스러운 핑크빛과 잭잭 소리가 나는 지퍼가 달린 동전 주머니를 받아 와 이 물건의 쓰임새를 고민해 봤다. 잦은 두통을 대비해서 진통제 몇 개를 넣어 두고 부담 없이 막 갖고 다닐 것을 생각해 보니 나름 개똥보다 쓸모 있는 거 같기도 했다.

배송 준비를 마치고 다시 컴퓨터 앞에 앉아 사장과 독대 같은 시간이 시작되었지만 나름 편해졌다. 이름도 생각나지 않는 전 직원, 엉덩이가 매우 큰 여자가 사라지고 난 다음 날, 처음으로 사장과 단둘이 사무실에 갇혔을 때는 물속에 잠긴 것처럼 숨이 막혔었다. 여전히 편하지는 않지만, 서로의 모니터가 보이지 않기에 일을 하는 척 모니터 화면에 여러 창을 띄워 딴짓하는 대범함도 생겼다. 급한 일은 다 했으니, 사이트 관리와 기한이 많이 남은 디자인 작업을 위한 이미지 모음과 오래된 상세 페이지를 신선하게 바꾸는 일 등을 하는 척하며, 연예 뉴스를 둘러보는데 메신저 톡 알림이 보였다.

동호회 단체톡방에 글들이 연속으로 오가던 와중에 〈후회를 따르는 감각〉 모임 날짜가 정해졌다. 오랜만의 정기 모임이라 귀찮으면서도 기대된다. 가지 말까 싶다가도 무엇을 입고 갈지 벌써 고민된다. 이제는 정말이지 그들처럼 기이하고 신비로운 이야기를 들려줄 수 있을 것 같다. 나에게도 믿을 수 없는, 시공간의 뒤틀림을 경험할 자격이 생긴 것만 같다.

다수 회원들이 참석 확정을 지은 와중에 아직 확답을 보내지 않은 채, 다음 모임 때 할 이야기를 찾고 있는 나, 머릿속으로 그날 입을 옷을 고르고 있는 나, 아무래도 나, 요번 모임도 참석할 것 같다.

컴퓨터 모니터 화면을 너무 눈 빠지게 쳐다봤나. 퇴근 후 건물을 나서는데 눈이 침침하다. 시력은 분명 좋은데 건물 간판 글씨가 퍼져 보이면서 미간이 찌푸려진다. 약간 어지럽기까지 하다. 오늘은 야외 주차장에 주차한 차를 찾아 헤맨다. 주차장은 사람 눈을 피해 움직이기라도 하는 걸까. 사람들이 두고 간 차들을 화투 패 섞듯이 마구 뒤섞으며 키득대는 존재가 숨어 있는 게 확실하다. 출근할 때 주차해 놓은 자리라 생각했던 곳에 내 차가 없고, 전혀 예상치 못한 곳에서 귀여운 내 자동차가 지친 눈으로 나를 기다리고 있다.

첫 직장도 사무직이었고, 모니터 화면을 많이 봐도 이렇지 않았는데, 이제 나이가 들기는 들었나 보다. 눈이 피로하고 머리가 띵한 게 집까지 제대로 운전을 잘할 수 있을지 살짝 걱정될 정도다. 아니, 나이 때문이 아니라 천엽 때문일 거다. 제대로 먹지 못한 점심 때문에 에너지가 없는 것 같다. 집에 가서 고추장에 밥을 양껏 넣고 비벼 김장 김치와 함께 푸짐하게 먹어야겠다. 이럴 거면 왜 같이 밥을 먹는지 모르겠다. 요즘은 1인이 가기에 좋은 음식점도 많고, 1인 좌석이 있는 곳도 많던데 굳이굳이 밥은 꼭 같이 먹어야 한다는 사장의 말에 공감해 주기가 싫다. 혹시 점심을 많이 못 먹게 해서 살을 빼라는 무언의 협박인

가. 아무리 이상한 것만 먹으러 다녀 봐라! 내가 살이 빠지나. 집에서 얼마나 많이 먹는데, 참.

사장에 대한 억측과 분노를 생각하며 무사히 아파트 주차장 입구까지 도착했다. 아, 저쪽은 입주민 전용 출입구인데. 진짜 짜증 나는 상황이다. 방문자는 앞쪽 출입구로 가야 하는데, 진짜! 내가 운전대를 잡으면 멍청한 운전자 새끼가 왜 이렇게 많이 나타나는지 모르겠다. 입구를 잘못 찾은 방문 차량 때문에 뒤로 몇 대가 길에 서서 시간을 땅에 버리게 되었는지, 저 새끼가 미안해할 턱이 없다. 정말 짜증 난다.

한 시간 같은 몇 분이 흐르고 드디어 주차했다. 이 아파트의 단점은 주차 자리가 늘 부족하다는 거다. 한 세대가 두세 대 차량을 소유하고 있는 걸까. 외출을 안 하는 것일까. 모두 일찍 돌아오는 것일까.

일찍 온 편인데도 우리 동 근처 주차 자리는 하나밖에 안 남았다. 하는 수 없이 그 자리에 주차하고 내리려는데, 10kg만 더 쪘어도 못 내릴 뻔했다. 옆 차가 아주 개같이 주차해 놨기 때문이다. 초보 운전자거나 양아치거나 둘 중 하나가 틀림없다.

차 뒤편으로 돌아가 기어이 확인해 본다. 역시나 초보 운전 스티커가 붙어 있다. 이럴 줄 알았네 하며 쓴웃음을 짓다가 문득 나의 초보 운전 시절이 떠올랐다. 후진할 때 운전대를 어느 방향으로 돌려야 원하는 방향으로 후진이 되는지조차 헷갈리던 시절. 운전할 줄 안다면 삶의 질이 한층 높아질 거라 기대하며, 모든 운전자가 신기하고 부러웠던 때가 나도 있었다. 하지만 출퇴근과 비포장도로 지름길, 장거리까지 섭렵하며 능수능란한 운전자가 된 이후로는 나도 모르게 초보 운전들을 무시하며 답답해했다. 지금처럼 말이다.

깜빡이를 좌우 반대로 넣기도 하고 간단한 차선 변경조차 가슴이 뛰던 때, 편히 끼어들도록 기다려 준 뒤차에 얼마나 감사하던지. 그 마음은 온데간데없고 이기적으로 변한 나는, 그때의 마음을 다시 떠올리며 초보 운전자들에게 친절한 온정을 베풀어야겠다고 다시 다짐했건만 다음 날 살짝 늦잠을 자고, 헐레벌떡 출근하는 길에 만난 느려 터지는 앞차에 욕을 담은 경적을 눌러 대다가 그 차를 앞질러 가며 겁을 주고 말았다. 그리고 또 후회, 그리고 또 반성, 다짐, 또 후회.

같은 잘못을 반복하면서도 또 같은 반성을 불러오는 나는 언제쯤 저만큼 성장하고 착해질까. 여전히 운전은 개같이 하고 반성은 빠르다. 여전히 사장은 짜증 나고 사무실 물건들도 촌스럽다. 그래도 열심히 일하며 순간순간을 더 친절하게 더 다정하고 따듯하게 사람들을 대하려 노력한다. 그러다 보니 화요일 수요일 목요일이 지나고 어느덧 금요일이 되었다.

동호회 모임은 이번 주 일요일. 〈후회를 따르는 감각〉 모임 D-2

나, 모임을 기다리나? 설레나? 그러면서 가기 싫어하나? 가고 싶어 하나? 끊임없이 나 자신에게 질문을 내던지고 모임 생각에 젖은 채로 일했다. 몸은 사무실에, 정신은 모임 안에 있던 시간이 흐르고 다시 퇴근길, 오늘은 좀 더 차분하고 매너 있게 운전해야지. 신호 위반은 그만. 횡단보도를 건너는 사람이 없어도 신호를 기다리자.

요즘 남편은 야근이 잦다. 정말 야근하는 건지, 바람을 피우는 건지 알 수 없지만 만약 남편이 허튼짓한다면 죽을 때까지 모르고 싶다. 만약 남편이 마약을 하면 어떡하지. 이상한 술집 여자랑 바람나서 애를 낳아 오면 어떡하지. 갑자기 사고가 나서 장애가 생기면 어떡하지. 갑자기 해고되어 백수가 되면 어떡하지.

　일어나지 않은 일 때문에 걷잡을 수 없는 걱정들로 휩싸여 불안해지려 할 때쯤, 남편에게서 전화가 왔다. 이제 퇴근하는 길이라고 말하는 전화기 너머 소음에 귀 기울여 보니, 운전 중인 듯 내비게이션 소리가 들린다.

　그래. 그럴 리가 없지. 세상 사람들 다 나를 배신해도 내 남편은 그럴 사람이 아니지. 남편과 통화를 끊고, 쓸데없는 불안감도 끊고 집 앞에 쓰레기를 버리려고 현관을 나와 엘리베이터를 탔다. 1층에 도착하기 전 다른 층에서 엘리베이터 문이 열리고, 처음 보는 젊은 남자가 멀끔히 차려입고 엘리베이터를 탔다. 왠지 모르게 손에 든 쓰레기봉투를 등 뒤로 숨기고 그의 얼굴을 힐끔 염탐했다. 배우인가 의심이 들 정도로 또렷한 이목구비에 깔끔한 패션 사이로 비치는 단단한 잔근육들. 순간 엘리베이터가 멈추며 고장이 나고, 세상이 멈춰 버려 둘만의 시간이 샘솟기를 바랐다. 아주 잠깐 1초. 아니, 3초. 아니, 5초쯤 생각했다.

　엘리베이터가 아주 요란하게 고장 나서 이리저리 마구 흔들리면 내 몸은 중심을 잃고 쓰러져 그 남자의 가슴팍으로 돌진하는 상상. 그의 탄탄한 몸통 위에 두툼한 내 두 손이 찰싹 얹어지고 깜빡이는 조명처럼 우리의 시선도 흔들리며 서로에게 깊은 시선이 맞춰지는 그런 상상. 금기를 깨트리고 사랑에 빠지는 그런 상상. 같은 아파트단지 내에서 불륜에 빠지는 그런 상상.

　다행인지 불행인지 엘리베이터는 고장 나지 않았고, 우리 둘은 1층에서 내렸다. 그는 쓰레기장 옆에서 담배를 태우고 나는 쓰레기를 천천히, 아주 천천히 버렸다. 결혼 전 잠깐 피웠던 담배를 다시 피우고 싶을 만큼, 잠시나마 잘생기고 젊은 남자 곁에 머물러 보고 싶었다.

하지만 현실은 너무나 안 어울리는 나와 저 남자.

"저기 총각, 담배 있슈?"

"아니요. 돗대인데요. 아줌마 거지예요? 사서 피워요."

"오구오구. 그려. 그만큼 잘생겼으면 싸가지 좀 없어도 되는 겨. 근디 말여. 거 빨던 거라도 좋은디. 담배 좀 쪼까 나눠 피우고 싶은디 말여."

"미친년이 개소리하네."

"으메. 욕을 들어도 좋으니 잘생긴 젊은 총각하고 얘기 좀 쪼까 더 나누고 싶구먼."

"요즘 아줌마들 또라이구먼. 발정 났으면 남편이나 꼬시러 가세요. 넘보지 못할 곳에 침 흘리지 말고."

아주 원색적인 이딴 대화나 상상하며 혼자 피식대다가 다시 집에 가기 위해 엘리베이터를 기다렸다. 다소 의도된 것은 아니나 또다시 그와 함께 엘리베이터를 함께 기다리게 되었다. 괜스레 머리칼을 쓸어 넘기고, 앞섶을 여몄다가 팔짱을 껴봤다가 발가락을 땅에 톡톡 대보기도 했다. 그러면서 그의 옆모습을 힐끗 보니 세상에. 옆모습도 참 잘생겼다.

엘리베이터는 지하에서 올라오는 중이었고 우리가 서 있는 1층에서 문이 열렸다. 그때 열린 문은 엘리베이터가 아니다. 현실의 문이다. 유부녀의 문, 기혼자의 문, 헛된 기대는 상상도 하지 말고 정신 차리라는 경고의 문.

문안에는 지하에서 타고 온 남편이 들어 있었고, 남편은 집 앞에 호떡 트럭이 온 것 같다며 나를 보자마자 신이 나서 말했다. 아직 저, 멋진 남자가 곁에 있는데, 이웃 따위 전혀 개의치 않고 호떡 이야기를 해대는 남편이 짜증 났다. 현금 있느냐고 물어 대며 촐싹거리는 남편은 잠시나마 망상에 젖은 내 정신이 번뜩 들게 해주기는 했다.

결국 남편은 나와 호떡을 사려고 엘리베이터에서 내렸다. 그리고 젊고 잘생긴 남자는 엘리베이터가 집어삼켰다. 고장 한 번 나지 않는 저 엘리베이터는 얄밉게도 남편을 뱉어 내고 멋진 남자를 집어삼켰다. 아주 정직하고 도덕적이고 답답한 엘리베이터다.

영원히 내가 벌릴 수 없는, 상어의 입속으로 들어가 버린 것만 같던 그 남자. 그 조각 같던 콧대와 진한 눈매가 아직 아른거리는데 눈앞에 호빵같이 빵빵한 얼굴을 한 남편이 호떡 몇 개 먹을 거냐며 나의 환상을 깨부쉈다. 달콤한 망상의 여운을 몇 초라도 더 느끼려는 상상의 자유가 호떡 누르개로 마구 짓눌려진 느낌으로 몇 분이 흘렀다. 나같이 착한 사람들에게 불륜이란 정말 상상조차 쉽지 않은 영역인가. 개떡 같은 상상을 호떡으로 위로하고 집으로 가기 위해 다시 엘리베이터를 탔다.

무겁지도 않은 호떡 비닐을 달라며, 들어주는 남편을 보니 미안해졌다. 혹시 바람피우는 거 아닌가 하는 상상조차도 어울리지 않는 이 남자. 만약 우리 부부가 바람을 피운다면 아마도 나일 확률이 더 높을 것 같다. 아까 본 그 남자같이 멋진 남자가 나를 먼저 유혹한다면 내가 넘어가지 않는다는 보장이 없다. 그러나 젊고 멋진 남자가 나 같은 이 모쁠 누님에게 말을 건다면 현실적으로 사기꾼일 확률이 높다. 인생은 드라마가 아니니까.

집에 돌아와서 먹은 호떡이 소화되기도 전에 동창인 지우한테서 문자가 왔다. 지우는 몇 년 동안 만나지는 못했어도 안부를 자주 주고받을 만큼 나와 가깝지만, 그렇다고 내 일상을 자주 공유할 만큼 친밀하다고 하기엔 뭔가 애매하다. 그렇다고 딱히 안 좋은 감정은 없는, 그렇고 그런 사이. 그 친구는 연정이가 조부상을 당했다는 비보를 전했다. 하지만 내게 문자를 보낸 사람은 연정이 본인이 아닌 지우였다. 지우는 내게 연정이의 조부상을 알리며 나도 알아야 할 것 같아서 연락해 준다는 말을 덧붙였다. 참으로 고마운 일이었다. 중요한 일이 있을 때 그 일을 공유할 사람으로 떠올린다는 것이 고맙기도 하지만 한편으로는 좀 의아했다. 본인이 직접 연락하지 않았다면 이유가 있었을 텐데, 왜 굳이 제삼자가 전달하는 것인지 알고 싶었다. 하지만 지우에게 따져 묻기엔 내 꼴이 뭔가 꼴사나울 듯하여 다른 지인들에게 물어봤다. 다른 지인들은 대부분 지우가 오지랖을 부린 것 같다고 했다.

나는 할머니나 할아버지가 돌아가셨을 때도 친구들에게 알리지 않았다. 그럴 경황도 없었고, 그때 내가 너무 세상 물정 모르는 어린 학생이기도 했다. 또 부모님도 큰아빠도 작은아빠도 고모들도 모두 내 친구들에게 알려야 한다고 가르쳐주는 사람은 없었고, 우리 집안 분위기가 정답이겠거니 믿고 살아왔다. 그렇기에 더욱더 의아하긴 했다. 하지만 다르다고 해서 틀린 게 아니듯이, 친구를 부르는 게 정답일 수도 있겠구나 하고 생각을 고쳐먹고, 또 인생을 이렇게 배워 가는구나 싶으면서도 머릿속으로는 그대로 정리되지 않았다.

지우가 오지랖을 부린 것 같다는 지인들의 의견에 꽂혀, 연정이 할아버지의 장례식에 내가 가야 하는 것인지 고민이 됐다. 사촌들에게도 연락해 봤다. 사촌들도 조부모님이 돌아가셨을 때 친구들에게 연락하지 않았다. 그 당시 직장인이었던 사촌 오빠도 사촌 언니도 모두 본인 친구들은 부르지 않았었다.

역시 우리 집 분위기는 그러했다. 연정이네 분위기는 내가 모른다. 모두 부르는 분위기겠지. 그래도 생각이 끝나지 않았다. 친정 엄마에게 전화해서 물었다. 우리 집안은 조부모상을 친구들에게 알리지 않았었는데, 친구의 조부모상에 가야 하는 건지 잘 모르겠다고 묻자 어머니는 이렇게 대답해 주셨다.

"네가 안 불렀다고 해서 다 그래야 하는 건 아니야. 하지만 본인이 연락했으면 당연히 가는 건데. 친구 통해서 연락이 온 것은 좀 애매하구나."

연정이에게 연락해 보려다가 슬픔에 정신없을 것 같아서 그만두기로 했다. 그리고 이번에는 가긴 가는데 다음번에 지우가 또 전달 역할을 자처한다면, 그땐 꼭 말해야겠다. 나는 직접 연락받은 것만 가고 싶다고. 너무 냉정한가.

지우에게 하고 싶은 말이 많았지만, 꾹 참고 조의금 액수만 물어봤다. 십만 원을 낸다고 한다. 연정이는 내 결혼식에 오만 원을 냈지만, 연정이 결혼식 때 똑같이 오만 원을 낼지 더 해줄지 고민해 보기로 하고, 조의금은 지우처럼 십만 원을 내야겠다.

황금 같은 토요일, 서울행 기차를 탔다. 차를 끌고 가려고 했는데 남편 차는 엔진에서 이상한 소리가 난다고 해서 수리를 맡기고, 남편이 내 차를 끌고 나갔다. 기차를 타고 서울에 혼자 가는 건 정말 오랜만인데 잘 찾아갈 수 있을지 모르겠다. 지하철은 여전히 복잡스럽고 환승은 여전히 헷갈리겠지. 서울역이 종착역이니까 조금 졸아도 내릴 수 있을 거라 안심하며, 까만색 재킷 주머니 속 십만 원이 든 봉투를 다시 매만지고 자리를 찾아 앉았다.

조문 가는 길이라 신이 나는 길은 아니지만 오랜만에 기차를 타니 뭔가 들뜨긴 했다. 창문 밖 풍경을 구경하며 앉아 있다가 앞 좌석 사람들의 인생 상담을 엿듣기도 했다가 뒷자석 연인의 애정 행각에 일부러 눈총을 주었다가 건너편 앞좌석 아기와 눈을 맞춘 뒤 괴상한 표정을 짓다가 아기 엄마와 눈이 마주치면 눈을 감고 자는 척을 하기도 했다. 그러고도 시간이 한참 남았고, 핸드폰을 만지작거렸다.

오랜만에 싸이월드에 접속했다. 옛날 사진들과 글들이 어찌나 촌스럽고 이해 불가투성이인지. 하지만 이것도 분명 나다. 그때의 나는 어떤 세상에 살고 있었던가. 과거의 내가 만든 게시글들을 보면서 그때 내가 살았던 세상을 어렴풋이 기억해 내려 하지만, 지금 세상과는 너무 멀어진 것만 같다. 마치 다른 사람의 인생을 엿보는 것처럼 낯설지만 애틋했다. 선명하게 떠오르는 건 재밌고 행복했던 순간들이다. 사진 속 내 모습은 풍성한 머리숱에 지금보다 훨씬 밝고 예쁘다. 그때는 왜 몰랐을까. 이렇게 예뻤는데. 항상 내가 못생겼다고 생각했고 예쁜 친구들을 부러워했다. 예쁜 풍경의 장소들, 좋은 친구들, 맛있는 음식들. 참 행복해 보이는데 왜 불행하다고 생각했을까. 사진들 속 나는 웃는 얼굴이 많고 즐거워 보이는데 게시글마다 글귀들은 한없이 우울하다. 무엇이 그때의 나에게 우울한 글을 쓰게 했을까. 미래의 나는 이토록 무책임하게 과거의 우울한 글에 공감해 주지 못한다. 미래의 나에게 공감받지 못할 거란 상상조차 못 한 채 끄적인 글들이겠지. 그렇게 글로 쏟아 낸 뒤 조금은 편안했겠지. 기억이 잘 나면서도 기억이 잘 나지 않는다. 기억하고 싶은 부분들만 편집하여 그 구간에 머무르고, 괴로운 기억들은 난해한 저 글들 사이에 끼워 놓은 걸까.

더 예전 게시물을 보려고 스크롤을 내리고 또 내리려는데, 손이 흔들리고 핸드폰이 흔들리더니 기차가 심하게 흔들리기 시작했다. 승객들의 시선도 사방으로 요동치고 핸드폰을 떨어트리지 않기 위해 손에 힘을 주다 창밖을 보니, 기차는 선로를 벗어나 공중을 달리고 있었다.

두 눈으로 보고도 믿기 힘든 광경에 다른 승객들에게 알려 주려 기차 안으로 시선을 옮겼는데 사람들이 없다. 내가 꿈을 꾸고 있는 건지, 다른 시간 속에 빠져버린 건지 정신이 혼미한 와중에 객실 승무원이 나타나 나를 닦달하기 시작했다. 서울역도 아닌 듯하고 처음 보는 역이었는데, 빨리 내리라며 불친절하게 소리친다. 다른 사람들도 이곳에서 내린 거냐며 다른 기차를 다시 타야 하느냐고 질문해 댔지만 대답해 주지 않았다. 그렇게 갑작스럽게 기차에서 쫓겨나 걷기 시작했다.

드넓은 초원 사이로 길은 하나뿐이었다. 기차역은 갑자기 몰려온 안갯속으로 숨어 버렸고 돌아가는 길은 흐려져 없었다. 어딘지도 모르는 길을 걷고, 또 걷다가 사람들의 웃음소리가 들려왔다. 그리고 그곳으로 달려가다가 발걸음이 멈추고 온몸이 굳어 버렸다. 그곳에는 아주 젊은 얼굴을 한 부모님과 어린 시절의 내 동생, 그리고 10살의 내가 있었다.

기억이 났다. 아빠의 대리 진급 기념 여행. 덥지도 춥지도 않은, 날씨 좋은 날에 경치 좋은 곳을 여행하던 그날도 기차를 탔다. 그리고 절대로 돌아갈 수 없는 그날의 우리 가족.

모두가 즐겁고 평화로워 보이던 그날. 내 등에 무거운 회색 돌덩이가 붙어 있다. 내 어린 시절의 기억에는 저런 돌이 없었는데, 저게 뭐지. 입을 삐쭉거리면서 값비싸고 쓸모없는 기념품을 사달라고 조르는, 어린 나의 목소리는 쇳소리처럼 듣기 싫다. 행복한 가족 여행에서 원하는 물건을 사지 못해 삐친 채로 여행 내내 가족들에게 짐이 되었던 순간. 이렇게 오랜 시간이 흐른 뒤 돌아보니 너무 소중하고 아까운 순간들이었는데 저렇게 철이 없었다니. 그래, 어렸으니 그럴 수 있지. 근데 왜 내가 과거로 온 걸까. 엄마 아빠의 젊은 시절이 이곳에 잘 머물러 있구나. 지금 모든 상황이 아련하고 슬프면서도 뭔가를 해야 한다는 강렬한 느낌이 들었다. 길을 묻는 척 부모님에게 말을 걸어 보려 했지만 그들은 나를 볼 수도 들을 수도 없었다. 내가 무엇을 할 수 있을까.

그래, 아까부터 저 돌이 거슬렸어. 어린 나의 등에 붙어 있는 돌덩이를 만지려 하니 만져졌다. 이거구나. 지금 이곳에 온 이유가. 그 돌을 들고 다시 가족들을 바라보고 있는데, 어린 나의 태도가 변하기 시작했다. 한껏 늘어뜨렸던 입꼬리를 올리고 가벼워진 표정으로 가족들에게 장난을 치며 웃는다. 동생도 따라 웃고 부모님도 좋아하신다. 어린 나도 너무 기분이 좋다. 돌덩이를 끌어안고 울며 웃는 나를 향해 누군가 저쪽에서 달려온다.

아까 그 불친절한 승무원이다. 서울에 안 갈 거냐. 여기서 뭐 하느냐고, 또 윽박지른다. 승무원을 따라 다시 걷다 보니 안개가 걷히고 젊은 우리 가족은 안개 속으로 사라졌다. 내가 헛것을 본 건가. 내 손엔 여전히 회색 돌덩이가 들려 있고 나는 다시 기차를 탔다. 사라졌던 승객들 모두 돌덩이를 하나씩 들고 탔다. 기이하고 묘한 광경이었다.

열차가 너무 지연된 거 아니냐고 묻고 싶었는데, 아무도 묻지 않았기에 나도 묻지 않았다. 이제는 정말 서울역에 가까워지려나 싶어 창문 밖을 보는데, 기차가 거대한 회사 건물 안으로 들어가는 것이 아닌가. 이번에도 승무원은 내게 빨리 내리라고 화를 내고 발 빠른 승객들은 또 벌써 내리고 없다. 이게 무슨 건물이냐, 강매하려는 속셈이냐, 사기냐 하면서 속마음을 내뱉어 댔지만, 승무원은 내 기에 눌리지 않고 오히려 내 등을 기차 밖으로 떠밀었다.

가만, 이 건물은 내가 힘들게 버렸던 나의 옛 직장이었다. 이 건물이 이렇게까지 크지 않았는데. 기차가 지나갈 만큼 건물이 넓어지다니. 이렇게 커질 줄 알았으면 더 참고 다닐걸. 볼에 젖살이 붙어 있는 것 같이 광대뼈까지 어려 보이는 20대의 내가 아주 촌스러운 정장을 입고, 불편한 구두를 신고 퇴근한다. 또 말을 걸어 보지만 내 말은 듣지 못한다.

버스를 따라 타고 따라 내렸다. 아까 정차한 역보다는 나이가 든 모습이었지만, 여전히 젊은 부모님과 질풍노도의 시기인 청년 동생이, 나와 저녁을 먹기 위해 기다렸다. 옷을 갈아입으러 들어가는 나를 따라 내 방으로 들어갔다. 그때 쓰던 원목 책상, 의자. 그때 즐겨 듣던 라디오, 좋아하던 소설책. 그때 쓰던 폴더폰, 그때 쓰던 침대와 이불. 모든 게 기억나고 생생하다. 추억에 젖어 집안을 둘러보다 나를 봤는데 눈물을 훔치고 있다.

아, 기억났다. 이날 두 번째 남친과 헤어진 지 얼마 안 되었을 때구나. 가족들한테는 공개하지 않고 사귀었던 터라 이별도 혼자 감당했었지. 지나고 보면 참 별거 아닌데. 나쁜 놈 잘 헤어졌는데. 바보같이 울고 있는 나를 보니 안타까웠다.

옷을 갈아입으며 몰래 울다가 거실로 나오니 동생 녀석이 치킨을 시켜 달라고 난리다. 월급 받았으니 오늘 저녁 사주기로 하지 않았느냐, 피자도 시켜 달라 소리친다. 저 때는 참 얄미웠었는데. 더 많이 사줄걸. 지금 생각해 보니 후회된다. 결혼 후 내 가정만 챙기느라 동생에게 밥을 사준 지가 언제인지 기억도 안 난다.

동생이 먹고 싶은 음식들을 주문하고, 기다리는 가족의 대화를 지켜보는 나. 그 회사에 들어간 지 벌써 한 달이 되었느냐며 대견해하시는 부모님과 맛있는 거 얻어먹을 생각에 신난 동생 사이로, 흐리게 웃어 보이는 젊은 내 등에 또 회색빛 돌덩이가 보인다. 이거구나. 이번 역에서 내가 가져올 임무가. 내 뒤로 다가가 돌덩이를 떼어 냈다. 젊은 나는 이별의 아픔을 잠시 잊고, 가족들과 즐거운 시간을 좀 더 즐기며 진한 웃음을 지어 보였다.

그때 저 멀리서 달려오는 승무원에게 얼른 가자고 선수 치며 어느새 선명해진 기차에 올라탔다. 다음 역에서는 결혼 준비 스트레스로 악몽을 꾸던 나의 머리맡에 놓인 흉물스러운 돌을 갖고 와서 그날의 악몽을 멈췄고, 또 어떤 역에서는 결혼 후 빵집에서 일할 때 실수로 혼나던 날, 남편과 외식 자리에서 갖고 있던 잿빛돌도 가져왔다.

열 개가 넘는 정차역에서 과거의 나를 만날 때마다 내게 붙어 있던 돌들을 가져와 기차에 가득 실었다. 내 삶의 크고 작은 걱정과 우울을 이 기차에 싣고, 다음 정차역은 서울역이라는 안내를 듣고 난 뒤 창문 밖을 보니 수많은 내가 나를 향해 두 손을 흔들며 웃어 보였다. 짐은 없고 걱정은 망각한 채로 순간순간의 행복 위에 올라서서 지금의 내게 웃어 줬다. 나도 그 웃음들에 보답하려 돌덩이들을 보여 주며 웃어 주고 행복을 먼저 보라고 소리쳤다. 우리에게 인사할 시간을 주던 기차는 종착역을 향해 출발했고, 잠시 후 급정거하여 창문에 이마가 부딪히고 말았다.

다시 창밖을 보니 수많은 과거의 나는 제자리로 돌아가고 텅 빈 그 자리엔 안개가 자욱했다. 이마에서 흐르는 피가 느껴졌고 화들짝 놀란 나는 손을 더듬어 얼굴을 만져 봤다. 다행히 피는 없었고 이마는 크게 다치지 않았다. 다만 입에서 흐른 침 자국이 찐득하게 손바닥에 묻어났다. 기차 안을 가득 메웠던 돌덩이들은 사라졌고 사람들은 내릴 채비를 했다.

서울역에 도착하기까지 하루가 꼬박 걸린 느낌이었지만 고작 몇 시간이 흐른 뒤였다. 기차에서 겪은 꿈 같은 시간 여행의 잔상을 마음에 담으며, 장례식장을 잘 찾아갔고 연정이를 만나 조문했다. 지우도 만났다. 연정이는 눈물범벅이 되어 만신창이가 되어 있었고, 지우는 진한 눈썹과 고데기로 정돈된 머리카락, 붉은 장밋빛 틴트가 번들거리는 입술을 하고선 육개장을 퍼먹고 있었다.

여기 장례식장 밥이 너무 맛있었지만 게걸스럽게 먹지 않으려고, 입맛이 없는 척하느라 혼났다. 지우는 화장실에 갔고 나는 연정이와 잠시 단둘이 이야기했다. 생전에 연정이를 키워 주시고 유난히 아껴

주셨던 할아버지였기에 연정이는 상심이 더욱 큰 모양이었다. 잘해 드리지 못하고, 투정 부린 것만 생각난다며 후회하는 연정이에게 오는 길에 있었던 일을 털어놓았다.

믿을 수 없겠지만 과거의 나를 만나 후회의 덩어리를 하나씩 가져오는 마법 기차를 타고 왔다고. 내가 만났던 과거의 내 가족들은 항상 내가 잘해 드렸던 거, 기쁘게 해드렸던 것만 보고 듣고 행복해하셨다고. 속 썩인 일들은 그리 마음에 담아 두시지 않은 것 같다고 하면서, 아마 너희 할아버지도 그러실 거라 감히 짐작해 본다고 말해 줬다. 집에 돌아갈 때도 그 기차를 타고 가는데, 너의 후회를 내가 조금이나마 대신 가져가겠다고 했다. 지금 우리가 같은 시공간 안에 있어서 너의 등에 붙은 돌이 잘 보이지는 않지만 내가 한번 떼어 보겠다고 말해 줬다. 그리고 연정이의 등 뒤 허공에 손을 휘저어 두 손을 움켜쥐어 봤다. 보이지는 않지만, 묵직한 회색이 느껴졌다. 마법 기차에 내가 이걸 들고 탈 테니 너는 조금이라도 가벼워진 마음으로 할아버지를 잘 배웅해 드려. 연정이는 등을 펴며 얼굴을 조금 갸웃거렸다. 나의 말을 믿는다는 말도, 믿지 못하겠다는 눈빛도 없었다. 그저 고맙다며 손을 잡아 주고 웃어 줬다.

이곳까지 올지 말지 고민했었지만 오기를 잘했다는 생각이 들었다. 그리고 지우와 같은 기차를 타지는 않았지만, 서울역까지 같이 가자며 따라 나왔다. 지우가 나에게 조의금을 묻길래 네가 십만 원 낸다길래 나도 십만 원 냈다고 했다. 지우는 오는 길에 돈 쓸 일이 생각나서 조의금에서 오만 원을 빼서 주머니에 넣었다며, 남은 오만 원만 조의금으로 냈다고 시인했다. 어휴, 정말 지우다웠다. 그래도 나는 십만 원

내길 잘했다고 생각했다.

집에 돌아와 잠이 들기 전, 기차에서 있었던 일들을 남편에게 이야기했다. 남편은 "얼마 뒤 〈후회를 따르는 감각〉 모임에 간다더니 당신도 재밌게 할 이야기가 생겼네. 시공간을 넘나들어 후회를 움직이는 경험을 드디어 했구나. 축하해."라고 했다.

이 인간이 어쩐 일로 내 말을 곧이곧대로 믿어 주는지 신기했다. 평소에 과학적으로 증명된 일만 믿는 편이어서 예지몽이나 미스터리 이야기를 전혀 믿어 주지 않았던 남편이기에 의심스러워 재차 물었다.

"내 말을 믿어 주는 거야?"

"어, 당신 소설 써도 되겠어."

역시 남편은 신기한 경험을 믿어 주지 않았다. 본인들이 직접 겪었기에 다른 사람들의 기이한 인생 경험을 믿어 주는 그들을 만나 다시 신명 나게 이야기하고, 또 재밌는 이야기도 들어야겠다. 다음 모임이 정말 기대된다. 모임은 끊임없이 반복되고 있고, 모든 사람의 인생 경험은 지루하지 않고 익숙하면서도, 난해하고 신비롭고 슬프고 재미있다.

어쨌든 가끔가다 나에게 내뱉은 '당신 소설을 써도 되겠어.'라는 남편의 말꼬리를 붙잡고 늘어지면서부터였던 것 같다. 내가 취미로 글을 쓰기 시작한 것이.

사람들의 이야기에 함께 웃고 함께 울고, 공감하고 이해하며 내 마음은 점점 넓어진다. 그렇게 글의 소재가 될 만한 소중한 주제들이 내 안에 쌓여 간다. 남의 이야기에서 뼈를 뽑아서, 내 상상의 살을 덧붙이는 창조에 대한 흥미는 결코 가볍지 아니하다. 그 사람들에 대한 뿌리 깊은 공감과 애정과 존중과 위로의 마음이다. 신기하게도 그 마음은 나 자신을 위한 위로가 되기도 한다.

요즘도 어김없이 모니터 앞에 앉아 나를 위한 글치레를 하고 있는데, 이해할 수 없는 연락이 오곤 한다.

"너, 글을 쓴다면서? 책을 내봐. 좋은 글을 써봐. 사람들이 좋아할 만한 이야기를 써야지? 공모전에 낼 만한 글을 쓰렴. 입상할 만한 이야기를 만들어 내봐. 등단 작가가 되는 거니?. 언제쯤 네가 쓴 글이 책이 되고, 베스트셀러가 되는 거니? 글을 써서 유명해질 수 있는 거니? 책을 많이 팔면 돈도 많이 벌 수 있는 거니?"

이런 말들에 나는 이렇게 답하고 싶다.

왜 꼭 그래야만 할까. 글을 쓰는 행위, 그 자체가 인생의 큰 의미가 되고 즐거움이 된다는 걸 왜 모르는 걸까. 그들의 기대에 부응하지 못하여 미안하기도 하지만, 사실 나는 잘 안다. 나의 기쁨을 진심으로 기뻐해 줄 사람들은 나에게 대단한 것을 바라지 않는다는 것을. 그 마음이 어떤 마음인지 알기에 무척 감사하게 생각하고 있다.

나는 언제까지나 어린아이로 머무르고 싶은 사람일지도 모른다. 그것은 아주 어렸을 때부터 변하지 않는 욕심일지도 모른다. 어린아이처럼 무엇을 이루지 않아도, 잘 해내지 않아도, 사람들이 인정해 주는 작품을 만들어 내는 예술가가 되지 못해도 나는 안다. 내가 만든 '나를 위한 모든 것', 그 존재 자체로도 충분히 넘치도록 소중하다.

나의 글은 나에게 기쁨이 되고 나를 치유한다. 자가 치유에 관한 희망·꿈·환상에 대한 글을 세 권쯤 갖고 싶다. 그렇다면 네 번째 책은 나도 사람들이 좋아할 만한 글로 쓸 수 있을까. 장담할 수 없다. 미래의 내가, 또 자가 치유에 관한 환상을 늘어놓고 싶을지, 새로운 세계에 관한 이야기를 하고 싶어 할지.

어떤 선택을 하든 나는 응원한다.

자아실현과 자신에게 주는 위로는 타인들이 어떤 잣대를 놓고 판가름하는 결과물이 아니다. 나에게 주고 싶은 도전의 기회들, 정서적으로 위로가 되는 그 모든 상상들, 그것은 한 사람에게 위로가 되는 것만으로도 차고 넘칠 만큼 가치 있는 일이다. 그 한 사람이 나라면 더할 나위 없이 이기적인 낭만이겠다. 그런 만큼 나를 위한 모든 일은 내 트로피가 되어야 한다고 강요하고 부담을 주지 말았으면 한다.

삶의 가치를 느끼게 해주는 그런 글, 또 다른 글을 쓰고 싶은 욕망을 불러일으키는 글, 결점과 결핍으로 얼룩투성이가 되어도 그 어설픔에 마음이 가고, 상처받은 얼룩을 지워 주고픈 마음이 들게 하는 그런 글, 그 불안함에 끝도 없이 마음이 가고 관심이 가는 그런 글, 감정 섞인 비하에 생채기가 생겨도 여전히 초라해지지 않고 굳건한 모습으로 나를 위로해 줄 그런 글.

내가 쓰고 싶은 글은 여전히 철저히 나를 위한 글이다. 부와 명예가 불행의 방패막이 되어 주지 못한 사람들도 많다. 행복을 붙잡을 힘은 자기만족이라고 믿는다.

나에게 나만의 다른 세계는 꼭 필요하다. 아무도 올 수 없는, 아무도 이해할 수 없는 그런 세계.

과거의 게으름이 후회되고, 불안전한 미래가 두려워도 이렇게 나를 위로하고 싶다.

근사하지 않아도 따뜻하고 안전한 이 집에서 돈을볕을 실컷 쬐며 일급수 비타민을 흡수하며, 오늘 하루도 나를 위해 살아 보겠다고 다짐한다.

세상이 원하는 잣대에 들이밀면 나는 제대로 잘하는 것 하나도 없는 바보일지도 모른다. 그래도 존재 자체로 사랑스럽고 소중한, 나를 위해 쓰는 글들은 나를 위해 실로 대단하다. 다른 사람들은 절대 볼 수 없는, 내 눈에만 보이는 상상 이상의 가치다.

그리고 그 대단함을 말해 주는 사람들이 보이기 시작했다. 이토록 이기적이고 불완전하며 불안한 나의 글을 궁금해하는 사람들이 있다. 나의 진가를 알아주는 사람들에게서 전화가 온다.

감사해요.

윤슬 위에 띄워 주고 싶고, 가장 예쁜 무지개를 떼어다가 주고 싶은 당신들.

가장 빛나는 별을 따다 주고 싶고, 따뜻한 빛을 두 손에 꼭 쥐여 주고 싶은 사람들.

언젠가 당신들을 위한 글을 쓸 수 있을까.

그때까지 기다려줄 수 있을까.

내 안의 어린아이가 무럭무럭 자라 성장할 때까지.

어른스럽고 풍요로운 글을 쓸 때까지.

정말 그때까지 기다려 줄 수 있을까.

끝도 없이 흔들리며 불안해하는 나를.

그런 나를 위로하는 '나의 글'과 언제나 내 곁에서 반짝반짝 빛나 주는 '당신들'.

불안함은 잠시라도 덮어 두고 진심으로 감사하다는 말을 전하고 싶다.

언젠가 깊어진 감성과 성숙한 생각과 더 따듯해진 마음으로 쓴 글을 선물하고 싶다.

미래에는 당신들을 위로하는 그 모든 것을 위한 글을 써보고 싶다.

나를 위로하는 그 모든 것을 위해. 그리고 당신들을 위로하는 그 모든 것들을 위해.

후회를 따르는 감각

초판 1쇄 인쇄 2023년 04월 11일
초판 1쇄 발행 2023년 04월 19일
지은이 성혜정

펴낸이 김양수
책임편집 이정은
교정교열 강민

펴낸곳 도서출판 맑은샘
출판등록 제2012-000035
주소 경기도 고양시 일산서구 중앙로 1456 서현프라자 604호
전화 031) 906-5006
팩스 031) 906-5079
홈페이지 www.booksam.kr
블로그 http://blog.naver.com/okbook1234
이메일 okbook1234@naver.com

ISBN 979-11-5778-600-8 (03800)

* 이 책은 저작권법에 의해 보호를 받는 저작물이므로 무단전재와 무단복제를 금지하며, 이 책 내용의 전부 또는 일부를 이용하려면 반드시 저작권자와 도서출판 맑은샘의 서면동의를 받아야 합니다.
* 파손된 책은 구입처에서 교환해 드립니다.   * 책값은 뒤표지에 있습니다.
* 이 도서의 판매 수익금 일부를 한국심장재단에 기부합니다.

맑은샘, 휴앤스토리 브랜드와 함께하는 출판사입니다.